著名中学师生推荐书系

黄荣华 主编

穿越唐诗宋词

李元洛散文精读

李元洛 原著

黄荣华 王希明 编注

复旦大学出版社

著名中学师生推荐书系
编注委员会名单

主　编

黄荣华

编　委

复旦大学附属中学	李　郦	王希明	黄荣华
北京大学附属中学	蔡　明		
西安交通大学附属中学	黑永先	裴　兰	
华东师范大学第二附属中学	江　汇	孙　彧	
山东省实验中学	王　岱		
浙江省杭州高级中学	包素茵	陈　童	
上海市育才中学	马玉文		
上海市控江中学	陈爱平		
上海市进才中学	刘茂盾	王云帆	
上海市建平中学	宁冠群		
上海市敬业中学	兰保民		

编 注 者 说

为更好地满足全国中学生朋友的阅读需要，我们约请了北京、陕西、河南、山东、浙江、江西、广东、上海等十多个省市的著名中学师生，推荐他们认为最有阅读价值的读本，并在此基础上构建了一个崭新的书系——"著名中学师生推荐书系"。这套崭新的书系体现了编注者的三大构想：

让中学生朋友们共享同龄人的精神资源。每位中学语文尖子都有自己的个性化阅读，这种个性化阅读在多数情况下应当是有普遍价值的，因为毕竟大家的年龄相当、阅历相似、文化背景相同。他们所以成为语文尖子当然有诸多原因，但他们的个性化阅读一定是一个重要原因。因此，把那些语文尖子的个性化阅读且具有普遍意义的著作，让语文尖子们自己向同龄人推荐，说出自己阅读的意义或方法，应当对绝大多数中学生朋友是有益的。

增加同学们的情感和思想积累。这就先要说到"应试"教育了——无论是现代文阅读，还是古诗词鉴赏，或是文言文理解，作文就更不用说了，没有真情分辨与把握，没有思想综合与揭示，考生最多只能拿到最基础的分数。因此，要想在语文考试中拿到高分，就必须注重情感与思想的积累……其实，一名真正的读者，是永远把情感与思想历练放在第一位的。这样的读者不仅可使自己成为有情味的人、有思辨力的人，而且永不会被迷惑，应对各种各样的考试就更不在话下了。

倡导一种语文观念——语文学习的重要目的是协调学习者与社会的关系。就中学生而言，如何与同学、朋友交往，与家长交心，与老师交流，与陌生人相待，是一门重要的课业，但今天的教育基本忽略了这一方面。我们在这套书系的编辑、评点中，也期待在这方面有所作为。应试能力也是一种与社会的协调能力。如果我们能把眼光放远点，我们就能看到，每个人的一生都会遇到无数次的大大小小的考试。一个没有应试能力的人是不能融于社会的。现在的问题是，我们把应试妖魔化了。这不能怪应试本身，而应责怪社会对应试的理解过于偏狭，对中学生应试的操作过于单一。我们衷心期待，阅读这套书系的同学能获益，哪怕从最基本的应试上获益。

上述三大构想正是我们编注这套崭新的"著名中学师生推荐书系"的理由，但这套书系的编注还有一个重要理由，那就是关注现代意义上的中国人的建设。

大家都知道，中国社会进入现代的标志性事件是五四运动。随着"德先生"与"赛先生"的到来，中国人逐步由近代走向现代。在走向现代的进程中，现代文学发挥着巨大的作用。现代散文的创作、流传与阅读，则成为了人们走向现代的最轻便的精神武器。

非常遗憾的是，当下中学生的阅读离现代经典作家的经典之作越来越远了。

这是不是意味着现代中学生不需要这样的阅读？显然不是！事实

是，21世纪的中国人依旧面临着从传统向现代转型的重要问题。从整体上看，今天中国人的民主意识与科学意识依旧十分淡薄，不少人的头脑中甚至还有相当浓厚的传统痼疾。这也构成了中国人现实的生存环境。因此，中学生阅读那些体现强烈时代精神、引领民族走向现代世界的现当代经典散文，就有着非常重要的意义。正是从这一宏大的主题出发，我们期待这套"著名中学师生推荐书系"在参与现代中国人的建设中，起到应有的作用。

鲁迅、胡适、林语堂、丰子恺、朱自清，当看到这一系列现代著名作家的名字时，我们的脑海中即刻浮现出一系列个性极其鲜明的现代中国人形象。鲁迅的沉重、深刻与灵魂拷问，胡适的轻巧、宽容与温情相待，林语堂的性灵、洒脱与幽默，丰子恺的从容、优雅与仁爱，朱自清的恬淡、淳厚与执着，每一位都有着极大的人格魅力，他们的思想与文采，他们的为人与为文，他们无论是作为现代作家，还是作为真正意义上的现代人，都值得21世纪的中国人去解读，并在解读中找到前进的最佳方式。我们更期待读者在这一系列作家作品的阅读中，集众人之"精气神"，把自己铸造成为崭新的现代人。

李元洛、夏坚勇、梁衡、刘亮程、鲍吉尔·原野、李汉荣，当看到这一系列当代作家的名字时，我们的脑海中也即刻浮现出一系列个性极其鲜明的当代中国人形象。他们的作品中表现出来的智慧人生、淳厚人生、诗性人生，都有着极大的感染力。他们作为当代散文创作的大家、名家，其作品都达到了我们这个时代的某种高度，因此值得人们去解读，并在解读中找到前行时必要的凭藉。

本书系此次出版的著作有：《穿越唐诗宋词——李元洛散文精读》

《人人皆可为国王——梁衡散文精读》《遥远的村庄——刘亮程散文精读》《南方的河流——鲍尔吉·原野散文精读》《何处望神州——夏坚勇散文精读》《点亮灵魂的灯——李汉荣散文精读》。

黄荣华

目　录

穿越唐诗

师生推荐的 N 个理由

古诗词的魅力和生命力在于能够穿越时间和空间的阻隔，直达我心，触动我们的灵魂，让我们有人同此心、心同此理之叹，不能引起共鸣的诗歌是没有生命力的。如果在生活中的某个场景，突然间古人的一句诗涌上心头，感觉此情此景个中滋味竟已被古人写尽，这一刻，可以说，你寻回了我们时代失落的唐诗宋词的诗意。

对我来说，这是一次中华文化的寻根之旅，一次民族瑰宝的重新挖掘。唐诗的力量是饱满的，唐诗的魅力是多元的，唐诗的价值是永恒的。他用了一种怅望的目光，站在现实的一头向千秋之前的唐朝远眺。

在作者李元洛先生的带领下，我们走上唐诗宋词之旅，留连于亭台之上，徜徉于山水之间，听金戈铁马，看江山如画，你会发现，唐诗宋词，远不止你想象的那样。

寻回失落的诗意

复旦大学附属中学教师　王希明

荷尔德林说："人，诗意地栖居。"这句诗因海德格尔的称扬闻名于世。然而今天栖居在天地之间的我们，却活得并不诗意。诗意藏在唐宋诗篇中，是我们这个民族曾经拥有过的东西，已经成为回忆的东西。海德格尔还把现代人类的状态描绘为"无家可归"。精神的流浪其实并不能创造诗意，也不能让人安居，只能让人焦躁不安，陷入绝境。于是我们需要从民族的回忆中捕捉让我们安居的东西，让我们暂时远离尘嚣，摒弃浮躁，可以诗意地栖居在精神的港湾。

从这个意义上说，阅读古诗词应该是拯救自己的一种方式，而非仅仅为了"应试"或者为了扩大自己的知识面。古诗词的诗意是一种武器，它保护我们的超越性存在，让我们能暂时脱离现实世界的功利的实证性原则，进入到让上帝发笑的思考与体悟的状态。多年前，有次我在山上干农活，正是傍晚时分，偶尔抬头，发现夕阳洒金，山谷肃立，一下子捕捉到了王禹偁《村行》"万壑有声含晚籁，数峰无语立斜阳"的诗意。这跟捕捉到田中一棵必须锄掉的草具有不同的意义。因为锄地本身不具有审美性，是为了获得生活资料而进行的劳动。而抬头欣赏美景则不指向实际，只指向超越实际的性灵，指向人生体悟。

这就是说，假如把古诗词比喻成一棵树，那么阅读诗词的任务并不是分辨这棵树属于什么科什么目，不是估算这棵树是适合做梁还是做椽子，也不是看这棵树哪里长得茂盛，哪里树叶少，各自是什么原因，而仅仅是眼睛看着树，心里想着树，感受它剪春裁秋的气势，为它倾倒，为它喝彩。如果面对古诗词，一上来就想着诗词用了什么样的手法，语言如何，跳过了审美过程，表面看起来鉴赏能力很强，实际上却是一种悲哀。因为我们的目的是为了获得审美愉悦，而非写出漂亮的评论，更非利用现成的结论组织答案。

而今天我们面对唐诗宋词，要实现这个目的，获得美感，总还是需要一些"入处"，我个人认为下面两点最为重要：

首先，要获取对一棵树的审美，就必须分清这棵树是立在高山，还是立在荒漠；是在春风中摇曳，还是在严霜中肃立。中国传统文论讲究"知人论世"，要理解一首诗或词就必须了解作者，了解时代背景。

其次，还有一点要特别注意，中国诗歌的题材、主旨、意象往往都有很深的文化底蕴。比如悲秋，今天的我们先要理解古人对于秋天的特殊情怀，才能真正明白一首表达"悲落叶于劲秋"（《文赋》）的诗或词。再如读白居易《赋得古原草送别》的"又送王孙去，萋萋满别情"两句时，最好心中早有积累，比如《招隐士》中"王孙游兮不归，春草生兮萋萋"，《古诗十九首》中

"四顾何茫茫，东风摇百草"，范仲淹《苏幕遮》"芳草无情，更在斜阳外"，还有李叔同"长亭外，古道边，芳草碧连天"。这样我们就可以体会沉淀在"草"这一意象上的情思，明白"草"这个意象由于文学的积淀，已经不仅仅是植物学意义上的一种现实存在，而是承载着思乡怀人等感情的文学意义上的一种超越性存在。

这本《穿越唐诗宋词》，唐诗部分由黄荣华老师注解，宋词部分则由笔者编注。我们编选李元洛先生关于唐诗宋词的一系列文章，正是基于上面笔者所说的两点"入处"。唐诗部分的第一单元及宋词部分的第一单元中，从整体上介绍了时代的背景、文学的源流和诗坛上的一些现象。另外两个单元则详细介绍了王昌龄、李白、杜甫、李贺、柳宗元、苏轼、秦观、李清照、辛弃疾等名家的生平遭遇和诗词的思想艺术成就。相信这将有助于我们深入理解诗人和词人的作品，并从他们的人生中得到一些体悟。另外，还有一些文章，像《月光奏鸣曲》《爱情咏叹调》《一去不还唯少年》几篇，将帮助我们去理解"爱情""少年"等主题，以及"桥""月"等意象中的文化积淀。这些文章仅仅是一些范例，更多的意象需要读者去积累、体会。

读书重在自己的体悟和思索。把自己积累的知识连成一片，互相启发，这种被钱锺书先生提倡的"打通"的方法非常重要。李元洛先生学识渊博，古今中外事例随手拈来，文笔风趣幽默，文章可读性很强。本书中的注解侧重于重点之处的点拨及思想的扩展，偶尔也有一些必要的知识性的补充。但是这些都是一种辅助性的东西，因为欣赏者的主体只能是读者自己。古诗词的魅力和生命力在于能够穿越时间和空间的阻隔，直达心灵，触动我们的灵魂，让我们有人同此心、心同此理之叹。不能引起共鸣的诗歌是没有生命力的。这种共鸣的感觉只可意会，不可言传，别人无法替代你，你的体悟也无法传达给别人，如人饮水，冷暖自知。如果在生活的某个场景中，突然间古人的一句诗涌上心头，感觉此情此景个中滋味竟已被古人写尽，这时你会真正明白古诗词的妙处。这一刻，可以说，你寻回了我们时代失落的唐诗宋词的诗意。而诗意相对于物质化的世界，有一种超越性存在的意义。

现在我们进行超越性存在的思考，上帝再不会发笑了，因为尼采宣布上帝已经死了。但是取代上帝发笑的却是整个现代社会的实证性、功利的原则。这是一个只看重货币和商品的时代，所以我们精神上无家可归。我们需要拿起诗意的武器，来对抗无家可归的虚无感——这种被保罗·蒂利希称为"存在性忧虑"的东西。愿这本书中的文章以及旨在抛砖引玉的注解，能帮助我们寻回这个已经被风沙掩埋的武器，使我们借助唐诗宋词的力量，在尘世中诗意地栖居。

感悟唐诗精神

复旦大学附属中学学生　张伟琪

"前不见古人，后不见来者"，用陈子昂的这两句诗来概括唐诗的地位恐怕再恰当不过。唐诗，她是中华文化的最高峰之一，在这座高峰上涌现出了多少才华横溢的诗人、千古流传的名句；唐诗，她是中国人引以为豪的文化遗产。

但是，当历史走到今天，唐诗正在面临一场危机，她的地位开始动摇，她的存在开始被人漠视，她的深沉难以被人理解……这危机来自全球化的文化威胁，来自西方文明的强烈冲击，但是这威胁真正的可怖之处在于它的根源并不是来自外部，而是自内而生——并不是西方人在消解唐诗的价值，而是炎黄子孙自己在疏离自己的文化。唐诗面临的挑战不是让陌生的西方人接受她，而是让所有的中国人理解她。

为什么我们还要读唐诗？也许翻开《穿越唐诗宋词》可以找到最好的解答。作为一个语文学习者，唐诗让我们体会到中华文字的精致奥妙，让我们不再因枯燥的语文测验而磨灭对于祖国文字的灵感，让我们真正地体验语文学习的精髓——而这些常常能让我们更积极而轻松地面对考试；同时，作为一个站在文明冲突交界处的青少年，唐诗更让我们理解自己的文化，理解自己作为中国人的生存方式，培养自己的文化认同感，而不是在中西方文化生活的冲突中迷失自己的方向。

中国文字是博大精深的。试想有哪种文字可以用如此简约的方式体现语言和修辞的力量。美国诗人庞德曾经翻译过《长干行》，但是"青梅竹马"到了他的笔下、到了英文的表达中却完全失去了意味。唐诗的一字一句或是"捻断数茎须"的炼词之果，或是随兴而至的天才之作，这在李元洛先生看来不仅仅是文字的魅力，更有一种原创的精神。原创，这正是唐诗的最高精神。唐诗因其原创精神将永远屹立在文化的高峰。而如此曼妙优雅的诗句，独特新颖的原创，到了我们中学生的眼中却常常变成艰涩难背的诗句，这不禁令人遗憾。

语言的魅力需要用心去体会，而李元洛先生正是一位慈祥的指引者，向我们道来文字的精妙。其实不仅如此，《穿越唐诗宋词》不但细致入微地从古典文化角度去诠释诗歌字里行间的独特魅力，还常常选择一个现实的角度用唐诗的眼光去审视周围的一切。唐诗的精神引领我们开始了反思，反思我们今天的语言文化。是的，与唐诗的高度相比，我们是否应当感到羞愧。作为炎黄子孙，我们应当读唐诗，去体会那空谷传响的绝唱，去认识文字中蕴含的文化精神，而不仅仅是为了"应试"。

唐代才华横溢、魅力四射的诗人实在是不胜枚举，值得我们去细细品读的诗人实在太多。这里我需要特别地说一说李白与杜甫——这两位也是李元洛先生的最爱。李杜，他们是唐诗高峰上的巨人，他们的诗不仅仅是语言的顶点，更是精神的至高处。李白是诗人中的天才，令后人感叹难以模仿、难以企及，而李元洛先生让我们从另一角度去读李白，那就是他的独立精神和自由思想。不汲汲于名利、不戚戚于富贵，这是远远超过诗才、诗艺的更高的境界。而对于我们中学生来说，"自由之思想，独立之人格"也应当成为我们的座右铭。不束缚于概念的教条，不羁绊于思想的桎梏，学会用自己的大脑进行思考，学会用自己的双手去创造，这需要我们在每一天的生活中去实践。再看那杜甫吧，沉郁顿挫的诗句、忧国忧民的情思、悲悯苍生的胸襟，都已化为了那个时代最深沉的底蕴。在这沉郁、忧思、悲悯之中，杜甫从孤舟中陨落，落入了那条埋葬屈原的河流，同他的先人一样化为了永恒的精神。后人学杜甫作诗者很多，人们以为杜甫的诗可学，但一千余年过去了，我们还没有看到第二个杜甫出现，除了无人可及他的诗艺，杜甫精神更难企及啊！

感谢李元洛先生的书，让我重新认识唐诗。对我来说，这是一次中华文化的寻根之旅，一次民族瑰宝的重新挖掘。唐诗的力量是饱满的，唐诗的魅力是多元的，唐诗的价值是永恒的。他用了一种怅望的目光，站在现实的一头向千秋之前的唐朝远眺，这眺望中有的是对那个文化鼎盛时期的憧憬，是对当今现实社会的批判。但这种怅望的价值究竟何在？是不是我们要像唐人那样生活才能重回真正的民族文化的顶峰，才能真正达到文化追求的极致？当然不是。这不仅是不可能的，而且是不需要的。每一个时代的人都有自己的文化，今天的一根柳枝恐怕已不能表达那种离别的依依之情，交通的方便也让我们不用再像李白那样徒步游走，今天的我们有属于这个时代的表达方式。只是在这个时候，对于我们中学生来说，需要一种精神，即对经典文化的热爱，对中华文化的认同。

中华文化是中国人生活的见证，唐诗是中国人文化高度的写照。

聆听遥远的共鸣

复旦大学附属中学学生　赵轶凡

　　"词言情，诗言志。"宋词——唐诗之后中国文学的又一顶峰，与唐诗的"雄鸡一唱天下白"相比，似乎显得小家碧玉、剔透玲珑。这自然与号称"隆宋"的宋朝国力远不能和"盛唐"相比有关，但宋词绝不仅仅是暗香疏影、哀怨离愁，它也有"怒发冲冠""乱石穿空""男儿到死心如铁""一事能狂便少年"的气魄与胸襟。在作者李元洛先生的带领下，我们走上宋词之旅，流连于亭台之上，徜徉于山水之间，听金戈铁马，看江山如画，你会发现，宋词，远不止你想象的那样。

　　词又名曲子词，本是可以唱的，但流传至今，曲已散佚，只剩歌词，读来却依旧有巨大的感染力，长长短短，顿挫之间，笔锋回转，气象尽出。如今流行乐坛的歌词，若与此相比，多数都会黯然失色，有些甚至离了曲便干瘪凋零，索然无味。宋词的生命力之顽强，其艺术造诣之高深，可见一斑。那么，读宋词究竟能带给我们什么呢？

　　首先是发现汉字的音韵美和内在力量。我们祖先创造的方块字似乎有一种魔力，每一个字都能打开一个世界，精简而意味深长。如"岸草平沙""晓风残月"，四字便勾勒一景；"江阔云低断雁叫西风"，九字已染出山水。又如"眼波才动被人猜"，区区七字，"摹写描态，曲尽如画"。意象群体现了中华民族上千年的生存体验，打开了属于我们自己的内在视域，这种力量实乃汉字的一大瑰宝，是其他文字无法企及的。而独有的平仄声调，抑扬起伏，在宋词这种结合了音乐的文学形式中，更得到了完美的体现。试想，若是全用平声来读一首宋词，或者，更直接地说，试着那样读一句"流水落花春去也，天上人间"，会是一幅如何惨淡的景象。汉字的平仄组合是有意想不到的巨大力量的。就像余光中先生在说到汉字美的时候曾经打比方："成语有'千军万马'，为什么不说'千马万军'呢？就因为'千军万马'是'平平仄仄'，有语音的美感，而'千马万军'就没有。"如此说来，你也就能明白为何在读到"胡未灭，鬓先秋，泪空流"时有一种莫名而来的沉郁与无奈，而"十年生死两茫茫"能瞬间给你如此大的震撼了。作为中国人，如果连自己母语文字的美都不能体味和欣赏，又谈何文学与文化？

探索宋朝的历史，品味身处那个国土沦丧、异族入侵时代士人的气节与精神，是读宋词的另一个目的。自太祖、太宗之后，宋朝的皇帝重文轻武，不思国务，贪图享乐，面对金人入侵节节败退，由汴梁而临安，由临安而崖山，最终带着宋朝没入大海。有坐镇陕甘，抵抗西夏，胸中百万甲兵，令敌闻风丧胆，写下《渔家傲》，开宋代豪放词之先声的范仲淹；有因"乌台诗案"而屡遭贬斥，以潇洒旷达写下《定风波》，以乐观自强写下《浣溪沙），以豪放大气写下《江城子》《水调歌头》的苏轼；有力主抗战的英雄词人辛弃疾与其挚友——留下一句"男儿到死心如铁"的布衣抗战派陈亮；民族英雄岳飞与文天祥等，数不胜数的士人与英雄，在一个昏君临朝、佞臣当道的时代，没有选择苟且偷生，而选择了挺身而出。《定风波》中一句"谁怕？一蓑烟雨任平生"显得何其开阔而勇于承当。有人说，社会没有公平，那么，人生在世，便应求无愧于心，即使个人的力量再渺小，所作所为，也要对得起一个人的良心，小到日用常行，大至民族气节。于是，我们听到了千百年前热血沸腾的战歌和誓言，领略了身处两难的无奈与痛苦，感受了他们的民族气节与文人精神。现代人品味诗词，已经不仅是在体验历史，而且还寄托了自己内心从古代追索一些东西的愿望。当我们习惯性地抱怨如今社会的不公与自己的遭遇时，你会想起，古人早就面对过，并且处境之艰难远胜于今。也许，你会懂得，用一种更积极的方式去面对困难，一种更振奋的姿态去迎接挑战。

再有，便是对传统文化的重新审视。像"梅""月""中秋""七夕"，这些看来极普遍的文化现象，其深层的传统底蕴或多或少已离我们远去，有些只剩下符号的意义、商业的价值。中秋来临，除了月饼，我们还会想到什么？而近年来的"七夕"，无非被称为"中国的情人节"。元宵夜已等同于汤圆；通信发达似乎也无须望月思佳人；而"钱潮动地，物欲弥天"的社会里，梅的傲骨早已成为遥远的课本中被遗忘的诗句，或者只是考试卷上的一个默写空格。重读古诗词，回归这些传统意象的本来面目，守住民族精神的根基，是对祖国文化的一种热爱和尊重。一个民族的灵魂，就是在这些传统文化的保存与发扬中，传承下去的。对新时代的中学生来说，对传统文化的认同，可能是最缺失的，也是最需要弥补和培养的。在浮躁的社会中，有一片宁静的土地，能让你安身立命，便是民族的传统，也就是民族真理的所在。

李元洛先生以亲和的视角、严谨的史实、灵动的想象、大气的文字，写下这些文字，对中学生来说，确是不可多得的一部文化旅行指南。他笔下有余光中、洛夫等名家当年喷薄的诗意，又有点朦胧和象征的意象，把这样的注评当成文学艺术来欣赏，读者会体味到双重的阅读快感。这种平易近人的笔风，实在令我爱不释手，读来废寝忘食。随着阅读的进行，你的心灵游遍大江南北，随着作者一起，穿越时空，与那个时代的士人并肩，一同经历他们的人生，欣赏他们的爱情，感受民族的命运、士人的命运，时而"击节而歌"，时而"扼腕而叹"。作者诗意的语言，在阅读时带给读者一种心灵的滋润；敏锐的思考，带给读者一种阅读后的回味。就像作者所言："中国哲学是一种生命哲学，中国艺术是一种生命艺术。"只有尝试亲身体验那些词人的人生，才能感受其作品的本质与精华。希望这本书，能给你的精神储存一笔财富，给你的心灵播种一种力量，抑或是，在你疲惫和迷失的时候，在书中某处找到一个安息的居所、灵感的源泉。

虽然，曲谱早已不复存在，我依然希望能够与君歌一曲，在宋代，聆听遥远的共鸣，聆听，千百年来的，天上人间。

穿越唐诗

第一单元　长安并州　明月彩虹

　　唐诗之旅从长安出发。从长安（今西安）向东到并州（今太原），行走在虹桥彩梁上，也行走在溶溶月色中。我们在桥上聆听寒山晚钟，在月下静品春江与花月、大漠与深林。最后，我们走到了栖居着一群女诗人的"巾帼"篇，惊异于她们横溢的才华，感叹于她们生存的状态。这可能不是一次轻松的旅行，但是请相信，你将收获很多很多。

长　安　行

"唐诗之旅"从长安出发。

长相思，在长安。

我的家乡在南方，我在将近四十年前的青春时代，远放西北。沿铁路线北上南下西去东回，好几次和唐代的长安——今日的西安擦肩而过，伫候于列车的窗口，那雄伟迤逦的古城墙从唐朝起就在等我，喊我去敲叩它的门环。回到南方数十年来，我常常西北而望，那是大唐的京城，唐诗人纷纷登场歌哭吟啸的舞台，怎不使我魂牵梦萦，心神向往？

正如那些优美的诗句，从唐朝起就在等着我们，喊我们去敲叩它的门环。

不久前，年华向老的我终于远赴弱冠之年即已订下的约会。匆匆盘桓数日，在千年古都的城墙内外，于古典与现代交汇的巷尾街头，从唐人永不生锈的优秀诗句里，拾得这篇姗姗来迟的《长安行》。

兴　庆　宫

使兴庆宫重要的，不是唐玄宗的文治武功，而是李白的《清平调三章》。

我去兴庆宫，并非朝拜帝王的宫苑，而是为

了重温诗人的绝唱，寻觅李白的遗踪。

兴庆宫，原是唐玄宗李隆基做太子时的藩邸。李隆基即位后，改建旧邸为新宫，兼有宫殿与园林之胜，开元天宝时代，与太极宫、大明宫一起被称为"三内"。唐玄宗多年在此理政，这里就成了盛唐的政治和文化中心。人生变幻，世事沧桑，到清代初期，昔日的煊赫繁华如今早已成了一方废墟瓦砾。现在于原址建成的兴庆宫公园，规模只有原来的四分之一，有如一幅比例大为缩小的地图。

兴庆宫金明门内曾置翰林院。唐天宝元年（742），李白于江南应召再入长安，被任为翰林院学士。那时，长安城内王侯的深宅大院多种牡丹，玄宗更是在沉香亭前广植此花，并辟花园。李白供奉翰林的次年春日，牡丹在眼，贵妃在侍，心态当然极好的玄宗不想闻旧乐而欲听新词，"赏名花，对妃子，焉用旧词乐为"，于是，从长安市上不知哪一处酒家招来醉乡中的李白，酒意尚自醺然的他绣口一吐，立成风流俊逸的《清平调三章》。歌唱家李龟年一边以檀板击节，一边引吭而歌。多才多艺的玄宗不知是想讨贵妃的欢心呢，还是一时技痒，也轻吹玉笛而相和。

待我来时，已是千年后的一个炎炎夏日。龙

国力第一（盛唐）、诗才第一（李白）、乐律第一（李龟年）、名花第一（牡丹）、地位第一（玄宗）、美貌第一（贵妃）、内臣第一（高力士）……一时都汇聚于此，可见兴庆宫当年的繁盛。但诗不在此，不在繁盛的正面，真正的诗都诞生在繁盛的背面。李白的诗亦如此。

池之畔的沉香亭，为今日重建的赝品，而昔日的牡丹也早已和杨贵妃一起玉殒香消，李龟年的歌声虽然可以绕梁三日，但却绕不了千年，任你如何在池畔亭前侧耳倾听，那不绝的余音也早已断绝。玄宗时代，翰林供奉们要在翰林院轮流当值，李白呢，也许他此时正在翰林院里值班吧？我去金明门内寻寻觅觅，只见昔日翰林院的北部，早已为居民住宅区所占压，南部也只有考古学家才能查明的瓦砾残迹，许多游人到此，绝不会想到他们足之所履，也许正好踏上李白当年的一枚脚印。

李白的足印已然是凭空想象了，距翰林院不远之西南角，却尚有班班可考的勤政楼遗址。勤政楼原名勤政务本楼，是一座东西宽五间、进深三间、面积五百多平方米的大建筑，登楼可俯瞰远眺宫外的街市。此楼是兴庆宫内最重要的皇家楼台，节日庆贺、盛大宴会、策试科举以及咨询朝政等活动，都在这里举行，曾经极一时之盛。中唐诗人王建的《楼前》写道："天宝年前勤政楼，每年三日作千秋。飞龙老马曾教舞，闻着声音总举头。"八月五日玄宗诞辰，为"千秋节"，每年届时盛宴三日于楼上，舞马于楼下。王建的诗追怀天宝旧事，可见当年鲜花着锦、烈火烹油之盛。稍后的白居易曾作《勤政楼西老柳》，他着眼的，却是一株可以为历史作证的柳树：

半朽临风树，多情立马人。

开元一株柳，长庆二年春。

春天，柳树半朽，当年的繁盛已不复见，令多情者唏嘘不已。

从"开元"盛世到白居易来时的"长庆"年间，一百多年的岁月又已经交给了历史。白居易没有正面写楼与楼中之人，但言开元之临风无情老树，长庆的多情凭吊之人，无限的俯仰今昔之感，便尽在其中。数十年后，杜牧也前来吊古伤今，写了一首《过勤政楼》：

千秋佳节名空在，承露丝囊世已无。

唯有紫苔偏称意，年年因雨上金铺。

杜牧是咏史高手。这首诗咏唐玄宗"千秋节"事，暗含讥讽：期等"千秋"是空想。

莓苔随意滋生，甚至爬上衔门环的铜制门饰。虽未明说，但勤政楼的破旧荒废已意在言外。时间呵，这是天地间至高无上的主宰，人间任何位高权重者，都休想与之抗衡，哪怕贵为帝王；世上任何坚固的建筑，也无法经受它的风吹雨打，哪怕坚如金石。

待到我千年后跟踪前来，勤政楼不仅早已人

去楼空，而且连楼也早已不知去向，只剩下劫后余生的几个石础，凄凉在蔓草荒烟之中，兀自回忆它们当年所承载的歌声与笑语，煊赫与繁华。能与时间角力并取得胜利的，不是手握重权的帝王将相，而是杰出的诗人和紫苔不侵、风雨不蚀的优秀诗篇。这个问题，最好去询问李白，他当年虽然被唐玄宗赐金还山，等于逐出长安，但现在却早已"凯旋"。在兴庆宫公园内高达三重的"彩云阁"前，在一泓碧水中央，他正以手支颐侧身而卧，长眉入鬓，长髯垂胸。我想前去叩问，但恐怕他还没有从一时的醉酒、千年的小寐中醒来。暂时别去惊动他吧，在他的石像之侧久久伫立，我仿佛听到轻微的鼾声。

> "凯旋"语带双关，亦实亦虚。写仿佛听到李白轻微的鼾声，也是虚实相生。

渭　城　曲

渭城，是秦朝的都城，唐代的重镇，更是诗人的名城。名城啊名城，永远矗立在名诗人的名诗里。

从长安往西四十余里，便是曾经作为秦代帝都的咸阳。其名咸阳，大约是因为它在峻山之南、渭水之北而山水皆阳吧？咸阳又称"咸秦""咸京"，时至汉代易名"渭城"，唐诗中或称咸阳，或云渭城，实为一地，如颜尚《送陆肱入关》："舟行复陆行，始得到咸京。"如高适《答侯少府》："赫赫三伏日，十日到咸秦。"他们所说的都已是唐代的渭城了。

对于两千多年前的项羽，我的印象虽然比出身市井的无赖之徒刘邦好得多，对他的英雄末路也颇为同情，但他却不该迷信武力、轻视文化而作风粗暴，用如流行歌曲所唱的"一把火"，将全国最大的城市咸阳烧成一片焦土，我们至今在杜牧的《阿房宫赋》里，仍可看到那熊熊的火光。但是，如果项羽复生，他纵然能烧掉秦朝的百殿千宫，也烧不掉王维的一首绝句。自王维的《渭城曲》一出，千百年来，渭城便更令旅人伤感，离人伤怀，读书人伤情，也令从古至今的诗人伤神。三十多年前，诗人郭小川远去西北，他就在《西出阳关》一诗的结尾写道："何必'劝君更尽一杯酒'！这样的苦酒何须进！且请把它还给古诗人！什么'西出阳关无故人'！这样的诗句不必吟，且请把它埋进荒沙百尺深！"当年，我就曾以《新时代的边塞诗——读郭小川的〈边塞新歌〉》为题评论。小川英年早逝，我也人生易老，迟至不久之前才一骑绝尘，不，四轮生风，奔驰在王维和唐诗人的诗句里。

车出西安，当渭城还在车轮前面，我的心早

郭小川故作豪壮语，有时代因由。

长安行　**023**

已从现代飞到了唐代，耳边满是唐诗人对渭城的歌吟。渭城，咸阳；咸阳，渭城。当年是从军戍边的战士的必经之地，所以令狐楚的《少年行》写得意气飞扬："弓背霞明剑照霜，秋风走马出咸阳。未收天子河湟地，不拟回头望故乡。"而李白的《塞下曲》也笔歌墨舞："骏马似风飙，鸣鞭出渭桥。弯弓辞汉月，插羽破天骄。阵解星芒尽，营空海雾消。功成画麟阁，独有霍嫖姚。"这大约是所谓"盛唐之音"吧，此一时也，彼一时也，到了杜甫的《兵车行》中，就只听得一片呼天抢地的哭声了："车辚辚，马萧萧，行人弓箭各在腰。爷娘妻子走相送，尘埃不见咸阳桥。牵衣顿足拦道哭，哭声直上干云霄。"

左耳听的是壮曲，右耳听的是哀音。顷刻之间，沉思之际，我们的越野小汽车已驰上现代化的渭河大桥。桥梁雄伟，桥面宽阔，两侧雕花的石栏如绣带，路旁成排电杆高擎的，是要到晚上才盛开的簇簇金莲。我触景生情，忽然想起了温庭筠的《咸阳值雨》，于是，现代的咸阳桥上，响起了温庭筠的古典绝句："咸阳桥上雨如悬，万点空濛隔钓船。还似洞庭春水色，晓云将入岳阳天。"温庭筠为什么头脑发热，或者说诗思飞腾，将渭水当成了湘水，把咸阳幻成了岳阳？面

令狐楚诗比郭小川诗自然，更有豪壮气！李白诗没有丝毫苦味，只有冲天豪气。

温、李诗既有夸张，亦有现实基础。

对夏日干涸得只剩下一线黄流的渭水，我更是心存疑惑。也许当时生态环境未被破坏，渭水也和湘水一样清碧吧，李白的《君子有所思》中，也曾有"渭水银河清，横天流不息"之句。不过，我还要前去游览汉唐帝王的陵墓，回来时再步行于咸阳桥上流连一番吧。待我在唐陵汉墓匆匆怀古之后，回到桥上，已是西风初起、夕阳西下的时分了。漫步桥头，我俯仰天地，思接汉唐，不禁感从中来，不可断绝。

唐人写咸阳的诗作不少，佳篇也多。如喜欢写"水"而被人嘲谑为"许浑千首湿"的许浑，就曾作《咸阳城东楼》："一上高城万里愁，蒹葭杨柳似汀洲。溪云初起日沉阁，山雨欲来风满楼。鸟下绿芜秦苑夕，蝉鸣黄叶汉宫秋。行人莫问当年事，故国东来渭水流。"如刘沧的《咸阳怀古》："经过此地无穷事，一望凄然感废兴。渭水故都秦二世，咸原秋草汉诸陵。天空绝塞闻边雁，叶尽孤村见夜灯。风景苍苍多少恨，寒山半出白云层。"但他们的八句，似乎仍不及李商隐四句的《咸阳》：

"山雨欲来风满楼"已成为一种象征：重大事变前的紧张氛围。诗写到这种程度已很难超越了。从"史识"的角度认为许浑诗不如李商隐诗有一定道理，若从形象思维与诗艺角度看，许诗高于李诗。

咸阳宫殿郁嵯峨，六国楼台艳绮罗。

自是当时天帝醉，不关秦地有山河！

刘沧与许浑都是一般性的感时伤逝，而李商隐的诗则不仅有"史实"而且有"史识"：如果施行暴政而失掉民心，即使皇权神授，哪怕有山河之险，也不免倒台和灭亡。秦始皇如此，咸阳原上埋葬了九个西汉皇帝，十来个唐代帝王，他们不就是历史上来而复去的匆匆过客吗？在李商隐之前，李白早就唱过"乐游原上清秋节，咸阳古道音尘绝。音尘绝，西风残照，汉家陵阙"了。在李商隐之后，鲁迅也曾在《无题》诗中一说"六代绮罗成旧梦"，二说"下土惟秦醉"，化用李商隐诗的典故而借古讽今。

提到咸阳或渭城，就不会忘记王维那首《送元二使安西》，后来因披之以音律管弦而被称为《渭城曲》：

"绝唱""绝"在何处？不复有能超越者。王维把个体经验上升为普遍经验：不舍与劝勉，担忧与祝福，无奈与豁达……惜别时的诸多情感尽在其中。后人无法超越，就只能引用了。

渭城朝雨浥轻尘，客舍青青柳色新。
劝君更尽一杯酒，西出阳关无故人。

渭水之上有桥，唐人送人西行，一般都送到渭桥，折柳为别，王维的《渭城曲》，写的就是桥边送别的情景。这首绝唱一出，就传诵不绝，后来谱为《阳关三叠》，唐代长庆年间有位歌唱家何戡，就善唱此歌，刘禹锡曾说"旧人唯有何戡在，更与殷勤唱渭城"，而现代作家郁达夫的《湖上杂咏》，也有"召集劫后河山改，来听何戡唱渭城"之句。然而，此城已非彼城，此桥已非彼桥。隋唐之后渭城城址屡经搬迁，现在的咸阳市，系明代在渭水驿的基础上扩建而成，而唐代的渭城，原址在今咸阳市西北之聂家沟。难怪我先前穿越咸阳市区时，不论如何左顾右盼，怎么也找不到王维送元二出使安西时，相送复相别的那座杨柳青青的客舍，且不说"元二"，连王维自己也不见影踪，不然，我也会去"劝君更尽一杯酒"，和王维一握手而加入送行的行列呢。

当年在"安史之乱"中，唐玄宗携杨贵妃西逃，为阻绝追兵而焚毁渭桥。桥亡河在，那里便成了"关中八景"之一的"咸阳古渡"，在今西安市三桥镇沣河入渭之处。我们在新建的咸阳公路大桥上徘徊，久久俯视桥下的渭河流水。来不及去寻访那叠印着李白、杜甫和王维的足迹的咸阳古渡了，苍茫暮色袭上我们的衣袖，远处的长安城已举起万家灯火，在喊我们回到现代的红尘中去。

大　雁　塔

我追踪杜甫、高适、岑参等诗人的足迹，终

受了渭城歌吟的浸润，在作者的笔下连现代红尘的万家灯火似乎也变得诗意起来了。

于在朝阳初升时来到大雁塔，然而，却无法和他们联袂攀登了，我已迟到了一千多年。好像急急忙忙去赴一场盛会，待至赶到会场，早已曲终人散，只留下你形单影只，凭空想象演出的盛况而不胜低回。

只有这样的盛唐，才能轰鸣出诗歌史上的盛唐之音，形成文学的高峰。

唐代的长安，有如现在美国的纽约、法国的巴黎、英国的伦敦、德国的柏林，是当时世界上最壮丽繁华的国际性大都会，也是人类历史上第一座人口超过一百万以上的城市。在"贞观""开元"之治的盛唐，更是声威远振，万邦来朝。然而，人生有悲欢离合，历史有兴衰更替，"安史"乱后，唐朝江河日下，京都也日渐败落，复经唐末的战乱和兵火，长安城几乎成了一片废墟。时至今天，往日的宫殿楼台、千门万户，只能从考古学家绘制的复原图样中去追寻，而昔年的诗酒风流、昌盛繁荣，也只能从诗人流传至今的作品中去想象。

然而，目击唐代盛衰的见证人仍在，那就是唐高宗李治之时修建而屹立至今的慈恩寺内的大雁塔。而先知者的预言呢，那就是杜甫的《同诸公登慈恩寺塔》了，时值唐玄宗天宝十一载（752）的秋天。三年之后，安禄山骑兵的铁蹄，就将关中大地、将大唐帝国践踏得一片狼藉。其时大雁塔高崎半空，听到了也见到了下界的鬼哭狼嚎，愁云惨雾。

那年秋日同游并同登大雁塔的，有杜甫、岑参、高适、储光羲和薛据，前三位是盛唐的诗坛俊杰，后二人也非等闲之辈。除薛据之作失传外，其他人的作品都流传至今，而且题目大同小异，可谓中国诗史上一次颇有意义的同题诗竞赛。最差的是储光羲的诗："冠上闻阊阖开，履下鸿雁飞。宫室低逦迤，群山小参差。"这已是他写景的好句，结尾的"俯仰宇宙空，庶随了义归。崇为非大厦，久居亦以危"，也不过一般的居高思危之意而已，而且认为万事皆空，只有佛家的"了义"才是最后的归宿。高适与岑参的写景胜过储作不止一筹，高适说，"言是羽翼生，迥出虚空上。……宫阙皆户前，山河尽檐向"，岑参说，"突兀压神州，峥嵘如鬼工。四角碍白日，七层摩苍穹"，他们都颇能写出塔的高崎和登临的感受。但 53 岁的高适，其结句是"盛时惭阮步，末宦知周防。输效独无因，斯焉可游放"，抒发的仍然是一己的怀才不遇之情。岑参的结句是"净理了可悟，胜因夙所宗。誓将挂冠去，觉道资无穷"，正当 38 岁的盛年，就想退隐宗佛，也未免过于消极。

在洞箫低吹、单弦缓奏之中，大雁塔的最高层，轰然而鸣的却是杜甫的黄钟大吕之声：

高标跨苍穹，烈风无时休。

自非旷士怀，登兹翻百忧。

方知象教力，足可追冥搜。

仰穿龙蛇窟，始出枝撑幽。

七星在北户，河汉声西流。

羲和鞭白日，少昊行清秋。

秦山忽破碎，泾渭不可求。

俯视但一气，焉能辨皇州？

回首叫虞舜，苍梧云正愁。

惜哉瑶池饮，日宴昆仑丘。

黄鹄去不息，哀鸣何所投？

君看随阳雁，各有稻粱谋。

杜甫他们登临咏唱之时，到处莺歌燕舞的大唐帝国已经危机四伏，奸相李林甫和杨国忠独揽大权，斥贤害能，朝政日非，昔日励精图治的唐玄宗，也已经蜕化成为贪图享受、终日醇酒美人的腐败分子，安禄山秋高马肥，反叛的旗帜即将在朔风中呐喊。前来登临大雁塔的几位诗人，他们的写景都各有千秋，不乏佳句甚至壮语，但在眼光的锐利、胸襟的阔大和忧国忧民的情怀方面，杜甫之作不但高出不少，同时也是唐代诗人写大雁塔的近百首作品之冠。时代的深忧隐患，社会的动荡不安，个人的忧心如捣，这一切都交织在"登兹翻百忧"的主旋律之中，全诗就是这一主旋律的变奏。仰观于天，俯察于地，"惜哉瑶池饮，日晏昆仑丘"，他讽刺唐玄宗贪于声色而荒于国事，他预见到时代的动乱有如山雨欲来，因而发出了"秦山忽破碎，泾渭不可求"的警告和预言。"有第一等襟抱，第一等学识，斯有第一等真诗"，前人不早就这样慨乎言之了吗？

前有古人，后有来者。原籍唐朝的大雁塔，千年来一直候我登临。沿着塔内的回旋楼梯，踩着杜甫的足迹，高六十多米的古塔将我举到半空之上，我凭窗阅读四方风景和千古兴亡。极目远眺，只见浑圆浑圆的地平线，千秋万代以来就和天边青蒙蒙的雾霭捉着迷藏，至今没有了局；低头俯瞰，唐宋元明清早已退朝，即使是月夜，也再听不到李白听过的万户捣衣之声。只见成群的大厦高楼拔地而起，汹汹然想来和大雁塔比高，而纵横交错、车水马龙的大街是现代的驿道，喇叭声声向大雁塔宣告：昔日的长安已经不在，你面对的是今日的西安。以笔为生，以笔为旗，有

"诗圣"之"圣"常体现在这"第一等襟抱"。杜甫的"忧心"已内化为他的诗思与诗情，所以诗句中常传递一种大悲悯、大情怀而自然贴切，且诗意盎然。这有时需要细细咀嚼。

时也要以笔为剑啊，在高高的大雁塔上，我书生气地想。虽然"斯人不可闻"，但"余亦能高咏"，面对八面来风，我高声吟咏杜甫登塔的诗章，以乡音啊湘音。流浪的鸟，过路的云，还有曾经认识诗人的八百里秦川，都在下面倾听。

华　清　池

在登大雁塔而赋诗之后三年，也就是公元755年11月，困守长安十年，最后得到个右卫率府兵曹参军从八品下小官，专司管理武器仓库和公私驴马的杜甫，从长安去奉先（今陕西蒲城）探望妻儿。他半夜出发，黎明时过骊山，凌晨经华清池。华清宫里，唐玄宗和杨贵妃及大臣们正在寻欢作乐。"朱门酒肉臭，路有冻死骨"，杜甫将沿途的见闻及归家后的感受，写成有名的一代史诗《自京赴奉先县咏怀五百字》。当时没有电话、电报和电传，安禄山已经在范阳（今京南保北的涿州一带）起兵，鼙鼓震天，铁骑动地，唐王朝却仍在"形势一派大好"中歌舞升平。

八年过去，干戈扰攘，血流飘杵，生灵涂炭。白发唐玄宗与红颜杨贵妃的个人悲剧，白骨成丘山、苍生竟何罪的时代悲剧，都终于烟尘落定，进入了历史，让后人评说。五十年后，在陕

这样的诗句只能在唐代产生，其他任何时代都不可能。这由唐代的政治、经济、文化环境所决定。特别是相对于其他朝代，唐代的"文字狱""威力"较小。从这个角度说，杜甫是幸福的，因为他不需在这方面多下"功夫"。

西周至县当县尉的白居易和友人议论天宝遗事，不禁感从中来，写下了千古传唱的《长恨歌》。它的主要倾向是咏叹李、杨的爱情，还是讽喻？它表现的是二者兼有的双重主题吗？或者，它主要是抒写诗人自己的悲时叹逝、感伤家国吗？白居易没有也不应该直接说明，但却使得后人聚讼纷纭，一代人，黑发争成了白发，一千年，哀史争成了历史，至今也仍然没有定论。

一千年后的一个夏日，再不见剑戟森然的羽林军守卫巡行，也没有高力士指挥下太监们的盘查喝问，大约当年杜甫和白居易都不得其门而入，我却只买了一张窄窄的门票，便昂首阔步跨进大唐的皇家禁苑华清池，于其中优哉游哉，流连半日。

华清池位于西安城东约七十里的骊山之下。山麓温泉流涌，周幽王在这里建过"骊宫"，秦始皇易名"骊山汤"，汉代改建为"离宫"，唐玄宗时更环山筑宫，宫周建城，名为"华清宫"。因融园林宫殿为一体而以温泉为中心，一些宫殿又架筑于汤泉之上，故又称"华清池"。唐玄宗每年农历十月均到此避寒游幸，次年开春才回到长安。在封建时代，皇帝即国家，唐玄宗在华清池初逢儿媳杨玉环，惊为天人，辗转反侧，于是他"曲线救国",将玉环度为道士之后再册立为贵妃,其时杨贵妃才27岁,而唐玄宗已是垂垂老矣的62岁。"春寒赐浴华清池,温泉水滑洗凝脂。侍儿扶起娇无力,始是新承恩泽时",于是,华清池便成了他们的游宴之地与温柔之乡,后来因白居易的一曲《长恨歌》,更是闻名遐迩。

鼎盛时期的华清池宫苑,从骊山山麓一直延伸到如今的临潼县中心。沧海桑田,今日整修后的华清池,已只是旧时的一小部分,如同泱泱上邦沦为蕞尔小国,一国首富降为中产人家。但进得宫来,你仍可以感受到一派富丽豪华的皇家气象:回廊如带,水波似镜,绮户低垂,檐牙高啄。在仿唐新建的宫殿里,你当然已见不到演出霓裳羽衣舞时那翻飞的长袖,在新发掘的原来专为贵妃修建的浴池"海棠汤"旁,你当然也无缘得见贵妃如一朵出水芙蓉。西绣岭第三峰峰顶东侧,有唐代长生殿遗址,那本是侍神的斋寝,白居易时隔数十年,又未能到华清池实地考察,故在《长恨歌》中误将其作为李、杨的寝殿。实际上,"夜半无人私语时"的寝殿是"飞霜殿",在海棠汤之北。七月七日月明之夜,如果你来原址侧耳细听,也许还能听到唐玄宗和杨贵妃山盟海誓的私语之声。如果你听不到,你说,那必要时

这里曾演出过为博妃子一笑而"烽火戏诸侯"的荒唐剧。

就只好请高居其上的骊山出面作证了。

可以作证的，不仅有耳闻目见的骊山，还有唐人的诗句。除了杜甫和白居易之外，曾作《宫词百首》的中唐诗人王建，追念开元盛时，也有《宫前早春》一绝："酒幔高楼一百家，宫前杨柳寺前花。内园分得温汤水，二月中旬已进瓜。"吴融的《华清宫》则颇有杜甫诗的遗风："四郊飞雪暗云端，唯此宫中落旋干。绿树碧檐相掩映，无人知道外边寒。"而多忧时感世之作的杜牧呢？他的《过华清宫绝句三首》，则更是时代的诗的证言：

长安回望绣成堆，山顶千门次第开。
一骑红尘妃子笑，无人知是荔枝来。

驿马飞奔，不是为军情政事，而是为皇妃赶送荔枝。

新丰绿树起黄埃，数骑渔阳探使回。
霓裳一曲千峰上，舞破中原始下来。

这边已是鼙鼓动地，喊杀震天，那边却依旧歌舞升平。

万国笙歌醉太平，倚天楼殿月分明。
云中乱拍禄山舞，风过重峦下笑声。

这边还以之为心腹，那边却早已暗藏杀机。

封建时代的中国，是君主集权专制的国家，所施行的是生杀予夺皆出于帝王的人治，帝王本身的素质和才能如何，往往决定国家的兴亡和苍生的苦乐。唐玄宗本是英明有为之主，但在位时间过长，长达四十五年，又无监督机制，到后期已经从明君变为昏君，导致天下大乱，国事不可收拾。观今宜鉴古，无古不成今，杜牧的诗，岂可只视为感慨一时一姓的盛衰呢！

漫步华清池内，在写华清池的唐人诗句中神游，我恍兮惚兮，思接千载。待到回过神来，一千多年的时光早已随风而逝，唐玄宗和杨贵妃也早已一去不回。只有逶迤骊山，仍高高在上俯瞰尘世，唯有温泉流水，仍汩汩潺潺还似旧时。

凡杰出作品，必有超越时代、地域的普遍价值。

灞 桥 柳

汽车往东奔上西安到临潼的高速公路，风驰电掣二十余里，便到了史名与诗名俱盛的灞桥。晚唐诗人郑棨说：他的诗思在灞桥风雪中，驴子背上，后代遂以"灞桥诗在""灞桥风雪"指作赋吟诗。今日我来是乘坐现代的桑塔纳，而且是其热可比南方的盛夏，我不想风雪中吟诗，驴背上得句，但是，灞桥杨柳能赠我一章散文吗？

长安之东有灞河，原名滋水。春秋时秦穆公称霸西戎，竟然不管滋水愿意不愿意，霸道地径行将它改名为灞河。秦穆公早就不在了，但阅尽千古兴亡，流过唐宋元明清，读过无数灞桥折柳诗篇的灞河仍在。灞河之上，秦穆公建有以舟相连的便桥，汉代定都长安后，才正式兴建砖木结构的桥梁，后代许多桥梁，如至今犹存的赵州桥，都是它的后辈子孙。没有河就没有桥，如同没有树就没有果实，但灞桥的名声却远在宽约四百米的灞河之上。自秦汉以来，它沟通北中国的东方与西方，是官员与百姓东去西来的重要关卡和通道。灞桥两岸，广植杨柳，汉唐之时行人由长安远去西北，亲友们送到渭桥折柳为别，而从长安远去东南呢？则于灞桥相别折柳。暮春时节，风中柳絮如雪花，不知由哪些评委评定，"灞桥风雪"就进入了"长安八景"之列，而灞桥也就成了中国历史和中国诗史中的一座名胜。

桥上飞花桥下水，断肠人是过桥人。五代王仁裕《开元天宝遗事》说："长安东灞陵有桥，来迎去送皆至此桥为离别之地，故人呼之为销魂桥也。"离别少不了柳条，甚至还有箫声伴奏，那至今没有消逝的箫声，从李白的《忆秦娥》中越千载而传来："箫声咽，秦娥梦断秦楼月。秦楼月，年年柳色，灞陵伤别……"李白这首词，上片歌长安东南之灞陵伤别，下片咏长安西北之汉家陵阙，柔婉与悲壮兼而有之。至于说到"年年柳色"，在李白之后，盛唐的戎昱也曾在《途

渭桥与灞桥，一西一东，皆为长安送别胜地。

"灞桥风雪"美在那种作赋吟诗的情怀。不解此意，缺失了人文之美，此景便成寻常。

折柳送别取谐音"留"之意。代代相承，已成一种仪式。唐时对很多人来说，灞桥折柳送别更多了一重悲伤，因为长安为都城，而离开京都者多为落魄之人。

长安行　**037**

中寄李二》中咏叹：

> 杨柳含烟灞岸春，年年攀折为行人。
>
> 好风若借低枝便，莫遣青丝扫路尘。

从诗中可见，当时河滩东西，官道两旁，杨柳低垂而枝条拂地。附带提及的是，此作在《全唐诗》中也归属于李益名下，而且题目相同，同时又属于另一位诗人杨巨源，只是题目为《赋得灞岸柳留辞郑员外》，一诗三主，如果其中一人像当代某些作者一样动辄诉诸法院，不知法院如何宣判版权所有？届时只怕要请灞岸之柳出庭作证。也许是多年来攀折者太多，加之后来者不愿重复前人，要故意抬杠，于是我们又见到另一种景象，中唐时的韩琮在《杨柳枝词》中就写道：

> 枝斗纤腰叶斗眉，春来无处不如丝。
>
> 霸陵原上多离别，少有长条拂地垂。

两位诗人虽都是唐人，但异代而不同时，所见所感同中有异，也都各有妙趣。你如果觉得柳长柳短不知听谁的好，那就兼听则明吧。

将车停在灞水桥头，我们在桥上漫步，左顾

右昄。公路两旁仍然绿柳依依，毫无疑问这些都是唐柳的不知多少代的苗裔。宽阔的河床上到处是沙洲绿滩，枯瘦的水流像中国大地上它的许多同行一样，都已经患了污染之疾。什么时候，灞水还能像唐代一样清碧丰沛而一苇可航呢？虽然其清明浩阔已远不如从前，但一千多年的风沙吹过去，李白写灞水的《灞陵亭送别》却仍然流光溢彩，如同刚在纸上一挥而就那样新鲜：

送君灞陵亭，

灞水流浩浩。

上有无花之古树，

下有伤心之春草。

我向秦人问路歧，

云是王粲南登之古道。

古道连绵走西京，

紫阙落日浮云生。

正当今夕肠断处，

黄鹂愁绝不忍听！

《招隐士》云："王孙游兮不归，春草生兮萋萋。"自此芳草渐成象征离别的典型意象。

"乐府"因入乐要求，音韵节律相对要求较严，而由乐府发展而来的歌行相对要求较宽，句式自由，灵活多变。

我的前辈及同乡王夫之先生，在《唐诗评选》中曾说这是"夹乐府入歌行，掩映百代"的杰作，不知他当年是否到过灞桥？我往日读这首诗，也只是在故乡长沙，人隔千里，且局促于小小的斗室书房。今日有幸一睹此水，亲履斯桥，我当然便忘乎所以地高吟起来，不管那座现代化的钢筋水泥桥梁听不听得懂，也不管桥下年高体迈的古老灞水听不听得清。我只顾自己心血如潮，放声吟诵，李白正在唐朝、正在千年的那一头倾听，我毫不怀疑，你信不信？

曲 江 池

未到曲江池，好像美人如花隔云端，令人心神向往；来到曲江池，美人已化为黄土、泥土、尘土，你会又一次憬悟人生的短暂和世事的沧桑。

还是在少年时，我就已经从唐诗中和历史读物里初识曲江池了。长安城外约五公里的东南方，离大雁塔不远，有一处游览胜地，秦代名"宜春苑"，汉代叫"乐游园"或"乐游原"，其中有盛开荷花的芙蓉园，还有一处弯弯曲曲长约七里的湖泊，人称曲江或曲江池。这里美如江南：湖水清亮似绿绸，夏天在水面绣了许多红莲与白荷；近岸处则是菖蒲与菰米的天地，湖畔柳丝拂地，乔木参天，亭台楼阁在两岸凌波照水，如同在举行盛唐的时装展览。从唐代中叶开始，

"乐游原"已成一种象征，一种代名，指代盛事美景。

进士们及第后要去大雁塔题名，来曲江池畔的杏园举行宴会，"及第新春选胜游，杏园初宴曲江头"，这就是刘沧《及第后宴曲江》的开篇自白。唐玄宗为了自己和贵戚们的游乐之便，由大明宫至兴庆宫往南直至芙蓉园和曲江，沿城墙修了一道两边是城墙、中间是行车大道的"夹城"，他们心血来潮，就可以从夹城直趋曲江。"花萼夹城通御气，芙蓉小苑入边愁"，这是杜甫在《秋兴八首》中的记叙。每年阴历三月初三，到水边除垢呈祥是自古相传的习俗，唐代上至皇亲国戚，下及百姓平民，也纷纷到曲江游赏，风光更是盛极一时。

古称"修禊"。《兰亭集序》中有"会于会稽山阴之兰亭，修禊事也"之述。

我慕名远道而来时，曲江早已面目全非。当年的曲江池，已变为一大片低洼而弯曲的麦田。麦田周围树木稀疏，工厂的烟囱在吞云吐雾，民房与厂房踵接肩摩。"鱼戏芙蓉水，莺啼杨柳风"，张说的鱼戏与莺啼呢？"穿花蛱蝶深深见，点水蜻蜓款款飞"，杜甫的蜻蜓和蛱蝶呢？"更到无花最深处，玉楼金殿影参差"，卢纶诗中那些映水的玉宇琼楼呢？不只是现在的我已不复得见，唐代末年的诗人豆卢回，在他仅存的一首诗《登乐游园怀古》中，也早已说"昔为乐游苑，今为狐兔园"，而到北宋诗人李复的笔下，曾极

这些诗句都印证了当年曲江池之昌盛。

由盛到衰，道尽世事沧桑。

尽繁华的曲江，就已经是"唐址莽荆榛，安知秦宫殿"了。

曲江池的由盛而衰，除了水源枯竭这一自然灾难之外，关键在于人祸。后期的唐玄宗，由英明之主变为昏聩之君，任用奸人，远斥贤者，朝政与国事日非。因宠爱杨玉环，他竟在同一天封大姨为韩国夫人，二姨为虢国夫人，八姨为秦国夫人，每人每月赐可买五百担米的十万钱作脂粉费。杨玉环的堂兄杨钊，本是游手好闲的纨绔无赖，玄宗认为"钊"字由金刀组成，有失吉利，故赐名杨国忠，并以他作为李林甫的接班人，当了宰相。他一身而兼五十余职，百般诬陷正直有才之士，千方迎合贪图享乐的玄宗，贪污受贿不计其数，仅细绢就收藏三千多万匹。他曾对人说，他是碰上了机会，此时不捞，还不知日后是什么下场，名声无所谓，还不如眼前尽情快活。这，倒可以作为现代的贪官污吏的座右铭。现代的脏吏邪官，群众视之如同瘟疫寇仇，他们的名言"有权不用，过期作废"，恐怕是其源有自吧？"三月三日天气新，长安水边多丽人。……就中云幕椒房亲，赐名大国虢与秦"，杜甫作于安史之乱前夕的《丽人行》，揭露了皇室的追欢逐乐，骄奢淫逸，而结束全诗的"炙手可热势绝伦，慎

这些数据已不再枯燥，而是生动地呈现了唐玄宗的昏聩与杨氏的贪婪。

莫近前丞相嗔"，批判的锋芒，直指下场仍与金刀有关、并不吉利的杨国忠。有识有胆的杜甫，真不愧"诗史"与"诗圣"这光荣尊贵的称号。

安史之乱，是唐朝也是曲江池由盛而衰的转折点。安史之乱后，唐朝已成了一轮不可逆转的西下夕阳，而往日如同美人的曲江池，也日见形容憔悴，无复盛时的风华。"少陵野老吞声哭，春日潜行曲江曲。江头宫殿锁千门，细柳新蒲为谁绿"，这种时代的沧桑巨变，长安沦陷时落于敌手的杜甫，在《哀江头》中已有身历目击的反映。数十年后，忧心国事的李商隐也写了一首《曲江》：

望断平时翠辇过，空闻子夜鬼悲歌。

金舆不返倾城色，玉殿犹分下苑波。

死忆华亭闻唳鹤，老忧王室泣铜驼。

天荒地变心虽折，若比伤春意未多。

而应该与此诗写作时间相近的《乐游原》，就更为概括而警策。胜地的衰败，唐王朝的日之夕矣，自己年华老去而壮志难申的悲哀，眼前景，世间事，心头情，无限丰富的内蕴和意韵，一起压缩在寥寥二十个字里，有如冰镇了千年而

"人生有情泪沾臆，江草江花岂终极？"这是《哀江头》的名句。时局大变，而花草却年年依旧，没有终结穷尽之时，令人无限伤感。

新鲜一如昔日的多味之果，让后世的读者重新品尝它的苦辣酸甜。

"向晚意不适，驱车登古原。夕阳无限好，只是近黄昏。"唐朝，早已降下永远不再升起的帷幕；李商隐，也早已转身走进了台后，再也不会出场。在李商隐驱车吟诵过的乐游原，在穿过原来曲江池的"雁引公路"旁的高地上，回眸20世纪那一轮饱经沧桑的落日，面对地平线上那欲吐未吐的晨光，豪情未衰，热血未冷，且让我张开筋力未老的臂膀，抱起新世纪的第一轮朝阳！

客 舍 并 州

一

　　并州，这个曾经照亮过中国诗歌史的名字，就是今日山西省省会太原。"太原"之名其来也久，古人曾说"太原，原之大者"，故太原也即"大平原"之意。山西省四周崇山峻岭，而汾河两岸则平原广袤，所以远古之时就泛称汾河流域为"太原"，直至春秋后期才词有专属，"太原"才专指现在的太原地区。不久之前，我曾从杏花春雨的江南，远赴白马秋风的塞上，山西地处黄河中游，是中华民族的重要发祥地之一，我当然要前去拜访，以了却心中"何日忘之"的夙愿。于是，我终于在太原作了匆匆数日的他乡之客。

　　然而，我这篇文章的题目没有写成"客舍太原"而是"客舍并州"，却是由于我与诗的宿缘。太原又名"并州"，乃自唐朝始。中唐诗人贾岛（又云作者乃"刘皂"，诗题为《旅次朔方》）的

"并州"与"太原"相比，更多了一分古意，多了一分因时代阻隔而生的诗的气息。

名篇《渡桑干》有道是：

认他乡作故乡是一件伤心的事。但曾经久留之地，与之离别后自会产生乡关之情。

客舍并州已十霜，

归心日夜忆咸阳。

无端更渡桑干水，

却望并州是故乡。

对这座位于黄土高原东畔、晋中盆地北缘的城市，我早在儿时就于贾岛的诗中相识。贾岛作客并州长长十年，而千年之后的我却只是来去匆匆七日。山水有缘，人也有故，我想贾岛如果有知，也会欣然首肯的吧，便径行借用他的诗句之半作了我这篇文章的题目。

无巧不成文的是，我们的下榻之地，正是位于市中心迎泽大街的并州宾馆。从公元前497年古晋阳城问世算起，太原已有两千五百年的历史，乃中原北门的军事重镇，有"北方锁钥"之称。所谓"东带名关，北逼强胡……斯四战之地，攻守之场"，往日的雄风胜概，令人至今仍可想其凛然。这里也是唐代李渊、李世民父子的"龙兴之地"，他们就是于此起兵，战马奔腾出一个新的鼎盛王朝，旌旗飞舞出历史上的大唐时代。虽然历经桑田沧海，今日太原城内古迹已经不多，只有位于城之东南隅、建于明代的崇善寺，以一座仅存的大悲殿，向人诉说火灾劫后的余生，而更南的永祚寺内，那从明代至今依旧巍然高峙的双塔，也年年在秋风夕照中追忆已经远逝的历史。但是，今日的太原确乎依然有王者之风，城区四展，广场宏大，马路宽广，高楼耸峙，主要街道来去竟然共有八条车行线，那种气象，直追北京东西长安大街的项背，如果李世民的昭陵六骏复活，足可以供它们并辔以驰驱。然而，我非武士而是文人，我感兴趣的不是往昔的干戈杀伐，而是诗人的翰墨流风。

"并州"的王者之风与杀伐之气，显然也影响了诗人，使此地的翰墨流风有了雄浑阔大之气。

山西堪称地灵人杰，而并州更是人文荟萃之地。即以唐代而论，且不说唐宋八大家之一的柳宗元和花间词派的鼻祖温庭筠，籍贯并州的，除了自称"太原白氏"的唐代诗坛第三号人物白居易之外，至少还可以数出"三王"——王之涣、王昌龄和王翰，他们即使没有任何其他作品，仅仅各自只有《登鹳雀楼》（"白日依山尽"）、《出塞》（"秦时明月汉时关"）、《凉州词》（"葡萄美酒夜光杯"），其名字也可以历经时间风沙的吹刮而不朽了。何况有前来做客的李白，写下了格调高逸的《太原早秋》，何况还有前来凑兴的贾岛，也反复其言地把并州写进他的诗行里。昔日大学的同窗尹世明君，陪我在城内寻寻觅觅，却始终找不到白居易的半点踪影，也不见"三王"与李白的哪怕是飘然而过的一角衣衫，我无法请他们把酒言诗并把臂同游了，千秋异代不同时，真是令人惆怅。回到并州宾馆，我只有痴痴地等待贾岛，也作客并州的他，或许会前来敲门吧？

入夜，门上有啄剥之声，我一跃而起，但来者并非贾岛，而是供职于北岳文艺出版社的友人解正德君，他是拙著《写给缪斯的情书——台港与海外新诗欣赏》的责任编辑。他说已经买好了北去五台山三日游的汽车票，所费不菲，明天凌晨便可结伴起程。

二

五台山包括东西南北中五峰，环周五百里。原有庙宇三百六十座，现仍有一百余座，而台怀镇的庙宇从东汉永平年间开始修建，寺庙之多，为五台山之最，而"佛光寺"则是今日唯一可见的唐代建筑实物。次日，我们在台怀镇四山的庙宇中瞻拜，只见白塔钻天，红墙覆地，殿宇辉煌，黄瓦耀目，香烟在钟声中袅袅，青灯于古佛旁荧荧，我们随滚滚人潮在众庙之门，也是众妙之门涌进退出，只感到庙不可言呵妙不可言。

同音仿造，"妙"不可言。

说庙不可言也不全是事实，我印象最深的为"二顶"，一是菩萨顶，一为黛螺顶。菩萨顶位于高峻的山巅，山门外共有一百零八级石阶，佛家说人生有一百零八种烦恼，据说登至石阶顶端，即可将所有的烦恼踩于脚下。我奋力攀登而上，也顾不得诸多烦恼是否都已化为云烟，便和正德去顶侧的"康熙行宫"浏览，康熙五次巡幸五台，四次宿于菩萨顶。在昔日的行宫禁地，我们也大摇大摆地摄影留念。在庭院中，只见两株古松撑起一角青空和几百年悠悠岁月，往日帝王的丰功伟业与赫赫声威，都化作了炎阳下香炉里的袅袅青烟。黛螺顶与菩萨顶隔台怀镇而相对，合奉五个台顶的五位文殊菩萨，一百零八级青石台阶如石瀑，从山顶的五方文殊庙前奔泻而下，从山脚仰望，只觉庙顶压人眉睫，不胜重负。我携5岁的小外孙虹豆歇歇爬爬，攀缘而上，在"五方文殊殿"进香。我乃碌碌于尘世的凡夫俗子，不敢想望在人世间烦恼全消，六根清净，但在商潮澎湃、物欲高涨的时代，我坚守的是书房那一方净土，文殊菩萨主管智慧，我不祈祷菩萨保佑我日进斗金，如能启我智慧，增长我的无贝之"才"，让我手中的秃管变成一枝生花的彩笔，则于愿足矣。

烦恼伴随人生，如影随形，不可能根除，但若有所坚守，至少能化解许多烦恼。

黛螺顶居高临下，将山下的古寺旧庙都一一招来眼前，那是中国佛教史上一幅幅重要的插图。我不由想起唐诗人李质，他当年来游五台，曾写有《龙泉寺》一诗：

> 香刹夜忘归，松清古殿扉。
> 灯明方丈室，珠系比丘衣。
> 白日传心静，青莲喻法微。
> 天花落不尽，处处鸟衔飞。

传说佛说法时诸天感动，撒下香花作为"供养"。《心地观经·序分》说："六欲诸天来供养，天花乱坠遍空虚。"

由庄严肃穆的佛界而凡心俗念的红尘，俯瞰车水马龙的台怀镇，似仍听见人声鼎沸，笛音成阵，乐曲飞扬，正德不禁若有憾焉："一个人要培养佛性、禅心，在心灵深处开拓一片清凉境地，诗书一卷，清茶一壶足矣。在物欲日炽、世风日下的年头，佛地也不能独保清净和清静了，佛教圣地竟变成了旅游胜地！"我想，他大约是指摩肩接踵的人流，纷来沓往各种牌号的假公济私的小轿车，随处可见的不夜城卡拉OK、香格里拉夜总会，以及扩音器中忘乎所以的流行音乐吧！

"夜总会、桑拿浴、卡拉OK入侵到这里，真是不恭不敬，"我说，"但真正的佛教徒不远千里而来，当然心怀虔诚，有些人虽既非教徒也非居士，到这里也该是心存敬畏的吧？佛教导人向善，有助于化社会的戾气为祥和，举头三尺有神明，如果对菩萨都君子不敬而小人不畏，人人都敢于亵渎神明，像'文革'中那样，那就大可忧虑了！"

我们的对话在黛螺顶随风而散。不知对面山巅菩萨顶的菩萨是否听得见，也不知身边的神明们是否听得清？我回过头来，只见五方文殊菩萨法相庄严，默然无语。

三

我们原车从原路返回太原并州宾馆，假日旅游公司让我们又享受了一个难忘的假日。第二天黎明，我们去太原市西南二十五公里之悬瓮山下朝拜晋祠，梁靖云兄也是我大学时代的同窗，他驱车陪同前往。

五台山的庙宇是人与神来往的殿堂，表现了人对天国的追寻和向往，晋祠则是人与史交通的驿站，显示了人对历史的缅怀和对现世的珍惜。这，从"晋祠"名称的由来也可以看出。晋祠，原是奉祀西周初年晋国开国侯唐叔虞的祠堂。据《史记·晋世家》记载，周诸侯国唐国叛乱，为

对佛心存敬畏，对万物心存敬畏，应当比"大无畏"更能导人走向"善地"。

周所诛灭，周成王与弟叔虞戏，封叔虞于唐，故称唐叔虞。叔虞传位于儿子燮，因境内有晋水，故改国号为"晋"。李渊父子名国号为"唐"，定都长安之后将太原尊为"北京"，就是追本溯源，纪念他们的发祥之地。中国人称自己为"汉人"之外，也称"唐人"，历史虽然源远流长，但在这里却可以寻觅到源头最早的波浪。

晋祠创建的具体年月，已经是一团无法索考的历史烟云了，据文献检索，它最早矗立于北魏郦道元的《水经注》里："际山枕水，有唐叔虞祠，水侧有凉堂，结飞梁于水上。"即使仅仅从那时算起，距今也有一千五百余年的岁月悠悠。夏日的豪雨即兴挥洒，我们在水汽空濛中来晋祠作半日之游，刚进大门，便一脚跨进了远古。

晋祠的古迹多达六十余处，匆匆半日怎可追踪悠悠的历史？倘若说走马看花，也只能看到花的一枝半枝，如果说蜻蜓点水，那就会连尾巴也来不及打湿了。沿中轴线的水镜台而前，智伯渠的莲花台上四角，有四尊高两米余的铁铸金人，他们从宋代就站定在这里，神态威武，巨目怒张。是北宋杨令公的部下，还是南宋岳飞帐中的武士？我近前放胆拍拍他们高大的肩臂，仿佛仍有暗呜叱咤之声从已经远逝的岁月中轰然传来。

祠区之北有"贞观宝翰亭"，亭内有李世民手书一千二百零三字的《晋祠之铭并序》的碑文，字体流丽圆转，一派泱泱大国之风。我趋前以目光轻轻拂拭，那遥远的中国历史与中国诗歌的黄金时代，刹那间似觉仍然伸手可及。附近的唐碑亭，有前人集杜甫诗而成的联语："文章千古事，社稷一戎衣。"前者代指李世民所撰的碑文，后者代指他的武功。

晋祠内的人文景观已经领略不尽了，圣母殿两侧那三千年前的周柏，又远从周朝来镇住你左顾右盼的眼睛。它们结队成群，有的依然挺立，神色傲然地冷对时间的风霜，有的虽然力倦精疲而斜靠在邻伴身上，却始终不肯倒下。最令人惊心的是，它们的根部和大半截身躯虽然俱已筋骨裸露，如同颜色赭灰的化石，但它们却依然不甘年华老去，其上依然枝繁叶茂，华盖青苍！面对这一群树中的长老、时间的见证、阅尽兴亡的旁观者，任你是什么英雄豪杰，也不得不承认人生短如一瞬，不得不叹息人世的短促与天地的悠长！

晋祠后倚悬瓮山，祠内有难老泉，俗称南海眼，为晋水主要源头，故难老泉的联语均与水有关，如"昼夜不舍，天地同流"，如"悬山玩翠，

"集联"是对联的一种重要形式，好的"集联"往往令人称绝。镇江焦山夕阳楼上集联——"夕阳无限好"（李商隐），"高处不胜寒"（苏东坡）——也是妙趣横生。

袖海观珠"，如"泉出乎地，地久泉俱久；水生于天，天长水亦长"，而祠内以前确实是处处碧波荡漾，曲水流觞。为晋祠的碧水写照传神的，莫过于李白了。

唐开元二十三年（735），李白的好友元演的父亲任太原尹（太原府最高长官），元演曾邀他来游太原，自初夏而至早秋。李白后来在《忆旧游寄谯郡元参军》中说：

> 时时出向城西曲，晋祠流水如碧玉。
> 浮舟弄水箫鼓鸣，微波龙鳞莎草绿。

李白虽然喜欢夸张，但那"流水碧玉"与"浮舟弄水"，却纯是写实的笔墨。然而，现在晋祠的流水已经浅可见底，且时有干涸之虞，特别是不知惜福的游人，不断将易拉罐、塑料袋之类的现代垃圾随手抛入古老的水流之中，这，大约也是一种遍于国中的"国粹"吧？清流浅涸，船帆不知去向，溪沟脏污，碧玉已经失色，如果李白一朝酒醒飘然再来，看到他的诗句被时间和游客篡改得如此面目全非，不知会作何感想？在高悬"一沟瓜蔓水，十里稻花风"的"流碧榭"前，我不禁思接千载，直到几记清钟穿林越水而来，才将我从想入非非中敲醒。

　　贾岛或刘皂离开作客十年的并州，对并州不免油然而兴乡关之思，我作客只有七日，还来不及把他乡认作故乡。但我也曾北上五台，高攀人与神交接的殿堂，南下晋祠，流连人与史交通的驿站。如今人在江南，人在江南，且让我匆匆走笔，挽留我永远的回想。

初读这样的文字，只觉得李元洛先生是一老顽童。及再读，多读，读完全卷，你会发现几乎每篇都有这样深情的文笔，它带给你不能自已的情绪激荡。

月光奏鸣曲

窈纠，缓步的样子。悄，忧也。诗句是说，明亮的月光下，一位美女在款款漫步，想起她使人心忧。《诗经》中有许多歌唱爱情的诗篇，都很动人，值得一读。

"月出皎兮，佼人僚兮。舒窈纠兮，劳心悄兮。"中国诗歌中的一勾新月，从《诗经·陈风·月出》篇中冉冉升起，向远古的山川洒落最早的清辉，然后弯过汉魏六朝的城郭，照耀中古时代许多诗人卷帷仰望的幻梦。时至唐代，月明星稀，它终于圆满在苍茫的天庭之上，辉耀在诗人的瞳仁之中，流光溢彩在从初唐到晚唐的许许多多诗篇里。如果翻开卷帙浩繁的《全唐诗》，你可以看到唐诗人举行过规模盛大的月光晚会，大大小小的诗人都曾登台吟诵他们的明月之诗。那场晚会永远不会闭幕。听众兼观众的我也永远不会退场。在熙熙攘攘的红尘，营营扰扰的俗世，我珍藏在心中的，是永远也不会熄灭的唐诗中的月光。

春 江 花 月

我喜欢倾听中国的古典名曲。此刻，当我写

下"春江花月"这个标题，民族管弦乐曲《春江花月夜》众多乐器的独奏与齐鸣，便在我心中响起，乐声宛如一座长桥，把我引渡到遥远的从前。

从前，遥远的六朝。不知名的民间歌手在哪一回良辰美景中心血来潮，创作了题为《春江花月夜》的乐府民歌？人生天地之间，无论物质需求和精神生活，都离不开社会群体的创造和他人的襄助，除了冥顽不灵者和以怨报德之徒不知感恩，我们要感谢的人与事实在太多了。我感激唐代诗人张若虚，这位扬州人虽然与贺知章、张旭、包融齐名，称为"吴中四子"，但两版《唐书》对他未设专传，其生卒年与事迹今日也已经无考。在他的名下，《全唐诗》仅存诗二首，一首是平平之作的五言排律《代答闺梦还》，一首竟然是那篇永恒的有如奇迹的《春江花月夜》！应该致以谢忱的还有宋人郭茂倩。钟嵘评价鲍照时曾喟然长叹："嗟其才秀人微，故取湮当代。"人微言也轻，一些作者因地位低微或名声不著，其优秀作品也往往随之埋没，这可谓古今皆然，因为世人常常势利媚俗且有从众心理。张若虚功名不显，生时就未能编集成书。今存《唐人选唐诗（十种）》，依年代，芮挺章《国秀集》可以

"排律"是律诗的一种形式。格律形式与普通八句律诗没有区别，只是每首句数至少在十句以上。

选张诗却未选，宋代许多与诗有关的著名文献，如《唐百家诗选》《唐诗纪事》等书，也均未收录张若虚其人、其诗。幸亏郭茂倩编辑《乐府诗集》时，收有《清商曲辞·吴声歌曲》共五家七篇，张作因为也是"乐府"，故而被收录其中。富豪痛心的是钱财损失，政客锥心的是禄位成空，书生伤心的是杰作不传，如果郭茂倩还可以收到，我们真应该用洒金红笺向他好好写一封感谢信，并且以限时特快专递送达，如果没有他的收录之功，我们今日失掉的将是一块精神的连城之璧！

张若虚的《春江花月夜》，曾伴随我人生的青春年华。湘江，在我所居住的城市长沙的城边流过，江中有一座长岛，人称水陆洲或橘子洲。那时，还没有凌空飞渡的大桥，靠的是渡轮或小舟迎来送往。很少污染的江水，唱的是自古相传的碧蓝的谣曲，幽静少人的橘子洲，还像童话中的一幅插图。我们常常在春天的黄昏渡江登岛，在江边的一伞树荫下等待月上柳梢头。春江浩荡，当万古如斯的一轮月华从江中涌出，江干白沙如雪，长洲花林似雾，我年轻的心中如痴如醉的是张若虚之诗句：

春江潮水连海平，海上明月共潮生。

郭茂倩为我们保存下了这首绝代精品，怎样感谢他也不为过。这不仅是对郭的奖励，更是对那些势利者的讽刺。

滟滟随波千万里，何处春江无月明？

江流宛转绕芳甸，月照花林皆似霰，

空里流霜不觉飞，汀上白沙看不见。

江天一色无纤尘，皎皎空中孤月轮。

江畔何人初见月，江月何年初照人？

人生代代无穷已，江月年年只相似。

不知江月待何人，但见长江送流水……

千年前张若虚描写的，是他故乡扬州的春江，还是江南哪一处风光绮丽的地方？这只有他自己才能解答了，但我当时只觉得他写的就是我眼之所见身之所历。那时少年不识愁滋味，更何况人生初恋，只觉得他的诗句美妙绝伦，也顾不得去想他"江畔何人初见月，江月何年初照人"的有疑而问，只希望柳梢明月永远照耀着现在的我们，就于愿已足了。

似水流年。数十年后再来读张若虚的《春江花月夜》，当然已有较深层次的理解。这首诗与陈子昂的《登幽州台歌》，是初唐诗坛的双璧。同是感悟人生，咏叹哲理，回眸历史，叩问宇宙，前者的中心意象是碧海青天的明月，后者的中心意象是抒情主人公作者自己，而前者出之以清新幽远的意境，后者则发而为慨当以慷的悲

李白在《把酒问月》中有"今人不见古时月，今月曾经照古人。古人今人共流水，共看明月皆如此"几句。我们无从考证李诗与张诗的关系。是否可推想：至此时，诗人对宇宙人生的叩问已成普遍现象，张李二人都是在借永不磨灭的明月映照永不枯竭的江水这一意象探索宇宙人生之谜？但从个人感受看，张诗在问答中更显张力。

歌，标示了唐诗对诗美与风骨双重追求的创作走向。不过，<u>陈子昂的诗当时即已名满天下，张若虚的诗却明珠暗投了好几百年，一直到明代才逐渐为人所识</u>。但是，如果张若虚知道闻一多曾盛赞"这是诗中之诗，顶峰上的顶峰"，他也该诗逢知己而欣然一笑吧？

陈诗为何当时就能名满天下，张诗为何几百年间遭遇被湮埋的不幸？这是值得探究的文化现象。

数十年过去了，湘江早已没有过去的清且涟漪，橘子洲也已屋宇拥挤、人烟稠密，江边的那株柳树虽在，却也已不再飞绵，我和少年的恋人如今也华年已老，但我心中的张若虚的《春江花月夜》啊，却永远永远年轻。

边　塞　月

唐诗如同浩浩荡荡的长江大河，其中的边塞诗波涛汹涌，浪花千叠。边塞多雄关险隘，而高空的明月是关山的背景，征人的乡愁，历史的见证。因此，许多边塞诗被那一轮明月照亮，就绝非偶然了。

"走马西来欲到天，辞家见月两回圆。今夜不知何处宿？平沙万里绝人烟"，岑参出使西域，两三个月尚未到达目的地，如今他只消坐上波音747，一飞冲天，不是朝发夕至而是即发即至。不过，那样一来，这首题为《碛中作》的好诗，也就会在天上烟消云散了。"回乐峰前沙似雪，受降城外月如霜。不如何处吹芦笛，一夜征人尽望乡。"这是李益的《夜上受降城闻笛》，诉之于听觉的笛声固然动人情肠，如霜的月色可能更撩人愁思，如果只有笛声而无月色，恐怕还不足以使征人们那天晚上一夜不眠吧。王昌龄在《从军行》中歌吟："琵琶起舞换新声，总是关山旧别情。撩乱边愁听不尽，高高秋月照长城。"秋天是草木摇落而倍加怀人的季节，何况是边塞的秋天？更何况是边城的秋月？时隔千载之后，我于一个早秋之日从北京远去青海，在西部边陲的月夜，我竟然和唐代边塞诗中的明月撞个满怀。至今回忆往事，仍可拾起几片粼粼的月光。

"一夜征人尽望乡"是将细节放大，使其上升为一种普遍现象。这就是艺术真实。

60年代伊始，我毕业于北京一所高等学府的中文系。因为当时只管埋头读书而不顾抬头看路，心知我们这些"只专不红"的人只会被远放边疆，而绝不可能留在北京，加之那一代青年大都单纯热情，所以我也满怀建设边疆的豪情壮志，三个志愿分别填写了青海、内蒙古与西藏。虽然平日高喊革命口号而实权在握的同学，许多都分在了首善之区的京城，令我心怀羡慕，也心存疑惑，但我胸中汹涌的，却仍是李白的"大丈夫必有四方之志"的浪漫豪情。那时，饥荒已遍扫神州大地，生活在"世界革命的中心"的我们却懵然无知，只知"形势一派大好"。临行前，一位年长的同学悄悄告诉我，西北地区尤其贫困，道路不宁，饥民遍野。<u>他说时面色神秘而紧张，再三叮嘱我不得外传。</u>我其时虽已弱冠，但仍然少不更事，初闻之下，还怀疑耳朵错听了童话或者神话。

车轮西行，日轮也西行，列车终于和夕阳一起抵达青海的省会。一路上见闻已经不少，而西宁呢，远比我想象中的还要落后与荒凉。一条贯穿全城的主要马路很少行人，其他街巷古朴简陋，就如时间一样年深月久，而不知筑于何朝何代的泥土城墙，仍固守在肃杀的秋风中和遥远的鼙鼓声里，不肯让位于现代文明。我们一行数十人被安顿在湟水河边的招待所，便开始了在青海最初的而远非最后的晚餐。在北京，我们是天之骄子的大学生，尚不太清楚饥饿为何物，而现在款待我们肠胃的，只有三枚越看越瘦的馒头，和一小碟其色深黑、其味苦咸的干野菜，用任何化学手段作定性与定量分析，也查不出一点油星。晚餐后，同学少年们似乎是患了集体失语症，在那摆放着双层床、可住数十人的大房间内，一个个爬上床去早早安眠或无眠。

然而，应该都是眠而不安吧？秋夜边地的天空碧蓝如海，不染纤尘，我在唐诗中见过不知多少回的那轮边塞明月，正攀过远处的山峰而升上中天，把清霜洒遍边城，也洒满我一床。辗转反侧，我不禁想起唐诗人吕温，和刘禹锡、柳宗元声气相通的他，唐贞元二十年（804）出使吐蕃，在青海被拘留经年。他的诗多次写到青海，《经河源军汉村作》说"行行忽到旧河源，城外千家作汉村"，在《读勾践传》中，他又说"丈夫可杀不可辱，如何送我海西头"，而《吐蕃别馆月夜》，写的似乎就是我斯时斯地亲历的情境：

> 三五穷荒月，还应照北堂。
> 回身向暗卧，不忍见圆光。

　　"三五"是农历十五，月亮最圆之时。吕温想，绝域穷荒的明月也应该会照临家乡慈母的居处。他转背侧身而卧，不忍再面对那撩人愁思的月光。心中默诵吕温的诗，我真想问问他：你当时羁留的"别馆"的所在地，是否就是我今夜暂住的招待所呢？

　　虽然远离家乡和亲人，初来乍到那陌生而艰苦的不毛之地——君不见之"青海头"，但我心

"北堂"，古时大户人家主妇卧室。后借指"母亲"。吕温在那样的穷绝之境，心中所想的是慈母。孝心可感、可歌、可泣。古人写边塞月多有思乡之情，但如吕温这等思母却不多见。

中奔流的，毕竟是不易冷却的年轻的热血。深宵不寐，我想得更多的是豪气干云的李白，那一轮明月当晚从他的《关山月》中奔逸而出，如一面银锣，敲响在万山之上、蓝天之上和我的心上：

李白常在"大"与"小"的起落对照中荡出令人叫绝的诗句。《关山月》前半部分豪气干云，后半部分儿女情长；对照中令人动颜，令人心慌。

> 明月出天山，苍茫云海间。
>
> 长风几万里，吹度玉门关。
>
> 汉下白登道，胡窥青海湾。
>
> 由来征战地，不见有人还！
>
> 戍客望边色，思归多苦颜。
>
> 高楼当此夜，叹息应未闲！

在青海的日子，可谓饥寒交迫，长日如年。但人生不能只有月夕花朝的柔情，也要有铁马金戈的壮志，不能只有舞池灯畔的轻歌曼舞，更要有寒天冻地之中的抗雪凌霜。青海馈我以不是许多人都有的人生经历，赠我以不向命运屈服的坚强意志，即使这些都没有，仅仅只是和吕温与李白的边塞明月在千年后实地相逢，我也感到很满足和富足了。

山　月

古人认为日为太阳，月为太阴，但在中国古

典诗文中，歌咏明月的作品的数量，却远远超过抒写太阳之作。在古谣谚中，对太阳甚至还有"时日曷丧，予及汝偕亡"的诅咒之言。苏东坡自道平生赏心乐事有十六种，没有一种涉及太阳，但其中之一却是"月下东邻吹箫"。这，是否因为世上劳劳碌碌不胜其苦的众生，更需要柔性的月亮的照耀和抚慰呢？

在形态情境各异的月亮中，"山月"是最逗人怜爱和引人遐想的一种了。也是苏东坡，他在《前赤壁赋》中就曾赞美道："惟江上之清风与山间之明月，耳听之而为声，目遇之而成色。取之不尽，用之不竭。"我的前半生，和唐诗中的山月不知相聚过多少回，与大自然中的山月也有过多次邂逅，而其中的两次尤其令人难忘。

20 世纪 70 年代末，如今名满天下的湘西张家界，其时还寂然无名，且不说外省人茫无所知，连近在长沙的我，也只听到一点美丽的风声。在一个初秋之日的黄昏，我们驰驱一日之后终于到达山下，来不及安顿行囊，我便奔出那时唯一的简陋的招待所，到室外朝拜山神。那些奇崛峭拔、见所未见的山峰、山影，看得我目不转睛，美得我心旌摇荡，直到它们渐渐融化在苍茫的暮色和苍老的夜色里。

忽然，暗蓝的天空幻为银灰，躲在山背后的一轮圆月，连招呼也不打一个，仿佛存心要抛给我们一个惊喜，便从山尖上涌了出来，有如一位风华绝代的美人登场，明光四照，仪态万方。这时，不仅我们望得目瞪口呆，那些山的臣民——早已归巢休整的鸟雀，也此鸣彼啭地欢呼起来，和山脚"铿铿锵锵"的金鞭溪，合奏一支秋宵的深山小夜曲。如斯情境，使我蓦然想起了王维的《鸟鸣涧》：

人闲桂花落，夜静春山空。

月出惊山鸟，时鸣春涧中。

王维是盛唐的一代诗宗。他的游侠诗、边塞诗、山水田园诗和写相思离别的抒情诗，都有千古传唱的上选之作，可谓四面生风。即使没有其他方面的成就，仅仅只有现存的数约百计的山水田园诗，他也仍然可称一代名家。他的此类诗作，集中、突出地表现了大自然的美，构成了一种远离尘嚣与世俗的"静境"与"净境"，丰富了诗的魅力，扩展了诗的天地。王维籍贯山西，一直生活在北方，到过汉水，但似乎没有到过江南，上述这首诗，大约是他晚年居于长安郊外辋

将诗境落实，依然有空灵之感，足见这"实"之空了。在这等"实"境中，只有王维可赋诗，别人只有虚心谛听的份了。

王维诗的特点是境多空寂，但正如禅宗所言"死水不藏蛟"，空寂到顶点便是绝境，所以境界中还必须有生机。王维的诗正是空寂而不死寂，静中有动，有一种"万物静观皆自得"的生机存在。

川别墅时的作品。在难忘的张家界秋夜，我想王维如果能来此欣赏那一轮南方的山月，不知他会写出什么新的不朽的篇章？

初游张家界，我由实景而诗境，领略了王维诗中的山月之美，在夏夜的湘西南木瓜山上，我有幸和他的山月再度相逢，并作人天之间的交流与对话。

那是有一年的八月酷夏，何草不黄？远避祝融蒸沙烁石的炎威，暂别终日纷纷扰扰六根都不得清净的红尘，我远遁湘西南的一座深山。山名木瓜，林木蓊郁，山脚有溪流如小家碧玉，山中有水库似大家子弟。我和游侣于其间优哉游哉，不亦乐乎。当月出东山，湖面银光似雪之时，我们曾坐在林中纳凉赏月。《二泉映月》般如怨如诉的溪水，从同伴手中的两根琴弦下流泻出来，在四周松竹的清香里荡向远方。奏者如迷，听者如醉，我心中的俗念，身上的红尘，被音乐的流水一时洗尽，山下的车水马龙、熙熙攘攘、酒绿灯红、你争我斗已恍如隔世。此时，山中寂寂无人，唯有清泉鸣于石上，松风游于林间。高天的明月像一个从不生锈的银盘，从树隙间筛下叮当作响的碎银，而不请自来的，却是王维的《竹里馆》：

爱李白之月，是人的英气、豪气；爱杜甫之月，是人的真心、真情；爱王维之月，是人的清境、雅境。三者都不易得，三者都令人钦美。李白在天上，是为诗仙；杜甫在人间，是为诗圣；王维在净界，是为诗佛。

独坐幽篁里，弹琴复长啸。

深林人不知，明月来相照。

　　"俱怀逸兴壮思飞，欲上青天揽明月"，李白的月轻灵飘逸，属于意气飞扬的青年；"何时倚虚幌，双照泪痕干"，杜甫的月含愁带苦，属于饱经忧患的中年；心已皈依佛门的王维的月呢？清空淡远，静而且净，属于凡心已净、心地空明的"忘年"。在张家界和木瓜山的秋夜，幸何如之，我曾和王维的山月做了"忘年之交"。

故　乡　月

　　无论古今，在中国诗人中，写月写得最多而又最好的，还是要首推大诗人李白。如果中国诗歌要设立一个"明月奖"，那么，摘取那青青月桂的，除了李白，还有谁能和他一较高低？

　　李白流传至今的诗约有千首，与月有关的将近四百篇，也就是说，月光照亮了他差不多百分之四十的作品。"小时不识月，呼作白玉盘。又疑瑶台镜，飞在青云端。"他幼小时就是一位铁杆"月迷"，除了"白玉盘""瑶台镜"这些最早的比喻之外，如"天镜""圆光"之类对月的不同称呼，他的诗中大约有五百种之多，而随季节

李诗因月亮而增辉，月亮因李诗而有魂。有人做过准确的统计，李白诗一千一百六十六首，"月"出现五百二十三次。在李白作品中，"秋月""闰月""故乡月"是三种最有韵味的意象。

时令、地理环境和生活际遇的不同，他诗中的月亮更是多彩多姿，汇成了一个素而且美的月世界。没有太阳，李白的诗尚不至黯然无光，但没有月亮，李白的诗一定顿然失色，难怪前人要赞美李白"明月肺肠"，又有人称他"明月魄，玻璃魂"了。

中国幅员广大而又地域分明，加之千百年来"安土重迁"的传统观念，所以乡愁或怀乡，就成了我国传统诗歌一个历久常新的永恒的主题。时至今日，这一主题仍有其生命力和艺术表现的宽广领域。在众多的怀乡之篇中，故乡和月亮又结下了不解之缘。"游子离魂陇上花，风飘浪卷绕天涯。一年十二度圆月，十一回圆不在家。"这是唐诗人李洞的《客亭对月》，他见到客中的月亮而怀念故乡。"老住香山初到夜，秋逢白月正圆时。从今便是家山月，试问清光知不知。"这是白居易的《初入香山院对月》，白居易籍贯山西，他将洛阳香山的月亮视为家乡的月亮，是对新居地的赞美，也是一种曲线怀乡。杜甫就说得更直接了，在《月圆》一诗中他咏叹"故园松桂发，万里共清辉"，而战乱中怀念兄弟手足，《月夜忆舍弟》中的诗句"露从今夜白，月是故乡明"，就更是一往情深，千百年来，是患了怀乡病的人暂时止痛的良药。然而，怀乡病患者用得最多而见效最快的，该是李白的《静夜思》那一帖了，而更令人想不到的是，古典的诗句可以疗救现代的乡愁。

乡愁，是一种地理和历史，一种特殊的时间与空间，也是对生长之地的山川与人事的回想和悬想。我的故乡在长沙，犹记青少年时在北京上大学，每当月明之夜，就常常不免想起李白的诗。不过，少年时生命如日之方升，因而怀乡病并不严重，是所谓"轻愁浅恨"。待到毕业后远去青海，山遥水远，地冻天寒，举目无亲，饥肠辘辘，每逢节庆假日，更显形单影只而倍感寂寞凄凉。那时，李白的诗句和月光，便常常如不速之客来推开我的心扉与窗棂。及至后来回到长沙，怀乡病也就不药而愈，虽然仍旧不时读到李白的《静夜思》，但却如同对旧情已了的恋人，虽然也难免回首前尘，但已经没有更多的感情上的联系。

不料，最近我竟然一度患了严重的乡愁，并只得常常请李白的诗来疗治。那是去年秋日，云无心以出岫，我去国离乡，乘庄子的大鹏，不，现代的波音747，飞越太平洋去美利坚探亲。父母和两位妹妹居于旧金山市，儿子和儿媳工作于

《静夜思》可谓最伟大的思乡曲——眸间的直觉进入精神深处，将游子的思乡之情化为明亮的霜月之光，永远映照在游子那颗敏感的心上。这二十个汉字的世界，呈现的是人们俯仰之间永不可排遣的流浪感。只要人在路上，这二十个汉字就不会隐去。这就是永恒。

阿肯色州，高堂在侍，手足在旁，儿孙在下，出有车，食有鱼，入眼的有异国风光，照理说我应该乐不思蜀了，然而，我却莫名其妙地罹患上了怀乡之病。记得给台湾的诗人朋友痖弦去信时，我曾这样写道："旧金山气候奇佳，日日风和日丽，夜夜月白风清，但晚上看到月亮，似乎觉得陌生，仿佛已不是李白的那一轮了。对门人家种了许多芭蕉，蕉叶迎风，但吹拂的却是美利坚的风，也不见怀素前来挥毫题字。金门大桥不愧为世界奇观，但不知何故，我总是想起故国的'小桥流水人家'，想起唐人'二十四桥明月夜，玉人何处教吹箫'的诗句。"籍贯河南的痖弦回信说他很有同感，并说在台湾就怀念大陆，在外国就怀念台湾，大陆是第一故乡，是结发的妻子，台湾是第二故乡，是漂泊者再恋的情人，他以后准备移居加拿大，那就会如一朵飞扬在空中的蒲公英了。

这种情景正如宋代诗人王禹偁《村行》诗所说："何事吟余忽惆怅，村桥原树似吾乡。"

我只是一朵临时的蒲公英。旧金山少见杨柳，更无桂花，犹记中秋之夜，是那高挺的棕榈树挑起一轮明月。我虽然和亲人欢聚一堂，品尝唐人街买来的各色月饼，但面对中秋明月，我仍然觉得举目有山河之异。美国普林斯顿大学客座教授余英时先生，谈到刘再复《西寻故乡》一书时说："他已改变了'故乡'的意义，对今天的再复来说，'故乡'已不再是地图上的一个固定点，而是生命的永恒之海，那可容纳自由情思的伟大家园。"这也许是自我放逐者的玄想哲思吧？其中自有他的我可以理解的心境与感受，然而，我还是不能把他乡认作故乡，故乡不仅是精神的，同时也是地理的。在中国，不论我置身何处，长沙是我的故乡，在世界，无论我走到哪里，中国是我的故乡。故乡啊故乡，我的故乡，在异国的中秋，在许多人视为乐土的彼岸，我心中洋溢的竟然是一坛古老的怀乡的酒：

> 床前明月光，疑是地上霜。
> 举头望明月，低头思故乡。

"月出峨眉照沧海，与人万里长相随"（《峨眉山月歌送蜀僧晏入中京》），"仍怜故乡水，万里送行舟"（《渡荆门送别》），李白 24 岁离开故乡四川以后，虽然浪迹天涯而再没有回去过，但他对故乡始终是心中藏之，何日忘之。我在旧金山的中秋月夜吟诵他的诗句，这位眷恋故土而性格豪放的诗人，如果有机会办好护照壮游美利坚大陆，他乡虽好，他还是会将《静夜思》龙蛇飞舞在五星级宾馆的墙壁上吧？

　　当今是一个科学昌明的时代，人类早已登上了月球。据说月球上大部分是奇岩峭壁，即使是平地也寸草不生，白天酷热，夜晚奇寒，没有水的踪迹，空气也无影无踪。何曾有吴刚与他砍伐的桂树？哪里有嫦娥和她居住的玉宇琼楼？科学家还语重心长地指出，月亮与地球现在虽然相距约三十八万四千公里，但它怀有叛逆之心，已有渐行渐远的发展趋势，如此行行复行行，终有一天会远走高飞，再也不和地球照面。欧美人对此也许还无所谓，因为他们向来恋日而不恋月，只热衷日光浴而不喜欢月光浴，希腊神话早就是以日神阿波罗为尊，爱神丘比特放箭都在白天，大约是免得影响视线与命中率，不像中国为有情男女定夺终身的，竟是一位专在月下安排红绳相牵的老人。中国人是爱月、恋月的民族，还是不去了解月球的真相为好，只顾高咏低吟自己的明月之诗吧，如果真有那么一天，月亮向地球说一声"拜拜"，那也不要苏东坡去唱"明月几时有，把酒问青天"，论资排辈，青莲居士的《把酒问月》早就问过了："青天有月来几时？我今停杯一问之。"

不必担心科学之美破坏文学之美。人类文化的传承，使今天的人们有了丰厚的文化底蕴，我们今天并没有因科技揭开了许多谜底而失去对神话甚至对童话的兴趣。这是因为神话、童话作为一种美好的幻想，可永远带给人类心灵以安抚。谁可以没有心灵的安抚呢？

巾　　帼

　　唐代的诗坛，飞扬的是一股沛然莫之能御的雄风。在以男性为中心的封建时代，唐代的诗人们更是因缘趁势，成为在诗坛叱咤千古的风云，初唐的王勃少年气盛，如日之方升，光焰逼人；盛唐的李白豪气干云，如鹏之展翅，拍天而飞；中唐的白居易发起并领导了"新乐府"运动，其揭露时弊、讽喻时政的作品，充分表现了一位男性诗人的阳刚之气。晚唐的杜牧呢？虽然时代已经夕阳西下，暮色苍茫，但他的诗作却仍然高华俊爽，一派胜概英风，全然不顾身后已经步步逼来的夜色。

　　然而，唐代毕竟是一个思想开放而诗风鼎盛的时代，不少女性耳濡目染，也曾去砚台之旁抒写她们的心曲。许多作者和作品都散佚了，但《全唐诗》仍然记录了一百多位女诗人的名字，收录了六百多首作品。虽然那些女诗人因种种束缚而不能尽展其长，但她们也曾在唐代诗坛扬起阵阵"雌"风。此后，宋代的李清照和清代的秋

唐之强大由此亦可窥一斑。这是前代后代都不曾有过的盛世。今天女作家、女诗人不少，这是时代使然，社会思想使然，不是社会强大使然。

瑾虽然证明巾帼不让须眉,但毕竟是一枝独秀。在群雄蜂起之外,唐代诗坛群雌竞鸣的景象再也未能出现。

一

《如意娘》这首诗,是在哪一个不眠之夜酝酿,是在哪一盏不眠的青灯下写成的呢?

一千多年前,荆州都督武某之女年方十四就被选入宫中,成为唐太宗的"才人",赐号"武媚"。唐太宗死后,她和一些妃嫔一起被放出宫外,于感业寺削发为尼。她本当青灯黄卷了此一生,但因为太宗之子李治进宫侍疾时,和身为父王侍妾的她不知怎么有了一段暧昧关系,李治成为唐高宗之后,偶来感业寺进香,武媚伺机见到了往日的情人,自有一番煽情的表演,藕虽断丝仍连的高宗也有动于衷。其时,正好王皇后与萧淑妃争宠,王皇后暗中让武氏蓄发进宫,希图她和自己结成统一战线。漂亮的女人在大致同龄的女人心中,差不多都只能引起嫉恨之情,而女人如果还有权势欲,则往往比男人有权势欲更为可怕。在以男性为中心的社会中,有权势欲的女人是一种异数,但正因为如此,她或她们在夺取权力的过程中,会显得更为坚韧不拔、工于心计和不择手段，而且一旦大功告成之后，诛除异己也会更加残忍。王皇后一念之差，不仅使自己与萧淑妃两败俱伤，各杖二百，削去手足塞于酒瓮惨死，而且让武则天登上了权力的顶峰，改写了唐代一段时期的历史。

年方二十八的武"昭仪"终于登上了皇后的宝座，但母仪天下远远未能满足她的野心，她步步为营，终于大权独揽。她先后立了三个亲生儿子做太子，但一个被杀（李弘），一个废为平民后自杀（李贤），一个被废（李显），继被废的中宗李显之位而称为睿宗的李旦，也是名存实亡。公元690年，武则天终于改国号为周，自称金轮皇帝。她活了81岁，前后执掌政权达五十年之久，正式成为皇后和以太后身份临朝称制也有整整二十年。因此，据说她写于称帝后第二年腊月的《腊日宣诏幸上苑》，其威风八面就绝非偶然了：

明朝游上苑，火急报春知。

花须连夜发，莫待晓风吹。

"腊日"是阴历十二月初八，俗称腊八。北地天寒，此时远不是开花之日。在人间贵为帝王的武则天，竟然目空一切地命令春神，企图做后人多次做过的"向地球开战"的蠢事。民间的传说是,百花中唯有特立独行的牡丹抗命,武则天一气之下,将牡丹从长安迁往洛阳,才有今日的洛阳牡丹之盛。有人颇为欣赏此诗的想象与气概,<u>我虽也觉得想象堪称奇特,气概也确实不凡,但却不是李白式的想象与气概,而是封建帝王的暴戾之想与富贵之气。</u>武则天所谋杀和诛杀的骨肉、近亲、李唐宗室与文武大臣,可以开列一个长长的"黑名单"。仅就李唐宗室而言,动辄"灭门",几乎诛戮殆尽。如果联想到那些生杀予夺之下的孤鬼冤魂,武则天此诗的号令天下,不,号令自然,自是不难理解,不过,假若你生活在那个时代,或类似那个时代的时代,你难道不会不寒而栗吗?

武则天的诗,据史家记叙,大多是由元万顷、崔融等人代笔,上述之诗是否出自她的素手或杀手,已经无法确证,但下引的《如意娘》则历来被认为出自她的笔下:

看朱成碧思纷纷,憔悴支离为忆君。

不信比来长下泪,开箱验取石榴裙。

"如意娘"是武则天自制曲调名,"看朱成

虽显示了奇特的想象,但这样的想象已没有了诗味。这使我想起了前苏联一篇小说中的叙述:卫国战争时期,一名纳粹军官是艺术爱好者,他的床头有个别致的灯罩。它色彩非常鲜丽,图案绝顶美艳,再加上质地细腻,纹理华美。原来,这是用人皮——活剥下来的俘虏的皮做成的。

艺术是人类高贵精神的显现,一切反人类的行为都是对艺术的反动,对艺术的衰渎。

碧"说的是把红色看成绿色，语出南朝梁王僧孺《夜愁示诸宾》："谁知心眼乱，看朱忽成碧。"此处极写愁情怨绪之纷乱，以致心神恍惚而颜色不辨。古今中外写相思泪的诗不少，武则天此作将外形的泪痕与内心的愁绪交融着笔，如果不论诗的具体背景，倒是婉曲有致地表现了具有普遍意义的闺思闺怨，和引人共鸣的、没有完全异化的人性人情。据说此作是她在感业寺剃度后写的，是写于哪一个不眠之夜呢？是在哪一盏不眠的青灯下写成的呢？比起前一首的威风凛凛、杀气腾腾，真是彼一时也，此一时也。我猜想，她和唐高宗在感业寺再度相逢时，一定泪流满面地将此诗交给了高宗，而她其时是弱者的泪水，终于一度倾覆、淹没了赫赫的大唐王朝。

据说，武则天读到檄文中"一抔黄土未干，六尺之孤安在"这个句子时大为赞赏。

武则天的功过如何，让史家去继续争论吧，我感兴趣的是骆宾王曾撰写的《讨武曌檄》，对她口诛笔伐，痛快淋漓。然而，武则天却对未曾见用骆宾王表示惋惜："此宰相之过也，人有如此才，而使之流落不偶乎？"这也许表现了这个小女人、大皇帝的爱才之心，许多论者都曾津津乐道。不过，这都是一种"预设"或"后设"，骆宾王后来或说败死，或说隐遁，总之下落不明。我觉得这样最好，一旦真要成为阶下之囚，以武则天的残忍好杀、六亲不认——连姐姐韩国夫人、侄女魏国夫人都被毒杀，连亲生儿子李弘都被赐死，连嫡亲孙女永泰公主都被鞭死，无亲无故而且有"恶攻"言论的知识分子骆宾王，还想有更好的下场吗？

二

帝王的宫苑，是一座华丽而森严的监狱，窒息了多少妙龄少女，囚禁了多少如花青春，唐玄宗时代的梅妃，就是其中的一位。

据史籍记载，唐天宝十三载（754）全国人口有52 880 488人，是唐朝的最高人口数字，其中女性约占全国人口的一半。而唐代宫苑中的妃嫔侍女呢？杜甫在《观公孙大娘弟子舞剑器行》中说"先帝侍女八千人"，白居易在《长恨歌》中说"后宫佳丽三千人"，他们指的只是一个大约之数，而且"八"与"三"在音韵上也比较和谐，实际上，唐代宫廷女性的数字要远远超过杜甫和白居易的想象。唐太宗时，李百药上疏《请放宫人封事》，就曾说"无用宫人，动有数万"，而唐玄宗时，"开元、天宝宫中，宫嫔大率至四万"（《新唐书·宦者传上》），也就是说，宫廷妇女约占全国人口的六百分之一。宋人洪迈在

所谓的治世，只是相对而言，大唐的盛世也显非天堂。

《容斋五笔》中就此谈到他的看法，认为那是自汉代以来妃妾人数最多的时代。可见历史上传为美谈的开元、天宝之治，后宫有多少女人的血与泪，而唐玄宗这个前期的明主、后期的昏君，在占有女色方面，也充分地表现了所谓"大唐雄风"。

梅妃，是唐代后宫一声沉重的叹息，一捧悲哀的眼泪，一句忍无可忍的抗议。她原名江采萍，今日福建莆田人，世代行医的江仲逊的掌上明珠。唐代许多帝王都曾先后在民间采选良家女子。姿容美丽、文才又自比晋代才女谢道韫的江采萍，被负责选秀的高力士送入宫中，甚得唐玄宗的宠幸。因喜爱梅花，唐玄宗将她的居所题名"梅亭"，并戏称其为"梅妃"。绝大多数帝王都是贪得无厌的好色之徒，只不过是在君权神授的冠冕堂皇的外衣掩盖下行其淫乱而已，如果是在今日，少不得要被送上刑事法庭，至少也是道德法庭。唐玄宗何能例外？愈是国运昌隆、大权在握而又风流自赏，就愈有野心与色心。不久，唐玄宗过去的儿媳——后来的杨贵妃入侍，生性软弱而先来居下的江采萍，远不是后来居上的杨贵妃的对手，终于被迁往上阳东宫那一座冷宫。当年得宠之时，高力士对她奴颜婢膝，曲意逢迎，而今时移势易，奴才也早已换了一副心肠与嘴脸，这也是一种古今皆然的人性或奴性吧。

从小就落入深宫的江采萍也许是不谙人情，也许是出于无奈，更多的该是无望兼无助的挣扎，她竟然以千金委托高力士，求人请司马相如作《长门赋》，企图以此打动已移情别宠、心如铁石的唐玄宗。高力士一半出于对新主子的投靠，一半出于对新主子的畏惧，竟谎称找不到这样的"作家"。如果她生逢今日，这样的写手比比皆是，在重赏或重金之下，一些"作家""评论家"不是乐于做贵人与富者的吹鼓手吗？托人不得，梅妃只好自作《楼东赋》以寄托哀怨之情。她还有《萧兰》《黎园》《凤笛》《玻杯》《剪刀》《绮窗》等七赋，如今均已只字不存，无可寻觅。"苦寂寞于蕙宫，但凝思乎兰殿。信标落之梅花，隔长门而不见。况乃花心飏恨，柳眼弄愁。暖风习习，春鸟啾啾。楼上黄昏兮，听风吹而回首；碧云日暮兮，对素月而凝眸"，只余人称可与汉代班婕妤《长信宫赋》比美的《楼东赋》，其怨曲哀音仍然从唐代清冷幽暗的东楼传来。不过，班婕妤虽然也是写弃妇的命运，但还是"非礼勿言"，而江采萍抒写自己的回忆、失望、痛苦甚至怨恨时，却具有人性的多面与深度，非班婕妤之作可比。

梅妃留存至今的除了一赋，还有一诗。有一年，少数民族的使者进献珍珠，唐玄宗于花萼楼不知是心血来潮，忽然忆念起冷落已久的梅妃呢，还是将政治手腕用之于内苑私情，便命封一斛密赐，谁料梅妃竟然敢冒天下之大不韪，拒受且作《谢赐珍珠》一诗：

桂叶双眉久不描，残妆和泪污红绡。
长门尽日无梳洗，何必珍珠慰寂寥！

从梅妃这首诗中，我们看到了人性的力量。人类所以高贵，就是任何时候、任何地方，无论多么艰难，总会有一种高贵的精神在少数高贵者的身上闪耀。

套用一句现代话，梅妃可以说是"重精神而轻物质"。精神上刻骨铭心的痛苦，岂能是物质所能解脱和疗救的？尽管那有形的物质贵如珠玉。梅妃绝不是强者，但她柔弱之中有刚烈，温柔如水的人，有时也不免火花飞溅，她终于做了一回拒绝帝王之赐并抒写幽怨之诗的"女强人"。而唐玄宗毕竟还不算暴君，他并没有龙颜大怒，而只是"怅然不乐，令乐府作新声度之，号《一斛珠》"，这位多才多艺、雅好音乐的帝王，竟然还有为梅妃诗谱曲的逸情雅兴。

李隆基贵为帝王，少不了三宫六院，见异思迁。见于史书的他的皇后妃嫔就有二十余人之多，王皇后是参与过他政变发动的患难夫妻，但后因武惠妃得宠，患难之妻也就被废为庶人，虽然王皇后被废之前曾向他哭诉旧情，他也曾一时怦然心动。帝王毕竟也是人，有时也还有某些人性，并没有完全彻底地异化。据说梅妃死于"安史之乱"的兵燹之中，垂垂老矣的玄宗追怀往事，不免伤感，有宦者进梅妃的画像安慰他，他曾作《题梅妃画真》一诗："忆昔娇妃在紫宸，铅华不御得天真。霜绡虽似当时态，争奈娇波不顾人。"诗的结句情韵动人，是南唐李后主词"娇波横欲流"的先声。李隆基此时名义上虽是"太上皇"，但主要还是一个来日无多、万事皆空的老人，鸟之将死，其鸣也哀，人之将死，其言也善，他感时伤逝的诗是否也是这样呢？

三

如果不署作者的姓名，有谁知道这首颇具眼光与气概的《筹边楼》诗，是出自沦落风尘者的纤纤素手呢？已经到了生命的晚年，夕阳本已不堪回首，何况夜幕即将降临，但她却挥洒出这一篇如朝日初升的作品：

平临云鸟八窗秋，壮压西川四十州。
诸将莫贪羌族马，最高层处见边头。

观诗中气势，知作者为奇女子。

唐太和四年（830），后来位居宰相的李德裕任剑南西川节度使，他是一位官人，但同时也是一位雅好吟咏的诗人。莅川次年，他于成都府之西建楼，绘蜀地山川险要于楼之左右壁，常与僚属于其上筹划守边事宜，故名"筹边楼"。自韦皋以下至李德裕，薛涛历事十一位镇蜀的大员，均有诗献酬。她生于唐代宗大历三年（768），卒于文宗太和六年（832），因此，此诗当是她逝世不久前的作品。

薛涛，字洪度，原来是长安（今陕西西安）人，幼小时随父亲薛郧仕官入蜀，父早逝，孤苦伶仃的薛涛只好流寓蜀中。因为她美慧能诗，精于音律和书法，于是蜀地的风便把她的芳名吹遍了四川。唐贞元元年（785）韦皋镇蜀，召薛涛侑酒赋诗，遂入"乐籍"——也就是随营的军妓，那时她年方十五六岁。虽然薛涛是一名高雅的诗妓，但与以色艺事人的妓女在地位和本质上并无区别。唐贞元五年（789），她得罪了韦皋而被流放松州，即今日四川之松潘县，与甘肃接壤。杜甫《西山三首》中说"烟尘侵火井，雨雪闭松州"，《警急（时高公适领西川节度）》中更有"玉垒虽传檄，松州会解围"之句，可见此地是四川北部的边城，与吐蕃作战的前线。薛涛在

中国古代女性中，薛涛是一个特例。

那里度日如年，但也了解了边地的种种情形，丰富了阅历。她的《罚赴边有怀上韦令公二首》说："闻说边城苦，而今到始知。羞将门下曲，唱与陇头儿。黠虏犹违命，烽烟直北愁。却教严谴妾，不敢向松州。"其中有对达官贵人歌舞升平与边地战士征戍艰苦的对比和讽喻，更有如风中之叶的弱女子的自诉与自怜。因此，她晚年能写出《筹边楼》一诗，是其来有自而绝非偶然。

写秋色、秋光而且以"秋"字煞尾的诗句多矣，在薛涛之前，宋之问有"石上泉声带雨秋"，李白有"窗竹夜鸣秋"，杨巨源有"次第看花直到秋"，但薛涛的"平临云鸟入窗秋"却是如椽之笔，而"壮压西川四十州"更补足了筹边楼的高峙与胜概。前两句写高楼的壮观，后两句抒自己的感怀，劝诫主帅与边将重在保境安民，而不要贪功启衅。她这一阔大胸怀与战略眼光，绝不是俗语所云的"妇人之见"，时隔数百年，清代的纪昀在《纪河间诗话》中，还不忘向她致送赞美之辞："然如《筹边楼》云云，其托意深远，非寻常裙屐所及。"

薛涛的手中，有一支亦秀亦豪的诗笔，但主要是秀而哀，除了因为她是女性诗人之外，时代的投影和个人的生活命运，决定了她只能偶然有豪情胜慨，如同潺潺的溪水在烈风的吹刮下，也会掀起一两个浪头，平日却只能是溪水潺潺，溪声呜咽。薛涛从松州回成都之后，虽然脱了乐籍，卜居于浣花溪，和名诗人元稹、白居易、张籍、刘禹锡、王建等均有唱和，而且与风流文人元稹更有过一段长时间的、于她刻骨铭心的恋情。王建《寄蜀中薛涛校书》说："万里桥边女校书，枇杷巷里闭门居。扫眉才子知多少？管领春风总不如。"而元稹也有《寄赠薛涛》："锦江滑腻蛾眉秀，幻出文君与薛涛。言语巧偷鹦鹉舌，文章分得凤凰毛。纷纷辞客多停笔，个个公卿欲梦刀。别后相思隔烟水，菖蒲花发五云高。"然而，诗人文士们也多是慕名兼慕艺，爱才兼爱色而已，有谁能向她捧出生死不渝的真情？韦皋死后，武元衡于唐元和二年（807）继任四川节度使，蜀道之难难于上青天，他写有一首《题嘉陵驿》："悠悠风旆绕山川，山驿空濛雨似烟。路半嘉陵头已白，蜀门西更上青天。"38岁的薛涛曾和诗一首，题为《读嘉陵驿诗献武相国》："蜀门西更上青天，强为公歌蜀国弦。卓氏长卿称士女，锦江玉垒献山川。"武元衡赏识她的才华，曾奏举她为"校书郎"，但却格于旧例而未授，虽然对她时称"女校书"，但"校书"在后世却成了妓女的代名词。红颜薄命的薛涛，她能不有无限低回的身世之感吗？

"冷色初澄一带烟，幽声遥泻十丝弦。长来枕上牵情思，不使愁人半夜眠。"（《秋泉》）啊，"水国蒹葭夜有霜，月寒山色共苍苍，谁言千里自今夕，离梦杳如关塞长"（《送友人》）啊，薛涛只能在她卜居的浣花溪畔弹奏她幽怨的七弦琴，而《赠远二首》，更是凄然欲绝之作：

芙蓉新落蜀山秋，锦字开缄到是愁。
闺阁不知戎马事，月高还上望夫楼。

扰弱新蒲叶又齐，春深花发塞前溪。
知君未转秦关骑，月照千门掩袖啼。

元稹于唐元和四年（809）三月被任命为东川监察御史，驻梓州（今四川三台县）。史有记载而尚待确考的是，其妻去世不久，他与薛涛见而相爱，相处三月有余，薛涛视之如"夫"。不久，元稹被召回长安，两人未能再见，短短的喜剧，长长的悲剧。薛涛呵，她知不知道元稹当年对崔莺莺的始乱终弃呢？她知不知道元稹丧妻后曾呼天抢地作《遣悲怀三首》，悲痛欲绝地说什

很多人用"轻"来形容元稹的诗风，恐怕更多的是从他的为人着意的吧。也许我们没有理由去谴责元稹并要求他做得更好，因为这是他的性格使然。但我们有理由期待他做得更出色。毕竟只有那些突破性格钳制、克服性格缺陷的人，才能真正地超越自我。

么"取次花丛懒回顾，半缘修道半缘君"呢？

在成都浣花溪，薛涛曾创制写信题诗之用的深红色松花小笺，人称"薛涛笺"。一千多年的时光随流水逝去了，薛涛，如果我从楚地前来蜀地，如果我敲叩你在浣花溪故居的门环，你能赠我一页诗笺吗？

"薛涛笺"寄托了人们对她的无限情思。

四

莺莺，唐代的一位薄命佳人，中国文学人物形象画廊中一个别具风姿的、多情而尊严的形象，时隔千年，我仿佛还看到她温柔而刚毅的眉眼，听到她一声声悠长而又悠长的叹息。

假如诗人元稹没有写又名《莺莺传》的传记文学《会真记》，也许我们不会知道历史上曾经有过这样一位丽人，也许我们今日可能无缘读到她的诗句。在这篇传记文学中，他托名张生，记叙自己在山西蒲城之普救寺，与崔氏孀妇之女——他的中表妹妹莺莺的一段艳遇。他对莺莺一见钟情，以《春词》二首挑逗，托莺莺的婢女红娘以通情，并且哀怜求告说："若因媒氏而娶，纳采问名，则三数月间，索我于枯鱼之肆矣。"意谓相思成疾，将不久于人世，这本是薄幸郎君的矫情与手段。不知是出于久闭深闺的少女的情

窦初开，还是出于对元稹的同情欣赏，或是还包
含兵乱之中对元稹设法保护了他们母女的感激，
莺莺回以《明月三五夜》一诗，又题《答张生》：

待月西厢下，迎风户半开。
拂墙花影动，疑是玉人来。

这首诗，内里燃烧着青春的火焰，但写来却
一派明月清风。现代人的幽会，多在酒吧、茶屋，
或是咖啡厅与卡拉OK，但莺莺诗所创造的，却是
古代月明花影、幽期密约的典型情境，这种情境，
使宋代的欧阳修与朱淑贞羡慕，他们分别写出
"月上柳梢头，人约黄昏后"（《生查子·元夕》），
"但愿暂成人缱绻，不妨常任月朦胧"（《元夜》）。
古典诗词中的爱情，有多少能离开花与月呢？

元稹与莺莺相恋数月，翌年即赴长安赶考，
多才多艺的莺莺鼓《霓裳羽衣曲》以送行。元稹
文战不利，莺莺去信安慰，并赠以表白坚贞的玉
环以及乱丝、竹茶碾之属，一语双关："泪痕在
竹，愁绪萦丝。因物达情，永以为好。"然而，
这却已是莺莺可怜可悲的单相思了，元稹为了自
己的利禄功名，他当然不会属意于虽为亲戚但已
去世的小小"永宁尉"崔鹏的女儿，而是像藤蔓

这首诗表现的
是中国古代无
数女子的生存
梦幻，真实的
生活是很难有
这等美丽的。

只能将幸福寄
托在他人身
上，这是无法
自立的古代女
子的悲哀。

一样不久就攀上了位高权重的太子少保韦夏卿的幼女韦丛，对莺莺始乱终弃。尤为恶劣的是，不知是为了洗刷还是炫耀，这个薄幸文人居然还在文章中诬蔑莺莺是"尤物"和"妖孽"，他还以商纣王与周幽王为例，说什么"大凡天之所命尤物也，不妖其身，必妖于人。使崔氏子遇合富贵，乘宠娇，不为云为雨，则为蛟为螭，吾不知其变化矣"，而他为什么抛弃莺莺，使她成为"被侮辱与被损害的"弱女子？他的辩白词竟是"予以德不足以胜妖孽，是因忍情"。因为种种原因，莺莺当时不能起诉他犯了诽谤罪，但元稹的友人杨巨源早就有《崔娘诗》，委婉批评了元稹，而对莺莺寄以深切的同情："清润潘郎玉不如，中庭蕙草雪消初。风流才子多春思，肠断萧娘一纸书。"天下的坏男人想占有对方而不得时，常常以各种卑鄙恶劣的手段施行报复，但既已占有而又出此下策，予以文字攻讦毁其名誉的，却可以说是卑劣之尤了。

从这里看，元稹是那种"文人无行"的典型。

古今许多文人，都患有人格分裂与文人无行的病症，今日某些文人的症候，在古代文人那里也可以找到渊源。元稹出仕之后，早期直言执法，敢于得罪权贵与宦官，也曾和白居易一起，推动诗坛的新乐府运动，他的一些作品如《连昌宫问》，也颇具社会意义，世以"元白"相称。然而，后来他却改弦易辙，转而依附弄权的宦官，自己也因而青云直上甚至当了宰相，其作品也趋于轻靡浮艳，所谓官位日隆而时誉日薄且诗格日卑。对待崔莺莺呢？在情场，他运用的大约也是官场的手段。夫人韦丛27岁亡，之后元稹悲天怆地，曾作著名的《遣悲怀三首》，但不久后他在四川又和薛涛同居，这也属人情之常，可以理解，但他又一去不返，在江南恋上了歌女刘采春，而薛涛开始还一厢情愿地等待他来迎娶。他抛弃莺莺而娶韦丛，莺莺也择人而嫁，但他竟然还以表兄的名义去求见，他怀有什么目的和企图，已经不得而知，然而以其品行推测，至少不会是去道歉，当然更不是谢罪。不过，为他始料不及的是，莺莺这回再也不会天真地迎风户半开了，而是飨他以闭门羹，拒不见面，并掷去《绝微之二首》，《全唐诗》又题为《告绝诗》：

自从消瘦减容光，万转千回懒下床。
不为旁人羞不起，为郎憔悴却羞郎。

弃置今何道，当时且自亲。
还将旧来意，怜取眼前人。

正常的为官者有五张脸皮：官场脸、情场脸、家长脸、朋友脸、独处脸。元稹将官场脸与情场脸合而为一，已属不正常，这很可怕。

"为郎憔悴却羞郎"是很痛苦的事，有自责，有他责，两者纠结在心中，令人难以解脱。

其中有悔不当初的自怜，但更多的却是绵里藏针的他砭他怨。这位古代的弱女子，以前由于年轻和轻信，没有守住自己的城池，在历经戏弄饱经忧患之后，她在自己人格的最后一道防线上终于寸步不让，维护了一个女人在轻薄之徒面前的最后的尊严。

悲剧，常常比喜剧更具有打动人心的力量。由于对莺莺的同情，赵德麟的《商调蝶恋花》、董解元的《弦索西厢》、王实甫的《西厢记》、关汉卿的《续西厢记》和李日华的《南西厢记》，等等，多是以大团圆结束。还是还历史的本来面目吧，大至国家大事，小及儿女私情，茫茫人世，芸芸众生，如果现代的人间仍有正道，现代的爱情仍有准则，那么，莺莺的故事虽然不是一记警世的洪钟，却仍是一记警人的清钟。

五

有人说，薛涛、李冶、鱼玄机和刘采春是唐代最优秀的四位女诗人，我以为薛涛的名声比李冶高，这可能是作品数量、与名人交游酬唱以及成都浣花溪遗迹等原因造成的，然而，李冶作品的水准绝不在薛涛之下。如果排名必须投票出第一，我也许会举"票"不定，但我最终还是会倾向李冶，因为她现存作品虽少，整体水平却较高，而且其中又有一些上品，即使和唐代许多男性诗人去比试高低，得出的结论也只能是：巾帼不让须眉。如果她和男性诗人有同等的外部创作条件，那将会有更多的须眉拜倒在她的石榴裙下。

字季兰的李冶，中唐时代乌程（今浙江吴兴）人，出生东南的女才子。道教在唐代被尊为国教，包括皇亲国戚在内的女子出家的所在多有，更多的则是为生活所迫的下层女子，李冶不知何故也成了女冠。女冠比佛尼有较多的思想和行动的自由，多才美貌的李冶，自然也有许多诗人文士乐于和她交往，如茶仙陆羽、诗僧皎然以及刘长卿、刘禹锡等人。皎然甚至有《答李季兰诗》："天女来相试，将花欲染衣。禅心竟不起，还捧旧花归。"有一次，一群文士在乌程开元寺聚会，大约如同今日的文艺沙龙，李冶竟然援引陶渊明"山气日夕佳"之句，来奚落有疝气病的刘长卿，刘长卿来而不往非礼也，<u>也引用陶渊明的诗"众鸟欣有托"作答</u>，五柳先生虽然做梦也不会想到，五百年后他的诗句会派上这种用场，但如此谑而不虐，庄谐并作，也<u>可见唐代社会的开放</u>，文士、文女们的戏谑也颇具文化内涵，不像现在的民谣所说的那样，"说真话领导不愿听，

刘长卿的话有明显的色情倾向。"鸟"的意思参见《水浒传》李逵名言："杀了皇帝，夺了皇帝的鸟位。"

俗人附庸风雅终为俗，雅人行为俗事还为雅。

说假话群众不愿听，说瘪话大家都愿听"。元人辛文房在《唐才子传》中记载此事后评论说："举座大笑，论者两美之。"他持的是赞赏的态度，这位几百年前的古人，观念倒是相当现代。

唐代的女冠，有作品流传至今的仅三人：李冶、鱼玄机、元淳。她们的作品数量依次是十八首、五十首、两首，九分天下有其一，占唐代现存女诗人作品的九分之一。《唐诗纪事》说刘长卿曾称李冶为"女中诗豪"，这大约是因为刘禹锡在当时已有"诗豪"之称，刘长卿就只好用性别来界定她吧？"诗豪"，是指性格和作风，可见李冶之雄放不羁，是对封建礼教说"不"的开放型女性，当然，也是指她的作品除了有女性诗人的特质之外，更时有豪壮之气。她的同时代人高仲武选编《中兴间气集》，在她的诗选之前的小序中说："士有百行，女唯四德。季兰则不然也，形气既雄，诗意亦荡，自鲍照以下，罕有其伦。"可谓诗人与诗选家所见略同。

唐代写音乐的名篇，常提及的是白居易《琵琶行》、韩愈《听颖师弹琴》以及李贺《李凭箜篌引》。李冶是个女人，在男性大一统的社会里，她的《从萧淑子听弹琴赋得三峡流泉歌》默默无闻尚可理解，今天不应该再让它受到冷落。其实，上述诗人的生年与作品均后于李冶，他们应该从李冶此作中获得过创作的灵感与艺术的启示："姜家本住巫山云，巫山流泉常自闻。玉琴弹出转寥复，直是当时梦里听。三峡迢迢几千里，一时流入幽闺里。巨石崩崖指下生，飞泉走浪弦中起。初疑愤怒含雷风，又似呜咽流不通。回湍曲濑势将尽，时复滴沥平沙中。忆昔阮公为此曲，能令仲容听不足。一弹既罢复一弹，愿作流泉镇相续。"李冶此诗，比起白居易等人对音乐的描写，绝无多让。她还有并无实指却更空灵的《相思怨》：

> 人道海水深，不抵相思半。
> 海水尚有涯，相思渺无畔。
> 携琴上高楼，楼虚月华满。
> 弹着相思曲，弦肠一时断。

时人与诗人常以海来比喻忧愁，如孟郊《招文士饮》就有"醒时不可过，愁海浩无涯"之句，而李冶则说海水远不及相思之深，相思之没有涯际。比她晚数十年的白居易有《浪淘沙》一诗："借问江潮与海水，何似君心与妾心？相恨不如潮有信，相思始觉海非深。"此词的结句，

相思之深，相思之广，相思之伤，构成相思之恨。有化用，有独创。化用前人而超越前人，独创启示后人而引领后人。这首诗堪称上品。

我总怀疑是化用了李冶的诗意，如果他否认，说他并没有读过李冶的上述诗篇，那绝不可否认的是，李冶这种诗意的文字呈现，远在白居易之前，犹如运动场上创造的是同一纪录，但却仍然有先后之分，如同李冶诗的结句"弹着相思曲，弦肠一时断"，也可能是从庾信《怨歌行》"为君能歌此曲，不觉心随弦断"转化而来。文学的发展长江后浪推前浪，但后浪毕竟是前浪的发展，当今文坛诗苑一些英雄豪杰高呼"反传统"，否定必要的继承和对传统的创造性现代转化，他们抽刀断水，但水仍然承前启后，向前奔流，为刀所伤的只是他们自己而已。

李冶娇弱的手中握有一支健笔，如同《相思怨》一样，她的另一首写离别的诗《明月夜留别》，情思虽然宛转，却写得意象开阔而想象飞扬：

离人无语月无声，明月有光人有情。
别后相思人似月，云间水上到层城。

古来以月写相思的诗太多，但李冶此诗却颇具真正的艺术所特有的创造性。全诗将人月合写，第一句两"无"，第二句反之两"有"，第三

"无声"但"有情"，是"此时无声胜有声"。更妙的是以"无声"之月相比别后之相思，不仅以有形写无形，更是让所有的寂静之夜、天上人间都陷入相思月华的笼罩之中，从而呈现相思之广阔无边。

句人月合一，第四句天上人间。三次写"人"，三回写"月"，意象幽美而阔远，意旨则确定而又模糊，明朗与朦胧缔结了诗的良缘，二者之美兼而有之。

我认为李冶不仅在薛涛之上，而且在唐代所有女诗人之上，是因为她还有一首空前绝后的独创的诗。文学创作并非如韩信将兵，多多益善，量多而质高当然很好，但可怕的是宣扬自己出了多少本书，发表了多少万字，如果到头来只是一堆废纸，那就真是所谓枉抛心力作诗人或当作家了。独具原创性的作品，哪怕只有一首，也会是一颗亮丽的传世之珠，如李冶的《八至》：

至近至远东西，至深至浅清溪。
至高至明日月，至亲至疏夫妻。

首句说东西之方位，次句说溪流之浅深，第三句说日月之高明，其间之"近远""深浅""亲疏"，矛盾相对，内涵颇多深趣，语言极富张力。结句仍然如此，但却是从物理而人情而人情中最亲密的夫妻之情，夫妻本是"至亲"，但却又可"至疏"，既可同床一梦，也可同床异梦，真可触发读者许多历史的与现实的联想。在唐诗的珍宝馆中，这是一首独一无二精美如珍珠的好诗，古典而现代，如果爱因斯坦有知，该可提早创立他的《相对论》吧？

李冶呵，女中的豪士，诗中的健者！

观李冶言行，确实豪放而且开放，当得"豪杰"二字。

六

"问君能有几多愁？恰似一江春水向东流"，这是南唐后主李煜《虞美人》中的名句，流过了千年岁月，流过了多少人的嘴唇。多年来，我一直想去询问李煜，你写的这两句词，完全是从你的心底涌出的呢，还是受到在你之前近百年的晚唐女诗人鱼玄机的启发？

在唐代的女诗人中，就作品之丰与质量之高，鱼玄机是重要的一位。字幼微，一字蕙兰的她，长安人，是良家女子而容颜美丽。喜读书与工吟咏，更使她人如其名而具有蕙质兰心。15岁时，她成了补阙李亿之妾，由于不见容于李亿的夫人，她被迫到长安咸宜观当了道士。她一度出游江汉，并和诗人文士温庭筠、李郢等人唱和往还，其佳篇警句传播士林。鱼玄机，是生活在社会底层的被侮辱与被损害的弱女子，其境遇令人怜惜，其诗才使人欣羡，但她后来怀疑婢女绿翘与她的情人有染而将其笞杀，因而被京兆尹温璋

诗性与人性多有不统一的时候。顾城杀妻后自杀，也是一典型例证。

处死，这虽然也许出于她的心理变态，但被损害者也可以损害别人吗？杀人偿命，我们虽为她享年不永而惋惜，然而却无法同情她。

李亿之于鱼玄机，虽然内有河东狮吼，但本质上是有权有势的男人对弱女子的始乱终弃。如果要追溯鱼玄机悲剧的根由，李亿不能辞其咎。李亿没有诗留存，不知在月夜清宵他良心发现之时，曾写过怀念鱼玄机的诗没有？但多半是如同从古到今的负心者一样，早把往日的情人抛到九霄云外去了。倒是鱼玄机还念念不忘旧情，甚至还抱有覆水重收的幻想。李亿字子安，鱼玄机写了《闺怨》《寄子安》《春情寄子安》《隔汉江寄子安》等篇章，但却如同今日的被弃者寄出的信，拍出的电报，打出的电话，心肠已如铁石的对方，一概没有回音。鱼玄机不由得愁肠宛转，如她的《江陵愁望寄子安》：

> 枫叶千枝复万枝，江桥掩映暮帆迟。
> 忆君心似西江水，日夜东流无歇时。

《招魂》有"湛湛江水兮上有枫，目极千里兮伤春心"之句，江陵古为楚地，鱼玄机即景生情，随手拈来，化用《招魂》的怀人而兼伤春的

李煜超越处是含不尽之意于形象之中。鱼玄机把诗说完了，"无歇时"本意是想表达永不停息，但诗要表达的意思却已说尽。李煜看出了这个缺点，改掉了，并且他以"春水"说愁也是超越。江中"春水"是越积越多，越积越深，越往前流越呈浩荡之势。

词意，颇有历史、文化和心理的内涵，而"暮帆迟"也一语双关，春日迟迟，青春难再，消息迟迟，破镜难圆。长江由西向东而流，故长江上游也称"西江"，初唐韦承庆《南行别弟》早就有"澹澹长江水，悠悠远客情"之句，而鱼玄机却青出于蓝，而李煜呢，则更是后来居上而胜于蓝了。

在绝望之后，有的人就心事成灰，或独身至死，或自戕而逝，这些都未免过于极端和消极，也有负自己只此一次不可再得的人生。人生只有一次，过期则如同作废的票据，在行之有效时应该善自珍惜。在绝望的灰烬中，鱼玄机燃起的是抗争和追求的火焰。这火焰，灼灼在《赠邻女》一诗之中：

羞日遮罗袖，愁春懒起妆。

易求无价宝，难得有心郎。

枕上潜垂泪，花间暗断肠。

自能窥宋玉，何必恨王昌？

此诗一题为《寄李亿员外》。鱼玄机此时的感情已是由"愁"而"怨"，由"忆"而"恨"，由幻想的破灭到希望的追寻了。战国时楚人宋玉有《登徒子好色赋》："天下之佳人，莫若楚国；

楚国之丽者，莫若臣里；臣里之美者，莫若臣东家之子。……然此女登墙窥臣三年，至今未许也。"女诗人化用典故，表现了封建时代女子难能可贵的追求自由幸福的人性觉醒和人格勇气。而"王昌"其人今日已不可考，大约是唐代知名的薄幸男子的典型，因为在崔颢、王维、李商隐、韩偓、唐彦谦等人的诗中，曾屡次提到他的大名或恶名，如李商隐《代应》诗说："谁与王昌报消息，尽知三十六鸳鸯。"在《楚宫》诗中又说："王昌且在墙南住，未必金堂得免嫌。"如同一处风景名胜中最出色的景观、一阕交响曲中的华彩乐段、一家珠宝店里最名贵的珍奇，这首诗的颈联"易求无价宝，难得有心郎"，成了后人代代相传的警句，甚至是许多人不一定知道出处的俗谚口碑。

古今爱情的悲剧之源或许就在真正的"有心郎"比"无价宝"稀少，"薄幸郎"却比比皆是。

鱼玄机手中所握的，是一支秀中有豪的诗笔，她是一位遭逢不幸而且沦落风尘的女诗人，其作品的主调当然是幽婉而哀伤，但她有时也有不甘屈服与沦落的阳刚之气。如"吴越相谋计策多，浣纱神女已相和。一双笑靥才回面，十万精兵尽倒戈。范蠡功成身隐遁，伍胥谏死同消磨。只今诸暨长江畔，空有青山号苎罗。"（《浣纱庙》）如"何事能销旅馆愁，红笺开处见银钩。

蓬山雨洒千峰小，巉谷风吹万叶秋。"（《和友人次韵》）如"大江横抱武昌斜，鹦鹉洲前户万家。"（《江行》）如"诗咏东西千嶂乱，马随南北一泉流。"（《左名场自泽州至京使人传语》）尤其是《游崇真观南楼睹新及第题名处》一诗：

云峰满目放春晴，历历银钩指下生。
自恨罗衣掩诗句，举头空羡榜中名。

当年秦始皇南巡，项羽和刘邦见到帝王的赫赫威仪，一个说"彼可取而代也"，一个说"大丈夫当如是乎"，喷薄的都是草莽英雄的雄概豪情。鱼玄机当然并不想效法武则天，但她却恨不能在诗歌与功名方面压倒须眉，至少要和他们一较短长。在男权至上的封建时代，她的这一声自怨自艾，虽是发自弱女子吹气如兰的胸臆，却宛如夜晚的一记惊雷。

才高志远的鱼玄机，只匆匆活了 24 岁，如一支名贵而早夭的短笛，如果天假以年，不知笛孔里还会吹出多少才情并茂的诗句？

唐代也可以说是一个艺术的时代。

七

唐代是一个诗的时代。诗是教养的标志，身

份的象征，仕进的阶梯，乃至于人与人之间交往的介绍信与通行证。唐代的禁苑深宫，虽然是囚禁美丽与青春的处所，然而也仍有诗花开放。

如果邀请宫廷女诗人开一个"宫廷诗研讨会"，以地位之尊，可能要由武则天出面来筹备与主持，接到邀请函的会有上官婉儿、徐惠、宋若昭三姐妹、鲍君徽、梅妃、杨贵妃等人。如果主持人已有现代观念，当然还应该请地位卑微但有诗流传至今的宫人。不过，在众多的与会者之中，对"花蕊夫人"的邀请柬是不应该忘记发出的，虽然时代已晚，而且路途遥远。

五代号为"花蕊夫人"的共有三人。前蜀主王建淑妃徐氏，南唐后主李煜之妃，再就是后蜀主孟昶的妃子。孟昶这位妃子一说姓费，一说姓徐，是百家姓中的哪一姓有什么重要的呢，"花蕊夫人"这一名姓就够美丽的了，它是美貌夫人的特称，因花尚不足以当其美色，故孟昶也称她为"花蕊夫人"。这位美慧多才的女子，对唐代诗歌的突出贡献，就是《全唐诗》中所收的158首宫词。宫词，是以宫廷生活为题材的诗歌，唐代的宫词，除了一部分出于宫人之手，大部分都是宫外男诗人的虚拟，例如王建有著名的《宫词一百首》，但他不可能有内宫生活的体验，而是

艺术是生活的
呈现。没有生
活的艺术不是
真艺术。

从他一个同宗的远房亲戚——宦官王守澄处道听途说，用今天的说法就是未能"深入生活"，占有的只是第二手材料，故仍不免有隔靴搔痒之嫌，虽然召开研讨会时，他应该作为"特邀来宾"受到邀请。而花蕊夫人则生活在"基层"与"底层"，她的系列宫词，出自她的实地体验与蕙质兰心，记录了宫廷生活的形形色色、方方面面，不愧是宫廷生活的博物览志、百尺长卷，从中可以看到帝王的骄奢淫逸和践踏女性的妃嫔制度的罪恶。

"花蕊夫人"的诗作，以长篇组诗《宫词》开始，却以《口占答宋太祖述亡国诗》的短曲告终：

亡国的深层原
因是什么？
"十四万军队"
"无一个是男
儿"！诗作直
陈问题的核
心。没有了血
性，没有了意
志，没有了精
神，还是男儿
吗？这里的
"男儿"是一
种象征，国家
精神的象征。

> 君王城上竖降旗，妾在深宫那得知。
> 十四万人齐解甲，更无一个是男儿！

花蕊夫人至汴京，宋太祖召而问之，她口占了上述这首诗，鲁迅在《女人未必多说谎》一文中，曾予以引用。在男尊女卑的社会，在以女人为祸水尤物的时代，"十四万人齐解甲，更无一个是男儿"，花蕊夫人的这一声叹息和诘问，是漫漫长夜中一道耀眼的闪电，是令天下须眉低心俯首的一声雷鸣。

　　据说花蕊夫人后来被宋太祖赐死，花自飘零蕊自流，蜀地的绝世花蕊，被北国的罡风吹落摧残了，只有她的诗篇在宋代神宗熙宁年间发现之后，一直流传到今天。

第二单元　怅望千秋　清歌醉吟

　　谁可称诗家天子？当王昌龄被时人尊为"诗家天子"时，有多少诗人艳羡！有多少诗人在心底追赶！他们识高明而慕高明，慕高明而追高明。这是一个健康向上的时代，这是一个伟大的时代。只有生在这样的时代，才可能有"旗亭画壁"的故事诞生；只有在这样的时代，才可能有大诗人李白用了十几年时间以自己的短项去同崔颢的长项竞争之事。这是一个真正的诗人时代！诗人们以诗竞名，视诗名若生命。诗人们对诗以身相许，语不惊人死不休。这是诗歌的幸福时代！在这个幸福时代，涌现了王昌龄、李白、杜甫、李贺这样一批"诗家天子"。以七言诗为例，王昌龄是七绝圣手，李白是七古圣手，杜甫是七律圣手，他们三分天下，各有其一。李贺呢？27 岁就驾鹤西去，但他是未登基的"诗家天子"。以李贺之才华，以李贺之勤奋，以李贺之精神，假其以天年，一定又是唐代一位诗家太子。柳宗元在永州山水之中以抑郁不平之气写孤寂傲岸之境，可谓是一位"无冕之王"。

　　在这次旅行中，你将与"诗家天子"为伴，与他们一同起清歌，发醉吟，沐浴这些人间伟大灵魂的诗性之光。

诗 家 天 子

一

明人王世贞在《艺苑卮言》中说："五言律、七言歌行，子美神矣，七言律，圣矣。五七言绝，太白神矣，七言歌行，圣矣，五言次之。"这一说法，大都认可。由此可见，李白是七言歌行圣手，杜甫是七言律圣手，七言绝圣手呢？则属王昌龄了。若说"诗家天子"，就七言而言李、杜、王三分天下。

盛唐时代的王昌龄，当世即有"诗家天子"的高名美誉，但他却命途多舛，遭逢不幸，令千年之后的我们仍不免为之扼腕叹息。在诗的王国里，特别是在七绝的殿堂中，他高视阔步，南面称王，然而，在人生的江湖上，他却历经暗礁的侮弄，险滩的暗算，最后于垂暮之年，那突然袭至的罡风恶浪，竟然吞没了他那伤痕累累的风帆。

唐玄宗开元二十七年（739），位沉下僚先做秘书省校书郎后转汜水尉的王昌龄，第一次"负谴"而被远贬岭南，开始了他后半生的谪宦生涯。贬谪已经令人痛苦了，何况王昌龄是北方人，南方炎热而潮湿，他不服水土，岭南更是未经开发的蛮荒之地，武则天时代便是放逐与屠戮李唐宗室的地方，因此，伴随王昌龄一路南行的，就只有挥之不去的凄风苦雨。然而，满天的阴霾偶尔散开，也会有亮丽的一角蓝空，苦雨暂收，照耀在天上和心上的，也会有不期而至的一轮晴日。王昌龄和比他小 4 岁的李白有缘在巴陵相见复同游，李白与杜甫在洛阳的初逢，传为唐代诗坛双子星座的佳话。中国的诗歌史和巴陵的山水，当然也应该铭记盛唐时代这两位天才诗人的第一次握手吧。

盛唐之时，殷璠编选同时代诗人的作品，名为《河岳英灵集》，他称字少伯的王昌龄为"太原王昌龄"，大约因为王氏是太原的望族，殷璠按当时的习惯称其郡望，如同李氏是陇西的望族，故李姓多自称陇西人，如李白就曾说"家本陇西人，世为汉边将"，虽然身世如谜，但他的籍贯应该是四川江油县的青莲乡。实际上，王昌龄是京兆人，唐时京兆的府治在长安，所以他可说是长安人。王昌龄《灞上闲居》说自己"鸿都有归客，偃卧滋阳村"，滋阳即芷阳，也就是长安万年县的浐川乡，也即当代陕西作家陈忠实所写的"白鹿原"。王昌龄成年以后，曾经北游今日山西太原的并州与今日长治县的潞州，然后经邠州、泾州和萧关而西行塞外。他以河西、陇右为背景的总共二十一首边塞诗，就是他在塞上行

安史之乱前，是诗人兴会的盛世：李白与杜甫，李白与王昌龄；杜甫与岑参、高适；王昌龄与高适、王之涣，都曾亲密接触，大都结下了深厚的友谊。

与塞外行之时,一一收拾进他的诗囊,当时他正当风华秀发、意气干云的年华。"大漠风尘日色昏,红旗半卷出辕门。前军夜战洮河北,已报生擒吐谷浑。"(《从军行》)"秦时明月汉时关,万里长征人未还。但使龙城飞将在,不教胡马度阴山。"(《出塞》)那些幽咽悲壮的边塞之歌,是在哪几阵马蹄声中和哪几曲胡笳声里吟成的呢?后来明清两代诗评家品评唐诗七言绝句的最上之作,共选了十一首,其中就有王昌龄的《出塞》,而李于鳞、杨慎等人,更推许其为唐诗七绝的压卷。王昌龄在校书郎与汜水尉任上十二年,虽是九品芝麻官,但他对长安妇女(包括宫女)的生活,却有了更多的了解,"闺中少妇不知愁,春日凝妆上翠楼。忽见陌头杨柳色,悔教夫婿觅封侯。"(《闺怨》)"奉帚平明金殿开,且将团扇共徘徊。玉颜不及寒鸦色,犹带昭阳日影来。"(《长信秋词》)那些抒写宫闺怨绪离愁的名篇,是在哪一炷烛光下和哪一道晨光中写成的呢?待到王昌龄南贬而路经洞庭湖畔的巴陵时,他的代表之作大都已经问世,奠定他"诗家天子"地位的边塞诗与宫怨诗已经完成。要是他生在 20 世纪 80 年代的中国,什么"文学创作一级""政府特殊津贴""作家协会主席"之类的待遇与头衔,

拥有这些诗作中的任何一首,足以名垂诗史。这些都是诗史上的精品,不可轻易放过。边塞诗较好理解,闺怨诗需要仔细咀嚼。妇女在以前的诗作中并不是经常歌咏的对象,至唐代闺怨诗多起来了。李白写得较多,王昌龄的闺怨诗与他的边塞诗齐名。闺怨诗事实上是诗人以悲天悯人的情怀为弱者(弱势群体)叫屈,同时也用弃妇的命运隐秘地传达诗人自己不被重用的郁闷心理。

那都是实至名归，根本不在话下的了，因为有以上种种的当代作家，且不说千年以后，百年之后有哪些作品能"活"在读者的心上唇间，恐怕谁也不敢妄语，却可以断言，那些善于自吹自擂并请人广而告之的作者，注定要贻笑大方。然而，当时才华绝代、名满天下的王昌龄，不仅长期沉沦下吏，而且竟然成了南贬的逐臣。

巴陵乃南北要冲，唐代谪守岳州的中书令张说于此修建"岳阳楼"之后，更是闻名遐迩。在这里，多少达官贵人车马交错，盛宴言欢，但历史的长风一吹，那曾经云集的冠盖、煊赫的华衮早已了无痕迹，只留下不朽的诗文。41岁的王昌龄在南贬途中，曾和比他年轻的李白有缘在巴陵相见，这让千年之后的我不禁心向往之。每当展读《全唐诗》中的"王昌龄卷"，我总不免油然而思接千载，临风回首：他们是怎么相见并相识的呢？也许是由于孟浩然的介绍吧？物以类聚，人以群分，孟浩然于唐开元十六年（728），40岁时到长安应试，年方而立的王昌龄正初任校书郎，两人声气相投，一见如故，孟浩然落第后写的《初出关旅亭夜坐怀王大校书》有云："永怀蓬阁友，寂寞滞扬云"，就是一以怀人，一以自况。王昌龄南贬而路经襄阳，当然要去拜望孟浩然以叙契阔之情，而"已抱沉痾疾，更贻魑魅忧。数年同笔砚，兹夕异衾裯。意气今何在？相思望斗牛"，孟浩然的《送王昌龄之岭南》，字里行间激荡的也是依依惜别之意。李白此时仍以寓居的湖北安陆为中心四方漫游，虽然傲岸不谐，目无余子，但他在唐开元十五年（727）就和孟浩然相识，对年长他12岁的孟浩然十分敬仰。多年前，他就写有《黄鹤楼送孟浩然之广陵》这一名篇了，而同样有名的《赠孟浩然》，大约也是作于他游历襄阳和孟浩然再聚之时。孟浩然与李白或王昌龄把酒论文时，肯定分别赞扬过他的这两位朋友，并希望他们有缘一会。他们也许是先后到达巴陵后才得以相识，说不定还是从襄阳孟浩然处相逢，然后结伴往巴陵。如果他们预知我千年后会寻根究底，当会留下详尽的文字资料以供稽索，但现在，却只能使我一半按迹寻踪一半凭空想象了。

杜甫有《与李十二白同寻范十隐居》，贾至有《初至巴陵与李十二白同泛洞庭湖》，可证李白排行十二。李白和王昌龄在巴陵携手同游，然后李白乘舟北去，在洞庭湖边分别时，王昌龄曾有《巴陵别李十二》一诗相赠，现在分别见于《全唐诗》和敦煌新发现的唐诗抄本：

摇枻巴陵洲渚分，清波传语便风闻。

山长不见秋城色，日暮蒹葭空水云。

在《全唐诗》中，此诗"别"作"送"，"摇枻"作"摇曳"，"清波"作"清江"，当然不及敦煌抄本。不过，他们相见和分手的时间是秋日，从诗中的"秋城色"可见，也有孟浩然的"洞庭去远近，枫叶早惊秋"为证。悲哉，秋之为气也，萧瑟兮草木摇落而变衰，楚国宋玉的洞箫，早就吹奏过悲秋的曲调了，何况一位是贬谪南荒，一位是怀才不遇，而且千年前的巴陵也仍属南蛮之地，哪有今日的兴盛繁荣？两位大诗家同是天涯沦落人，他们聚会时同游何处，又都说了些什么呢？巴陵虽是我的旧游之地，可惜异代不同时，我当时如果有缘追随、旁听并记录在案，那今日定然可以写出颇具文献与文学价值的独家大块文章。现在看到的只是楫桨摇曳，一叶孤舟漂向洲渚远处，而李白和王昌龄互唤珍重的声音，还从水波上随风传扬。舟行已远，李白从湖上回首，水绕山环，已然不见秋日巴陵的城郭，王昌龄呢？暮色中也只见一片蒹葭苍苍，云水泱泱。如此妙用诗经《蒹葭》篇中"蒹葭苍苍，白露为霜。所谓伊人，在水一方"的诗意，

"摇枻"是写实，"清波"有荡漾意。诗作由质拙而及轻灵。

"悲哉"一句出自宋玉《九辩》。

"蒹葭"意象的妙用，幻化出多重意义：高洁的精神，深厚的情谊，伤感的心绪，共同传达一种美丽的忧伤。诗作的最后两句不知是否受到李白《黄鹤楼送孟浩然之广陵》的影响，写法相似，意境也相似。

借用现在流行的一首苏格兰民歌的题目，更显得王昌龄对李白"友谊地久天长"。

翻遍有关典籍，找不到王昌龄赠答孟浩然的作品，这于情于理都不通，当是遗落在历史的长河中再也无法打捞，而此时李白也应有赠王昌龄的诗，但同样没有流传下来，幸亏他有另一首名诗《闻王昌龄左迁龙标遥有此寄》传世，但那已是好几年之后，王昌龄从唐之江宁——今之南京再贬湖南龙标之时了。

二

唐开元二十八年（740），也就是王昌龄南贬的第二年，唐玄宗加尊号而大赦天下，王昌龄自贬所北还，当年冬天出任江宁县丞，次年，即唐天宝元年（742）春夏之交赴任，所以后人又称他为"王江宁"。他在江宁丞任上屈居六七年之久，唐天宝七载（748）他 51 岁之时，又被贬为龙标尉。龙标，即今日湖南怀化市之黔城镇。在唐代，这里是远离中原的蛮荒险恶之区，《荆州记》称之为"溪山阻绝，非人迹所能履"。江宁虽然也仍是他的放逐之地，但较之龙标，已可以说是人间天上。

王昌龄在江宁任上曾回过一次长安，和被征

召进京供奉翰林的李白第二次握手，而王昌龄再遭贬谪之时，李白也早已被放逐出朝而漫游于江南，所谓笑傲江湖，浪迹名山，客舍没有电话，案头没有传真机，手中没有"全球通"，道路险阻，难通音问，同样坎坷不遇的他辗转听到这一消息，已是暮春时节了，至今传唱的《闻王昌龄左迁龙标遥有此寄》，不知李白写在哪一家柳色青青的客舍：

> 杨花落尽子规啼，闻道龙标过五溪。
> 我寄愁心与明月，随风直到夜郎西。

五溪，即今天湖南省与贵州省交界处的辰溪、酉溪、㵲溪、武溪和沅溪。夜郎，在今湖南省沅陵县境，由龙标县分置而出，为唐代三个夜郎县之一，其他两处在今贵州省桐梓县。龙标在沅陵县西南，李白没有去过，只能想象得之，所以诗中说"随风直到夜郎西"。在姹紫嫣红开遍的唐诗百花园里，那些咏唱真挚友情寄寓深远的诗歌，是风采独具的，李白此诗以感情深挚见长，以构思婉曲取胜，而"我寄愁心与明月"一语，更是全诗的灵魂。在李白之前，不少诗人曾写风、写月以寄相思，曹植有"愿作东北风，吹

这首诗以"清风""明月"作为传情的媒介物，与张若虚《春江花月夜》中"愿逐月华流照君"及张九龄《望月怀远》中"海上生明月，天涯共此时"是同一种手法。

李白诗的伟大体现在三点：一是原创，二是超越，三是成为生活语言。前两点有很多诗人能做

到，后一点却很少有诗人能做到。李白为什么能做到？他把个人的独特感受上升为人类的普遍经验，并用天然的语言形式将其恒定、凝固为诗歌意象。这种意象集个体经验、集体意识、民族文化于一体，于是千秋万代都可引起共鸣。"我寄愁心与明月"就是具有这种魅力的诗句。搜寻一下，你时常脱口而出的李白诗句都是如此啊！其实，一切伟大的诗作都是如此。

我入君怀"之句，徐干有"将心寄明月，流影入君怀"之辞，张若虚有"此时相望不相闻，愿逐月华流照君"的妙想，张九龄有"思君如满月，夜夜减清辉"的奇思，爱月而有将近四分之一的作品写到月的李白，此诗的后两句自有出蓝之美。在李白抒写友谊的众多诗篇中，这是最好、最动人的一首，每回诵读，我这个湘人的心弦都不免铿然和鸣。

李白当年身不能至而诗心飞临的地方，千年之后，我却有缘亲履。也是一个秋高之日，我由长沙而去湘西南的新兴城市怀化，再载驰载驱直奔距离怀化六十里的龙标，与我偕行的，是我的对诗学颇具造诣的朋友——香港中文大学黄维梁教授，还有和千年前同一个版本的秋色秋光。时至今日，通往龙标仍然只有一条简易公路，可想而知，当年崇山峻岭中的羊肠小道是何等崎岖难行了。在公路旁热心为我们作向导的，是河水清且涟漪的潕水。王昌龄当年曾说"昨从金陵邑，远谪沅溪滨"（潕水是沅水支流），我们身旁的这弯潕水，曾照亮过王昌龄悲愤哀愁的眼睛，洗刷过他从金陵远谪而来的满身风尘吗？地方志曾记载他贬官来此前后的情况和传说，"往返惟琴书一肩，令苍头拾败叶自爨。"（《湖南通志》卷93

《名宦志》）他当年是一叶扁舟溯潕水而上呢，还是在荒无人烟的山野间踽踽独行？汨汨的潕水只顾一路送我们前行，说着我们都听不清、也听不懂的方言，王昌龄是北方人，他怎会明白潕水说些什么呢？

千百年来，龙标深藏在湘西南的万山丛中。"浩浩沅湘，分流汨兮"，从远古到今天，㵲水和沅水在城之西南作永恒的约会，交流它们从深山中带出来的野史与传奇。一千多年之后，这里终于已有简易公路可通，城外山间有焦柳铁路穿过，车轮与汽笛宣告的是现代文明入侵的消息。然而，昔日的龙标——今日的黔城镇，仍然只是一个简陋的小镇，仿佛还没有完全从古代的梦中醒来，任你如何寻寻觅觅，许多地图上都找不到它的大名。镇上年深月久的窄街小巷，多用资历极深的青石铺成，写满沧桑，真使人怀疑于其上仍可发现王昌龄的几枚足印，而猛一拐弯，也许还能听到他当年吟哦或謦咳的回声。镇外潕水之滨是香炉岩，有一座以"芙蓉楼"为主体的小小园林，那是后人为纪念王昌龄而修建的。我们自高楼纵目，只见近处的潕水和远处的沅水在楼前流过，虽然逝者如斯夫，不舍昼夜，但它们唱的仍然是王昌龄曾经听过的渔歌，而对岸则是少数民族聚居的山野，王昌龄曾经入耳的俚曲山谣，想必仍在随风传扬。在秋日楼头，断鸿声里，我们抚今追昔，怀古之幽情不禁油然而生：

"'沅溪夏晚足凉风，春酒相携就竹丛。莫道弦歌愁远谪，青山明月不曾空。''流水通波接武冈，送君不觉有离伤。青山一道同云雨，明月何曾是两乡。'"，维梁低吟王昌龄的《龙标野宴》和《送柴侍御》诗，回头问我："一代才人而遭远谪，他虽说'莫道''不觉'，实际上在故作旷达之中透出深沉的悲愤忧愁，这也是所谓以乐景写哀，以哀景写乐，一倍增其哀乐吧?"

我点头称是，说："王昌龄性格豪迈达观，不然，他的边塞诗怎么会写得那样如雄风起于纸上? 一般人远谪于这种穷乡恶地，真不知何以自处，何以卒岁? 但是，他也有直接写愁怨之作。"我随口背诵他的《送魏二》和《泸溪别人》："'醉别江楼橘柚香，江风引雨入舟凉。忆君遥在潇湘月，愁听清猿梦里长。''武陵溪口驻扁舟，溪水随君向北流。行到荆门上三峡，莫将孤月对猿愁。'真是深情幽怨，情何以堪! 王昌龄在此谪居了七八年，我们如果设身处地，他真是度日如年啊!"

维梁接过我的话头："王昌龄创作的黄金时

时而旷达，时而幽怨，或许这才是王昌龄此时的心境。旷达的背后可能是更深的忧伤，但也可认为旷达就是旷达，旷达的背后还是旷达。年过五十，已知天命。我相信王昌龄旷达的纯净，因为这可能更符合他的性格。

许多诗人诗作风格多样，这正与人性的丰富相应。

期是他的青年时代。逐往江宁，他还写出了《芙蓉楼送辛渐》的名篇。'荷叶罗裙一色裁，芙蓉向脸两边开。乱入池中看不见，闻歌始觉有人来。'他那首绝妙的《采莲曲》，大约也是写于江南吧？他贬到龙标时，正是年过五十的壮年岁月，本来应该写出更多更好的诗篇，但他的才华却被无端地窒息和扼杀了，今昔同悲，古今同慨，真是令人不胜唏嘘！"

下得楼来，我们在园内徘徊流连，欣赏历代诗人文士为王昌龄所作的诗文联语，又去城内寻访王昌龄创建的"龙标书院"的遗址，然后来到城西南鞣水和沅水的汇流之处，那该是民间传说中王昌龄经常来游的"芙蓉渡口"了。龙标的溇水呵可以洗俗肠，龙标的沅水呵可以清诗心，我和维梁各捧一掬清清的江水，一饮而尽。我们不远千里而来，不仅将这里的水色山光收入胸臆，更接受了古典的芬芳，诗神的洗礼。在王昌龄咏歌啸傲过的江边，传诵于民间而不见收录于《全唐诗》的他的一首作品，和滔滔江水一起在我们的心头流唱：

月色溶溶照古城，芙蓉渡口水风清。

焦桐一曲梨花雨，不知身在五溪滨。

······

龙标四周的群山如插翅难飞的囚笼，囚禁了王昌龄的壮年岁月。待到他花甲之年，搅得天翻地覆的安史之乱爆发了，公元756年，唐肃宗李亨在甘肃灵武即位，改元至德而大赦天下。《新唐书·王昌龄传》说诗人"世乱还乡里"，他因此得以离开龙标。但长安尚未收复，道路不宁，想回故里实无可能，王昌龄只得沿江东下，于次年秋天到达九江，有《九江口作》为证。随后两京收复的消息于岁末传到江东，王昌龄决计还乡，但他怎能预知自己的生命也临近终点了呢？他路经亳州时，竟然被刺史闾丘晓杀害，一代巨星，遽然陨灭！

在盛唐的诗坛上，王昌龄是与李白齐名的杰出诗人，因为他比李白年长，成名又较李白为早，因此开元年间他的诗名已经大噪，俨然诗坛盟主，从中唐人薛用弱《集异记》所载他与王之涣、高适三人"旗亭画壁"的传说，即可见其诗名之盛。他现存的诗只有一百八十首左右，其中绝句约八十首，可想而知，他应该还有许多名章俊句没有流传下来。整体而言，他的海拔不及李白，李白如一座壮丽的山岳，群峰逶迤，主峰耸

据《集异记》记载，唐玄宗开元年间，王昌龄、高适、王之涣三人有一次到酒楼畅饮。有乐官歌妓奏乐歌舞。他们私下约定以歌女唱自己诗的数量定高下。一歌女唱王昌龄"寒雨连江夜入吴"，又有一女唱高适"开箧泪沾臆"，又一歌女唱王昌龄"奉帚平明金殿开"。王之涣指着歌女中最漂亮的一个说："这个人唱的如果不是我的诗，我就永远不敢和你们争高下了。如果是，你们就该拜我为师。"一会儿，那歌女张口唱"黄河远上白云间"，几人大笑。乐官歌妓来问，才明白原来客人正是这三位大诗人。

出云表，只有比他年轻的杜甫才可以跟踪而上与之比肩。王昌龄的绝对高度虽无法与李白相比，但他的边塞诗却为李白所不及，李白的宫怨诗写得很好，但对王昌龄恐怕还要逊让三分，而王昌龄抒写友情的送别诗，却可以和李白一较短长。这如同体育场上的十项全能选手，李白是当之无愧的冠军，但王昌龄某些单项的成绩却要超过李白。这两位诗人友情深厚，处江湖而不相忘，而尤其可称为诗坛盛事的，是他们的七绝创作。在王昌龄和李白之前，创作七绝的诗人不多，成就不大，他们雄才并出，对这一文学样式的创作作了承前启后的贡献，常被后人相提并论。明代焦竑《诗评》说："龙标、陇西，真七绝当家，足称联璧。"清代宋荦《漫堂说诗》有言："三唐七绝，并堪不朽，太白，龙标，绝伦逸群。"明代王士祯《艺苑卮言》说"七言绝句，王少伯与太白争胜毫厘，俱是神品"，而清初王夫之则推许王昌龄的七绝为唐人第一，他认为"七言绝句唯王昌龄能无疵颣"（《夕堂永日绪论》）。李白的绝句是不夜之珠，王昌龄的绝句是连城之璧，如果将盛唐的诗坛喻为武林，在七绝这个项目上的演出，李白和王昌龄的招数和风格虽然各有不同，但他们神乎其技的不凡身手，确实令人叹为

也有人认为唐人七绝是三分天下。清人管世铭说："摩诘、少伯、太白三家，鼎足而立，美不胜收。"

观止！王昌龄当年在巴陵赠诗为李白送别，李白后来在江南作诗向王昌龄遥致慰问之情，并非巧合的是，这两首诗都是七绝，这是灵魂与灵魂的交流和问候，不也可视为艺术创造的默契与呼应吗？

殷璠的诗家眼光虽偶有盲点，但对王昌龄的认识还是别具慧心的。

殷璠编选当时的诗作为《河岳英灵集》，他选了24人，篇数之多以王昌龄为第一，在李白之上。宋人计有功在《唐诗纪事》中，引用他所见殷璠选本评王昌龄语说："及沦落窜谪，竟未减才名，固知善毁者不能掩西施之美也。"众士诺诺，一士谔谔，殷璠在王昌龄已贬龙标之时还选他的诗，并且数量排于首位，推为中兴高作，盛唐代表，真可谓颇具胆识。"西施"是绝代美人，与此相映成趣的是，王昌龄还有"诗家天子"之盛誉。原来王昌龄贬逐江宁时，常约诗友在衙署后厅之"琉璃堂"聚会唱和，唐代画家绘有"琉璃堂人物图"，有多种摹本传世，并流传至今。一百四十年后，晚唐诗人张乔旅次江宁，还专程去凭吊琉璃堂故址，写有《题上元许棠所任王昌龄厅》一诗：

琉璃堂里当时客，久绝吟声继后尘。

百四十年庭树老，如今重得见诗人。

晚唐时流行的一本说诗杂著《琉璃堂墨客图》，尊称王昌龄为"诗天子"，此书残本今存于明钞本《吟窗杂录》中。宋人刘克庄在《后村诗话新集》中说："唐人《琉璃堂图》以昌龄为诗天子，其尊之如此。"这是称王昌龄为"诗家天子"的最早出处。后来元代辛文房作《唐才子传》，说"昌龄工诗，缜密而思清，时称'诗家夫子王江宁'"，从"时称"一词，可见此说由来已久。"夫子"乃先生之意，与"天子"在字形上只有毫厘之差，但其意却不如"天子"远甚。不知是传抄之误，还是辛文房或后人妄改？"天子"一词，难道只有朝堂上的帝王才能拥有吗？

若系后人妄改，其人必定是尊君王、崇谦恭的礼法卫道士。

然而，这位手有彩笔的"诗家天子"，却敌不过手持屠刀的地方军阀。王昌龄沉于下僚的仕途三十年，却有二十年是迁谪的岁月，最后竟然不幸屈死于恶吏闾丘晓之手。唐代是封建盛世，政治较为开放与宽容，文网疏而不密，文人的命运远胜前朝，也远胜明、清两代以及当今的"文革"时期。官居高位的诗人上官仪被武则天处死，但他本来就是一个御用文人，死何足惜。唐代许多人虽然怀才不遇，但如陈子昂在四川家乡为射洪县令段简逮捕下狱，诬害而死，如王昌龄在安徽他乡被亳州刺史闾丘晓杀害之事，可谓绝

查有唐一代，没有一位文人因文字而处死刑，亦足证唐之伟大。仔细想想，这是一件令人十分感动的事。没有这等宽宏大量，就没有阔大之象，就不可能有盛唐之象。

无仅有。闾丘晓，姓闾丘，名晓，据《旧唐书·张镐传》记载，"晓素愎戾，驭下少恩，好独任己"，可见是一个暴戾乖张之徒，这种人如果权力在手，其恶行更可想而知。在他的恶名与臭名之下，《全唐诗》居然收录了他一首诗，题为《夜渡江》："舟人自相报，落日下芳潭。夜火连淮市，春风满客帆。水穷沧海畔，路尽小山南。且喜乡园近，能令意味甘。"——我在抄录他的这首"大作"之时，心头汹涌的是无尽的憎恨与鄙视，也生怕玷污了我的笔墨。此诗之平庸低劣，入眼便知，与王昌龄之作相比，犹如土丘之望山岳，死水一潭之比汪洋大海，王昌龄与之狭路相逢，真是如俗语所云"龙游浅水遭虾戏，虎落平阳被犬欺"。王昌龄几次被贬，殷璠说他是"不矜细行，谤议沸腾"，而诗人常建在《鄂渚招王昌龄张偾》一诗中，则说"谪居未为叹，谗枉何由分。午日逐蛟龙，宜为吊冤文"，言下颇为不平，王昌龄则说自己是"得罪由己招，本性易然诺"。傲视权贵，疾恶如仇，脱略世务，不拘小节，大约是王昌龄这种才华与骨气并兼的文人的通病，而闾丘晓身处高位，在乱世中拥兵自重，加之"愎戾"的本性，更可以作威作福，在潜意识中，他还很可能忌妒王昌龄的诗才和名声，于是王昌龄便在劫难逃了。从古至今，多少有才华、有抱负、有骨气而不识时务的贤者，不得吐气扬眉，而巧者、愚者、奸者、佞者却常常飞黄腾达，正人君子往往受制于得志便猖狂的小人，有的甚至死于其手，这真是历朝历代都上演的花样翻新的悲剧！

然而，正所谓"人生无常，天道好还"，我们今天仍然可以燃放鞭炮以示庆贺的是，闾丘晓终于未能逃脱对他的惩罚。我们应该感谢的是张镐。张镐出身布衣，为人刚正，当时兼任河南节度使，安史叛军合围张巡、许远死守的睢阳（今河南商丘），张巡告急，张镐挥师昼夜兼程，传檄闾丘晓克日就近赴援，但闾丘晓居然逡巡不进，待张镐赶到时睢阳已陷。张镐以军法问罪于闾丘晓而将处死之，平日威风八面、气焰熏天的他连连求饶说："家有老母，请留我一命。"张镐的回答令九泉之下的王昌龄冤恨稍申，令千载之下的我们人心大快："王昌龄也有老母，谁去抚养呢?"遂杖杀之。张镐令我感激的，还有他对李白与杜甫的关照。暮年的李白以戴罪之身流放夜郎，按今天的说法是所谓"政治犯"，位至宰相的张镐虽无法救援，但他不仅没有立场坚定地与李白划清界限，反而不远千里赠诗给他，并寄

让我们都记住张镐这个名字。作为诗人的朋友，张镐做到了他所能做到的一切。唐代诗家的三位天子，都得到过他的帮助。他是唐诗的辅弼大臣。

去两件夏天的衣裳，李白在答诗中不禁感慨之至地说："惭君锦绣段，赠我慰相思。"年近 50 岁的杜甫，逃出沦陷的长安奔往凤翔，被肃宗任命为"左拾遗"，履任才一个月，就上疏营救罢相的房琯，触怒肃宗而几遭刑戮，又幸亏张镐救助，才免于一死而贬为华州司功参军，由于重又深入民间，复得以写出"三吏""三别"等不朽之作。

由此可见，对官员也不可一概而论，有贪官也有清官，有恶吏也有良吏，芸芸众生所望的是后者多于前者。即以张镐而论，凭他施李白以援手，替杜甫进言，特别是为王昌龄申冤雪恨，就足以使人感念了。张镐是爱才而惩恶的不可多得的好官，千年之后，"诗家天子"王昌龄令我追怀，张镐也令我感激，但他也早已走进了历史，我到哪里才可以找到他，为李白、为杜甫更为王昌龄，略表我的敬重与感谢之忱呢？

人民命运系于官员的良心，小百姓只能盼望一个好官，这就是人治而非法治的悲哀。

寄 李 白

你是一位大诗人，又是一位精力旺盛、不耐久坐的大旅游家，唐代诗人中，像你这样游踪遍于国中的，好像没有几位。那时候不像现在这样时兴出国观光，或者美其名曰"考察"，不然，你也会设法公费出国旅游一番，至少，"日本晁卿辞帝都，征帆一片绕蓬壶"，你可以和日本遣唐留学生阿倍仲麻吕——晁衡一起东渡扶桑，或者向西北去如今位在西伯利亚的碎叶城寻宗问祖。我说要请你指点迷津，你本身的"迷津"就够多的了，最近，我就买了一册两位李姓学者合著的《李白悬案揭秘》，他们把你都列入大案、要案了，写了厚厚一本书来侦破。例如，你的身世太可疑，连当代诗人余光中在《寻李白》中都说："至今成谜是你的籍贯/陇西或山东，青莲乡或碎叶城/不如归去归哪个故乡？"你行踪飘忽，没有相对固定的地址，又不常写信，写了也交通不便，信使稽迟，当年就常常令你的夫人望穿秋

被人列入大案、要案，至少说明此人有趣。放目古今，有趣的人实在不多。

127

水，余光中在上述诗作中，不是也说过"连太太也找不到你"吗？而你的铁杆崇拜者魏颢到处找你寻你追你，等他跑到河南的梁园，你又去了东鲁，等他追到山东，你又去了江浙，他千里迢迢辗转道途，直到唐天宝十三载（754）的春夏之间，才在唐之广陵——今之江苏省扬州市，气喘吁吁地一把抓住你的衣衫。他要为你的诗文编集付梓，你也感动得将随身的手稿都托付了他。可我现在打电话找不到你，又不知到何处去追寻你的行迹。我私心早就以为，我的祖先并非两千年前骑青牛出函谷关的老子李聃，更不是以武力征服天下的李世民，而是至今仍活在诗章里和传说中的你。我少年时就一厢情愿地孵着诗人之梦，青年时对诗论与诗评情有独钟，冥冥之中，我总以为我的血管中流着你的血液，分在我名下的酒也早就给你透支光了，不然，我怎么会如此虔诚地远酒神而亲诗神？——不瞒你说，现在愈演愈烈的公款吃喝风中的什么"革命的小酒天天醉"，什么"八杯十杯不醉"，什么"感情浅，慢慢抿；感情深，一口吞"，如果要追查历史根源，现代的酒囊饭袋们恐怕还会说你不能辞其咎，因为可

直使杜康负冤，太白蒙羞！

以牵扯到所谓的"太白遗风"嘛。但是，我以上如此寻宗认祖，也许未免攀附之嫌，现在报章上

常见今之某某乃昔之某某之后，附凤攀龙，有识者认为这实在不堪一哂，何况那大半是我的一厢情愿，你又不会前来为我出示证明。

我现在首先要向你请教的，是你究竟为什么要写《登金陵凤凰台》和《鹦鹉洲》二诗，并略申后辈如我对这一问题的浅见，以及它们与崔颢《黄鹤楼》之高下的看法；其次，你的诗作多次写到黄鹤楼，我也想由此探问你的创作心路历程。

江夏，即今日湖北省武汉市的武昌，三国时于此置江夏郡。那里是你的旧游之地，唐开元十二年（724）你出蜀之后，就顺长江而下，经江夏而东游洞庭、金陵和扬州，不久又折回而西去安州，即今之湖北安陆。在安州，你和前故相国许圉师之孙女许夫人燕尔新婚，当时不便远游，但足迹仍及于江夏之间。崔颢是你的同时代人，他唐开元十一年（723）就中了进士，曾游江南，这位籍贯河南的诗人，也许就是在此时写了登高怀古、慷慨悲凉的《黄鹤楼》一诗。我想，你也许是唐开元十六年（728）春天从安陆再游江夏并送孟浩然去江东之时，在黄鹤楼读到崔颢这首名作的吧？我可以举出一个诗证，算是"大胆假设"，那就是你写于此时的《黄鹤楼送孟浩然下维扬》一诗，我引用敦煌石窟发现的唐人诗集残卷中的手抄本，和现今流行传世的稍有不同，那应该更接近你诗作的原貌：

故人西辞黄鹤楼，烟花三月下扬州。

孤帆远映碧山尽，唯见长江天际流。

你认为哪个版本更好呢？陆游所见及所思是否更有理？

宋本及今本，诗题均作《黄鹤楼送孟浩然之广陵》。扬州古称维扬，而唐之广陵即属淮南道扬州，所以你当时的题目应该是"下维扬"。差别较多的是第三句，在宋代，"远影"之"影"一作"映"，"碧空"作"碧山"，而陆放翁《入蜀记》说他访黄鹤楼故址，他见到你的诗也是"征帆远映碧山尽"，并说"盖樯帆映远，山尤可观，非江行久不能知也"。可见他此时见到的，与上述敦煌本还颇为相近。到了明代嘉靖年间的刻本，也不知是谁"太岁头上动土"，就将你的这一句改成"孤帆远影碧空尽"了。其中不同字词的优劣，你是文章千古事，得失寸心知的，读者也应该自有判断，我这里暂且置之不论。我想特别申明的是，大作第二句点明时令正是"烟花三月"的暮春，这一点，与敦煌石窟手抄本的崔颢之诗相同：

昔人已乘白云去，兹地空余黄鹤楼。

黄鹤一去不复返，白云千载空悠悠。

晴川历历汉阳树，芳草萋萋鹦鹉洲。

日暮乡关何处在，烟花江上使人愁！

第一句，是"昔人已乘白云去"而非"昔人已乘黄鹤去"，岂止是敦煌手抄本如此，就是唐代的诗歌选本如芮挺章的《国秀集》与殷璠的《河岳英灵集》，都是这样。青空白云，想当年，你在黄鹤楼头看到的也该和崔颢相同吧？更重要的是，崔诗的结句现在流行的是"烟波江上使人愁"，而唐人手写的真本却是"烟花江上使人愁"，崔诗中的"烟花"即是你诗中的"烟花"，你是否因为读到崔诗而潜意识中受到他的影响，送别孟浩然时又恰逢阳春三月，所以就既顺手也顺理，让杨柳摇烟、繁花若雾的美景氤氲在你的诗句中呢？

从崔颢和你同写黄鹤楼的诗中同用"烟花"一词，似乎可以证明历史上的一个美丽传说。据南宋的刘克庄在他的《后村先生大全集》中说："古人服善，李白登黄鹤楼，有'眼前有景道不得，崔颢题诗在上头'之语，至金陵，乃作《凤凰台》诗以拟之。"南宋胡仔的《苕溪渔隐丛话》

这里"烟花"似比"烟波"更妙。前者不仅点明时令，更有时令特征。阳春三月，杨柳摇烟，繁花若雾。黄昏时候，如此美景，更令游子生思乡之情。

和计有功的《唐诗纪事》，都有类似的记载。而元人辛文房《唐才子传·崔颢》的条目下也有道是："及李白来，曰：'眼前有景道不得，崔颢题诗在上头。'"辛文房隔你已有好几百年之久，当时没有现代的声光化电，你唾珠咳玉之时无法录音，可见那一美丽的传说早已代代而且口口相传了。你的诗集中多次提到过黄鹤楼，但却没有一首直接并集中咏黄鹤楼的诗，而《登金陵凤凰台》《鹦鹉洲》与崔颢的《黄鹤楼》，既非如有的人所说的"偶然相似"，也不完全是因为你"服善"，在唐代，能让你"服善"的人，能有多少？我以为，主要是因为你在创作上心雄万夫，不甘后人，拒绝重复而刻意争胜，何况当时你还只有28岁，如日之方升，你的血管里奔流的是青春和创造的热血，你的心中汹涌的是为天地立言的豪情。

你欣赏崔颢的诗，说明真正有才华、有胸襟的人，总是惺惺相惜，相濡以沫，你的同辈杜甫和晚辈韩愈也是这样，不像时下文坛上的某些白衣秀士，老是对出色的同行心怀嫉妒，肆意贬抑，恶意中伤。自己无能，不但不反躬自省，反而希望他人和自己一样平庸。你面对同一题材不轻易下笔，力图超越崔颢之作，也说明真正有抱

李白的"大"是识高明、服高明、慕高明之后，能竞高明、超高明，把自己推向更高明的高明境界。

负、有才气的作家，不仅要超越自己，而且要努力超越同辈，创作上只有争强好胜而不甘重复与平庸，才有可能留下杰构佳篇。你的《登金陵凤凰台》就是如此：

> 凤凰台上凤凰游，凤去台空江自流。
>
> 吴宫花草埋幽径，晋代衣冠成古丘。
>
> 三山半落青天外，二水中分白鹭洲。
>
> 总为浮云能蔽日，长安不见使人愁。

据说此诗写于唐天宝六载（747），即你从长安被唐玄宗"赐金还山"后再游金陵之时，这时你已47岁，距以前读崔颢诗差不多已整整二十年。崔颢之作是律诗，你写的也是律诗，可见你潜意识与显意识都是何等"耿耿于怀"。你流传至今的七言律诗总共只有八首，虽然不免散失，但你创作的律诗绝不会多，因为以你天马行空之才，不耐烦比较严整的格律的束缚，也就是不喜欢戴着镣铐跳舞。然而，你这首律诗却广获好评，清人蘅塘退士孙洙虽然老眼昏花，一时失察，在《唐诗三百首》中对李贺之作漏而未选，但在七律部分却选了你这首诗，也可以算是一种补偿吧。重要的是，你这首诗并不是崔颢之作的

李贺诗作色彩秾丽，底色悲凉，不合传统的雅正中和的审美追求，当是未能入选的原因。

模仿而是自己的创造。起句"凤凰台上凤凰游，凤去台空江自流"，就眼前景并且就题兴起，三"凤凰"并非如有的人所说是模仿崔诗之三"黄鹤"，因为崔颢的原作也只两次提到"黄鹤"，其余两次均为"白云"。"吴宫花草埋幽径，晋代衣冠成古丘"的深沉历史感喟，也即英美现代派大诗人艾略特所强调的"历史感"，不仅非你年轻时所写的"风吹柳花满店香，吴姬压酒劝客尝。金陵子弟来相送，欲行不行各尽觞"可比，也为崔颢之诗所无。尊作中写景的颈联与崔作中写景的颈联旗鼓相当。崔诗的结句"日暮乡关何处在，烟花江上使人愁"，其乡愁的抒写确实动人情肠，因为乡愁是中国人普遍具有的怀乡情结，也是中国文学中一个重要的甚至是永恒的主题，崔颢对此作了出色的表现。然而，你的"总为浮云能蔽日，长安不见使人愁"，虽然将帝王比成太阳，使我不禁联想到千年后中国人同样的思维和比喻，但你寓目山河，毕竟伤时忧国，指斥谗谄之徒，其气象与寄托，与作客之愁、乡关之恋毕竟有境界大小高下之别。在艺术上，大作也有出蓝之美。例如，崔诗一三两句写"去"，二四两句写"空"，而你却缩龙成寸，"凤去台空江自流"，将"去"与"空"压缩于一句之中，富有

杨义先生在《李杜诗学》中说："这首诗不仅在古风转型为律体的诗学进程中已经超越《黄鹤楼》，而且在即景言情而深刻地探索生命哲学、历史哲学、宇宙哲学方面，也另辟新界了。"李元洛先生的赏析具体印证了杨义先生的评价。

今日现代诗学所艳称的"密度"与"张力"。崔颢之诗当然是杰作，不可替代，但说你后来居上，却也绝非溢美之词，不知你以为如何？你是绝对的性情中人，爱爱仇仇，毫无矫饰，我想你该不会"笑而不答心自闲"吧？

人生短促，世事沧桑，而江湖多的是不测的风波。写《登金陵凤凰台》十多年之后，你已经到了人生的暮年。好不容易从流放夜郎途中赦回，你又重游江夏，再往洞庭并南下零陵。当然，你到底去过湖南零陵没有，后人争论不休，只有你自己清楚。《鹦鹉洲》一诗当然写于此时的江夏，也许是唐上元元年（760）春天你从零陵归来时所作，有的"著名"作家引用古典诗词时常常张冠李戴，甚至据为己作，有的竟说你的"仰天大笑出门去，我辈岂是蓬蒿人"写于长安，而你的诗题明明是《南陵别儿童入京》，"南陵"乃今之安徽南陵县，相去何止十万八千里。而有的则说《鹦鹉洲》写于《登金陵凤凰台》之前，说者昏昏，至少你就不会同意前后颠倒。让我还是再次诵读你的原作吧：

鹦鹉来过吴江水，江上洲传鹦鹉名。
鹦鹉西飞陇山去，芳洲之树何青青！

"鹦鹉"一词重复三遍，简直是作诗大忌，这里却显得如此自然，怕只有李白这样的天才才能做到。

烟开兰叶香风暖，岸夹桃花锦浪生。

迁客此时徒极目，长洲孤月向谁明？

杨义先生从诗人的生命意识角度切入，以为《鹦鹉洲》借"兰香桃浪的暖色调反衬心境的悲凉，又借对明月的质问直探人的孤独内心，也自有其独特的匠心，不必简单地目之为仿作"，似也言之成理。

又是一首你不怎么喜欢写的"律诗"，可见你烈士暮年，仍然壮心不已。"芳草萋萋鹦鹉洲"，你要就地取材，就近再和崔颢打一次擂台，比试一番高下。崔颢之诗，时空较尊作广远，气象较尊作壮阔，那正是所谓"盛唐气象"的表现，也是年轻的崔颢意兴飞扬所致，你的这首诗虽然仍是一片锦绣，一派云霞，但结句的迁客骚人之孤独落寞，既是你个人不幸遭逢的心曲，也是那个不识重宝、扼杀人才的江河日下的时代的折光。因此，尊作虽仍有模仿崔诗的痕迹，但可以说各有千秋，不可互代。我的同乡前辈王夫之在《唐诗评选》中说得好："此则与黄鹤楼诗宗旨略同，乃颢诗如虎之威，此如凤之威，其德自别。"他以"虎"与"凤"为喻，大约是指境界之大小不同，风格之刚柔有别，不知你同不同意他的看法？

现在要向你请教第二个问题。你一生登临过多少次黄鹤楼，恐怕你自己也记不明白了。与上述《鹦鹉洲》的写作时间大略相同，你在江夏还写了长诗《经乱离后天恩流夜郎忆旧游书怀赠江夏韦太守良宰》，诗中说"一忝青云客，三登黄鹤楼"，可见你流放归来后，江夏郡太守韦良宰仍待你如上宾，你至少三次登上了黄鹤楼。至于"鹦鹉洲"，你也咏过多次了，例如也许是与写《鹦鹉洲》同时，你还写有《望鹦鹉洲悲弥衡》，悲他人亦以自悲，但是，你提到黄鹤楼的诗却更多，你心中似乎有一个解不开的"黄鹤楼情结"。我为你做过粗略的统计，你提及黄鹤楼的，除了《黄鹤楼送孟浩然之广陵》一诗之外，大约还有"黄鹤西楼月，长江万里情"（《送储邕之武昌》），"去年下扬州，相送黄鹤楼"（《江夏行》），"江夏黄鹤楼，青山汉阳县"（《江夏寄汉阳辅录事》），"手持绿玉杖，朝别黄鹤楼"（《庐山谣寄卢侍御虚舟》），"昔别黄鹤楼，蹉跎淮海秋"（《赠王判官时余归隐庐山屏风叠》），"仙人有待乘黄鹤，海客无心随白鸥"（《江上吟》），"雪点翠云裘，送君黄鹤楼"（《江夏送友人》），"君至石头驿，寄书黄鹤楼"（《答裴侍御先行至石头驿以书见招，期月满泛洞庭》），"黄鹤楼中吹玉笛，江城五月落梅花"（《与史郎中饮听黄鹤楼上吹笛》），"黄鹤楼前月华白，此中忽见峨嵋客"（《峨嵋山月歌送蜀僧晏入中京》）等，至少在十处以上。而最令我心驰神往的，是你的《江夏赠韦南陵冰》，那是

十余首诗写到黄鹤楼，却没有一首诗真正超越崔颢的《黄鹤楼》，对视诗名为生命的李白来说，确实是一种伤痛。这一点李白很清楚，所以他写了《登金陵凤凰台》。这对李白来说实属不易。李白豪放飘逸，七言歌行是圣手，七言律诗是弱项，但他却在与崔颢的竞争中写下了一生中最好的七言律诗，这首诗也成了唐代七律中的精品。

你写黄鹤楼诗的异数与别调，原诗太长，好在你对自己的作品如数家珍，我只援引片段：

> 人闷还心闷，
>
> 苦辛长苦辛。
>
> 愁来饮酒二千石，
>
> 寒灰重暖生阳春。
>
> ……
>
> 我且为君捶碎黄鹤楼，
>
> 君亦为吾倒却鹦鹉洲。
>
> 赤壁争雄如梦里，
>
> 且须歌舞宽离忧。

"黄鹤楼"寄托的是游仙的梦想，而"鹦鹉洲"则因东汉末年写过《鹦鹉赋》的才子祢衡被杀于斯地而得名，寄寓的是现实的悲剧。你的自己"捶碎"与要求对方"倒却"，不仅是你怀才不遇之情的表达，是你对险恶的政治斗争和莫测的皇家内讧的鞭挞，是自己虽历经苦难却仍然保持人格的独立与尊严的宣言，更是你如火山爆发、如激湍奔流的悲愤之情的宣泄！你以前从未这样对待和这样写过黄鹤楼。现实的悲剧是无法改变的，韦冰恐怕无法为你"倒却"鹦鹉洲，而

梦想与现实的双重受挫，使李白作为诗人的独立精神前所未有地凸显出来。"冠盖满京华，斯人独憔悴"，杜甫曾对李白的处境表达强烈愤慨。正是这种处境成就了大诗人李白的"大"——在高贵的诗心中昂起高贵的头颅。

超然现实的游仙幻想却已破灭，你在《醉后答丁十八以诗讥余捶碎黄鹤楼》一诗中，不是说"黄鹤高楼已捶碎，黄鹤仙人无所依"吗？也许有人说，你获罪刚刚遇赦，销声匿迹尚且来不及，不应该有如此激切之语，这，也许是太小看、太不了解你了。作为一位士人，你败于官场，毁于政治，但作为一位杰出的傲岸不谐的诗人，你虽偶尔有唯心的摧眉折腰之时，但却永远没有低下自己的高贵头颅之日，而且千首诗轻万户侯，你以光芒万丈长的诗章，战胜了所有煊赫一时的帝王将相！你虽遇赦放还，心中却愤激难平，就情不自禁地喷出"捶碎""倒却"这样的激昂愤慨之语，这不仅于你前所未有，于有唐一代前所未有，在整个封建时代也是罕见罕闻的。不仅"黄鹤楼""鹦鹉洲"这些过去被你作为美好事物象征而多次歌吟的地方处境危急，连我家乡洞庭湖中的"君山"也都难以幸免，那是在你的《陪侍郎叔游洞庭醉后三首》之中：

> 划却君山好，平铺湘水流。
>
> 巴陵无限酒，醉杀洞庭秋！

前人说你的"划却君山好，平铺湘水流"二

"捶碎黄鹤楼""倒却鹦鹉洲""铲却君山"，将一切阻止诗人精神前行的障碍全都推翻，诗人就抵达了精神彼岸，并在彼岸向追随者招手，引领他们前行。

句，可以和杜甫的"斫却月中桂，清光应更多"匹敌，都是诗情豪放，异想天开，但杜甫是想象空灵之辞，你却是愤激无端之语，二者的深层意蕴颇为不同。我十分敬重杜甫，但他的忠君意识过于强烈，独立意识和自由精神远不及你。我甚至忽发痴想，中国古代的士人、现代的知识分子，从未有过真正意义的自主和独立，而民主意识、自由意识与独立意识，则是真正的现代知识分子的要素与象征。唉，还是不要以这种天方夜谭来惊扰你吧，还是回到当年，你那时的千古忧愁、万古愤懑能平息吗？李白先生，我这样来理解你对黄鹤楼、鹦鹉洲的态度的前后变化，不知是否探究到了你的初心与诗心？

李白先生，如果要我从中国文学史中评出三位伟大级的诗人，除了投屈原和杜甫一票，另一张票当然是非你莫属了。红颜薄命，诗人也薄命，你是唐代诗人中的最不得意者，白居易在你的身后也不禁发出"可怜荒陇穷泉骨，曾有惊天动地文。但是诗人多薄命，就中沦落不过君"的感叹。不过，千年走一回的你，在盛唐痛苦地走一回，留了许多失意、屈辱与悲愤，在中国诗歌史中潇洒走一回，却坐定了最重要的黄金般的章节。你的诗，写出了历史上一位最不得意者最

云山苍苍，江水泱泱，先生之风，山高水长。

得意的浪漫情怀，没有你，盛唐气象将不可想象，中华民族文化将黯然减色，中国诗史将失去一部最重要的乐章，中国的读书人也会顿感天地寂寞而绕室彷徨。说实话，没有你，中国的酒也许没有如此多种多样且广销、畅销，连现代的"高阳酒徒"们也少了一个喝酒的理由。不过，杜甫早就说过"李白一斗诗百篇，长安市上酒家眠，天子呼来不上船，自称臣是酒中仙"，余光中也说你"酒入豪肠，七分酿成了月光/余下的三分啸成了剑气/绣口一吐就半个盛唐"，而当代的"高阳酒徒"，特别是那些挥霍公款的"高阳酒徒"们，喝了那么多不解私囊的酒，他们能吐出什么呢？

时空阻隔，古今异代，山遥水渺，我却常常追怀你呀，李白大诗人。这封千年后的读者来信，不知你是否能够收到？

李白精神早已沉潜进了中华民族的文化之中。"这封千年后的读者来信"，一定能送抵所有李白的追随者手中，并内化为一种精神动力，向高贵的彼岸前行。

怅望千秋一洒泪

洞庭与潇湘，是杜甫晚年歌咏过的"湖南清绝地"，不知迎候和接待了多少墨客骚人，他们也留下了不知多少可圈可点的诗文。然而，如果说中国古代诗歌的天空，屈原、李白、杜甫这三颗星斗最为灿烂，那么，是幸还是不幸，是必然还是巧合，其中就有两颗陨落在这里，一颗沉没在汨罗江下游的浪涛之中，一颗熄灭在汨罗江上游冬日的寒波之上。那划天而过的光芒呵，至今还照亮后人仰望的眼睛，激起历史的深长回想。

也是杜甫写《秋兴》的高秋之日，也是杜甫漂泊湖湘的那种年龄，我终于一偿多年的夙愿，从湖南远去河南朝拜了他的故里。现在，长沙已是严冬，我在雪花纷飞中再一次翻开卷帙微黄的《杜工部集》，重又亲炙那伟大的灵魂。此刻，杜甫还漂流在从长沙北去岳阳的湘江之上，辗转于汨罗江的中游，还正在写他的临终绝笔《风疾舟中伏枕书怀三十六韵奉呈湖南亲友》吗？

古人为诗集命名方式有多种：郡望、官职、谥号等都可。如《昌黎先生集》（郡望），《欧阳文忠公文集》（谥号），《白氏长庆集》（年号），《杜工部集》（官职）。

一

　　每当我乘车驰过湘江大桥去长沙之西的岳麓山下，我常常不禁眺望中流，总怀疑也许还能在烟雾迷茫中，看到杜甫的一叶孤舟、半张帆影；在湘江之畔的沿江大道徜徉时，我不免常常左顾右盼，也许在岸边的街头巷尾还能有幸觅到杜甫当年寄寓过的一角江楼？

　　唐大历三年（768）冬末，"支离东北风尘际，漂泊西南天地间"的杜甫有家归不得，终于从四川出三峡，放舟江汉，漂流到湖南岳阳。小作盘桓，他准备经当时名为潭州的长沙，去衡州（今湖南衡阳）投奔他的旧友，即当时任衡州刺史的韦之晋。于是，次年春日，已经有一千多年历史的名城长沙，顿时被这颗诗星照耀得满城生辉，只是多灾多病的杜甫未曾想到，而时处刀兵水火中的古潭州也懵然不知。我在千余年后重温往事，虽然长沙现在的夜总会、娱乐城数量之多大约也可以和国内其他城市媲美，但灯红酒绿甚至纸醉金迷，能使它增添什么新的光彩吗？

　　杜甫生时虽然坎坷潦倒，但他的各种名号却随着他光芒万丈长的诗篇一起流传了下来。而现

霓虹灯的光彩人人能看得到，"诗圣"的光辉却常因风沙的阻挡难入世人之目。

"诗圣"、"情圣"（梁启超语）、"诗祖"（江西诗派所尊）、"五律圣手"、"七律圣手"、"老杜"，每一个称呼都是对杜甫的虔心跪拜。

宋之问的名句是《渡汉水》的后两句："近乡情更怯，不敢问来人。"是他被贬逃归洛阳途中所作。被逐在外的提心吊胆及对家人的惦念被高度凝练了。

在汲汲于钻营浮名甚至梦想不朽的文人，他们也许可以名噪一时，在文坛呼风唤雨，但他们的文与名将很快被时间所风化，事如春梦了无痕。杜甫的尊名之一便是"老杜"，它并不如我们今天类似的称呼一样表示随意，而是颠而倒之的"杜老"的尊称。不过，来到长沙的杜甫确实已经老了，"此身漂泊苦西东，右臂偏枯耳半聋"，57岁的他已经过早地跌入了生命的暮年。舟临长沙已时近清明，他不久写了《清明二首》，唐代长沙清明节的景象现在已经不可复见，但巍然于湘江之西的岳麓山今天却仍然可以证明，杜甫当时曾来山中一游，写下《岳麓山道林二寺行》，结句是"一重一掩吾肺腑，山鸟山花吾友于。宋公放逐曾题壁，物色分留与老夫"——重重掩掩的山林是我的肺腑，山鸟山花是我的朋友弟兄，宋之问放逐岭南路过这里曾赋诗题壁，但他还留了一份景色供我歌吟。时隔千年之后我每去麓山，总要在麓山寺内一副楹联前流连："寺门高开洞庭野，殿脚插入赤沙湖"，这一颇具现代诗意味的联语，就是取自杜甫的上述诗篇，而我在山中高咏低吟，真盼望有朝一日，猛然看见山道上杜老扶杖而来的身影。

前后两年之中，杜甫于长沙三度来去。他到

长沙不久即去衡州，其时音讯难通，恰逢韦之晋调任潭州刺史而途中错过，待他赶回长沙后，韦又不幸暴卒。<u>杜甫无所凭依，只得有时暂住小舟之中，有时小栖江边的阁楼之上。</u>唐大历五年（770）四月，湖南兵马使臧玠作乱，杀观察使崔瑾，兵荒马乱之中杜甫逃出长沙，在湘江上游衡州与郴州之间漂泊，于耒阳县南之方田驿阻水而断炊五六天，后人因之有其食县令聂某送来的牛肉白酒而暴卒的传说，不仅新、旧《唐书》信以为真，连今人郭沫若在《李白与杜甫》中也游谈无根地大加渲染。事实上，杜甫在作《回棹》诗之后又回到了长沙。这期间，虽然他也曾得到一些亲朋故旧的接济，但杯水车薪，无补于根本，而且那"残杯与冷炙，到处潜悲辛"的况味，恐怕比他落魄长安时有过之而无不及，更远非时下酒楼宾馆送往迎来之风光可比。十年困守长安时他还比较年轻康健，现在垂垂老矣，而且病体支离。他现存的一千四百多首诗中，有一百四十多首写到了自己的病情，而且愈到晚年而愈烈，其中包括肺结核、风湿病、消渴病（今称之为糖尿病）、疟疾、风痹等。如果是今天，政府有关部门对这样一位历史级巨星，应该会派高级小轿车去迎接，并送疗养院去医治休养，作家协会也会

闻李白遭祸下狱后，杜甫曾作《天末怀李白》，有名句"文章憎命达，魑魅喜人过"。这是对李白的安慰勉励，其实也是诗人对自己的宽解与激励。

不时派人前往探望，而在彼时，屋漏又逢连夜雨的杜甫，就只能让贫穷、让饥饿、让病痛、让屈辱、让夏天的溽暑、冬日的严寒一起来煎熬他的暮年了。

人生至此，天道宁论？一般人到此地步，也就只有或者叹老嗟卑，或者怨天恨地，总之是不离一己之痛痒悲欢。现在的某些文人，笔会于宾馆，盛宴在酒家，经常逢场作戏于电视报刊，不时逍遥游在天南地北，他们斤斤计较的只是个人的功名利禄，孜孜追逐的是声色之娱的游戏人生，读者能期望他们写出什么杰出或伟大的作品来吗？然而，令我千年之后怦然心动的是，杜甫日暮穷途，虽然他也悲伤于自己的身世际遇，但他更心忧天下，情系苍生，以一己之心担荷天下人的苦难，这是何等崇高的自我良知与人格力量啊！"万姓疮痍合，群凶嗜欲肥"（《送卢十四弟侍御护韦尚书灵榇归上都二十韵》），写吐蕃侵于外，藩镇骄于内，人民处于水深火热之中；"开视化为血，哀今征敛无"（《客从》），写人民贫困已极，官家仍诛求无已；"丧乱死多门，呜呼泪如霰"（《白马》），"入舟虽苦热，垢腻可溉灌。痛彼道边人，形骸改昏旦"（《舟中苦热遣，奉呈阳中丞通简台省诸公》），哀悼流离道路死

"民间疾苦，笔底波澜"，郭沫若对杜甫的这句评价是中肯的。杜甫的绝笔中有"战血流依旧，军声动至今"的咏叹。心系天下，至死不渝。此情可感动天地。

于战乱的众多百姓，反省自己尚有一舟可以栖身洗濯，推己及人，情溢乎辞。在长沙，他还有一首传唱至今的《江南逢李龟年》：

岐王宅里寻常见，崔九堂前几度闻。
正是江南好风景，落花时节又逢君！

这是杜甫晚年的代表作之一，也是他七绝的压卷之篇。李龟年是唐玄宗开元天宝年间的大音乐家，是国家音乐机构"梨园"的大乐师，安史之乱中流落湖湘。据范摅《云溪友议》记载，他曾在湖南采访使的筵席上唱王维的"红豆生南国"和"春风明月苦相思"，座客闻之，莫不饮泣罢酒。杜甫十五六岁时寄寓洛阳姑母家，多次在岐王李范与殿中监崔涤的府第里听过李龟年的歌唱。"正是江南好风景，落花时节又逢君"，风景不殊，举目有人物之变与山河之异，时代的动乱，人民的流亡，国家的盛衰，个人的悲苦，深沉博大的社会内容和感情内涵，都包容在寥寥二十八字之中，深度、广度及艺术的高度融于一体。古往今来写长沙的诗与写于长沙的诗何止千百，但无论是古典诗歌或是现代新诗，有哪几首能赶得上杜甫的这一千古绝唱？

"落花"既写春已流逝，更暗示盛世不再，繁华一去不返。联想唐由盛而衰的历史来读这首诗，你会真切地感受到其"博大深沉"和"史诗"的意味。

"亲朋无一字，老病有孤舟。"诗作中杜甫这样叙说自己。杜甫从来不避讳个人的苦痛，但他的伟大是在自己无比苦痛时依旧心底有苍生。他实践的是孔子的"君子无终食间违仁，造次必于是，颠沛必于是"，而不是孟子的"穷则独善其身，达则兼济天下"。

二

当今之世，有些注定"尔曹身与名俱灭"的人却在祈求不朽，不少凡夫俗子生前就在苦心经营他们的葬身之地，而中国历史上一位最伟大的诗人，他的坟茔却成了千百年来聚讼纷纭的疑案。

再一度秋尽冬来，杜甫已没有初来湖南时写《登岳阳楼》的气力与气魄了。那是一首极具沉郁顿挫的艺术个性而又表现了对宇宙苍生之终极关怀的诗篇，显示了一种深邃博大的精神范式与文学范式，它为唐大历二年（767）冬末的风雪压卷，为诗人自己的作品压卷，也提前为整个唐代诗歌压卷。我想，时间虽已进入现代，但在芸芸众生之中，在精神高度与人格力量上可以比肩杜甫的，恐怕也不可多得吧？然而，命途多舛的生命毕竟要谢幕了，杜甫在解缆北归之前作《暮秋将归秦留别湖南幕府亲友》，陪伴他的只有半生艰苦共尝的杨氏夫人和面色凄凉的弱男幼女，"途穷那免哭，身老不禁愁……北归冲雨雪，谁悯敝貂裘"，抚时伤逝，一派凄凉落寞之音在朔风中翻飞。去年春日从岳阳南下途中，他还写了十多首诗，此次从长沙北上，在湘江上游的船中

处高位，养尊处优，精神上同情一下百姓的穷困并不难：身无居所，风雨交加中茅屋被毁，无处安身，心中想的却是"安得广厦千万间，大庇天下寒士俱欢颜"，这方是圣人襟怀。

只留下一首《风疾舟中伏枕书怀三十六韵奉呈湖南亲友》，呕心沥血的这首长诗就成了他的绝唱。"葛洪尸定解，许靖力难任，家事丹砂诀，无成涕作霖"，这是他绝望的悲歌，也是他草拟的自祭之文。然而，即使一息尚存，他也仍然心怀社稷，忧念民瘼："战血流依旧，军声动至今！"千古已成苍茫，但他最后的这一声浩叹，似乎仍穿过楚云湘水，穿过朔风寒雨，穿过一千多年的岁月，隐隐传来。

自从那一曲绝唱之后，杜甫就下落不明。究竟哪一方土地是他最后的归宿？全国现有杜甫墓八座，分别位于陕西华阴、富县，四川成都，湖北襄阳，湖南耒阳、平江，河南偃师、巩县。前面四墓都是后人出于纪念之情而修建，而位在耒阳一中杜陵书院内的杜甫墓，则是由杜甫阻水湘南死于牛肉白酒这一讹传而来。最原始可靠的，当是今日湖南平江县大桥乡小田村天井湖之杜甫墓了。杜甫死后四十三年，即唐宪宗元和八年（813），他的孙子杜嗣业到荆州请诗人元稹为其祖父写了《唐检校工部员外郎杜君墓系铭》，铭中提到"旅殡岳阳"。一般人以为"岳阳"是指现在的岳阳市或岳阳县，其实大谬不然。元稹所云岳阳是泛指唐代的岳州，下辖巴陵、华容、湘阴、沅江、昌江等县，而昌江县即今之平江县，县治在汨罗江上游之中县坪，离小田村不远。病重不起的杜甫想到昌江县去投靠亲友，未到县城即已去世，他的儿子宗武年仅 17，贫而无力，只好扶灵上岸，就近将杜甫埋于小田村。现在这里有地名"杜家洞"，杜姓族人甚多，前人所修《杜氏族谱》《杜氏家谱》相传至今。明代湖广参政陈恺曾撰《跋杜氏诰敕》，说他在小田杜甫后人家中，亲睹了盖有肃宗玉玺的、任命杜甫为左拾遗的诰书（此件直到辛亥革命后才遗失），而明末清初的钱谦益在《钱注杜诗》中，也提到这一诰书"今藏湖广岳州府平江县裔孙杜富家"。宋代王彦辅著有《麈史》，记载宋初徐屯田《过杜工部坟》一诗："水与汨罗接，天心深有存。远移工部死，来伴大夫魂。流落同千古，风骚共一源。江山不受吊，寒日下西原。"可见早在宋初，平江杜墓就接受过时人与过客的凭吊。

在一个秋风秋雨的深秋之日，我曾去小田村朝拜诗圣的遗踪，越过纵横的阡陌，在小田村小田学校之侧的山冈上，坐北朝南，巍然的杜甫墓撞痛我的眉睫。这是一座具有唐代中期砖石墓特征的坟墓，青石墓碑中刻"唐左拾遗工部员外郎

杜甫与屈原都是心忧天下的诗人，一现实，一浪漫，但精神上却是相通的。

杜文贞公之墓"。虽是寒意袭人的秋末，墓前草色仍然青青，似乎仍在青着唐朝的青色，墓的上空飞过片片秋云，似乎仍是杜甫当年见过的愁云。我绕墓徘徊，脚步轻轻，生怕把墓室内千秋的诗魂惊醒。不过，河南巩县北邙山上有杜甫的陵墓，河南偃师杜甫远祖晋代当阳侯杜预的墓侧也有杜甫墓，此耶彼耶，疑幻疑真，叫我到哪里去为他招魂？如果是一般诗人也还罢了，何况古往今来以诗人名之的伧夫俗客实在太多，怎值得众生去焚香顶礼？然而，杜甫是中国诗史上的圣人，而我却是杜甫草堂虔诚的学子，《杜工部诗集》的现代朝香者。不过，我转念一想，他的埋骨之地究竟在何处有什么要紧呢，多少帝王将相的陵墓已成荒丘，而千百年来广大百姓的心中，不都有一座他永远的坟茔？

李白说"屈平辞赋悬日月，楚王台榭空山丘"。用它来评说杜甫亦可。帝王将相的陵墓已成荒丘，杜甫的诗却如日月一样永悬天空，长照人间。

三

一千多年后的高秋十月，我终于如愿以偿去拜望了杜甫的故里，当年的巩县（今河南巩义）。就像瞻仰过浩瀚的沧海之后，去寻觅和瞻仰它最初的源头。

汽车刚进入巩义市郊，公路两侧山坡上一栋栋漂亮的楼房就奔来眼底。同行人介绍说，巩义

杜甫一生两
"安得": "安
得广厦千万
间,大庇天下
寒士俱欢颜,
风雨不动安如
山", "安得壮
士挽天河,洗
尽甲兵长不
用"。前者由
自己不得"广
厦"可安身,
希望"天下寒
士"都应有
"广厦"; 后者
出自《洗兵
马》诗,祈求
天下永远和
平,战争永不
再有。两"安
得"彰显杜甫
"仁者"博大
之爱。

现在是全国百强县之一,这里是巩义的富裕村,乡镇企业的农民所居。"安得广厦千万间,大庇天下寒士俱欢颜",杜甫曾在《茅屋为秋风所破歌》中如此祈愿,如果他千年后回到故乡,该会展颜一笑吧?我们来时,正逢当地一位个体业主出资修建的"杜甫诗书画院"落成,并举行揭碑仪式,鼓乐阵阵,鞭炮声声,彩旗飘扬,人潮汹涌。巩义市街头已少见蹄声"得得"的毛驴,而多四轮生风之"的士",如果淡泊自守的杜甫不要专车接送,他自己会"打的"而来吗?我们左顾右盼,始终不见杜老夫子的踪影,只好驱车出巩县旧县城北门,过东泗河小石桥,直奔不远处南瑶湾村笔架山下的杜甫故居。

杜甫曾有过显赫的家世。他的十三世祖杜预,是晋朝的名将和学者,京兆杜陵(今陕西西安市南郊)人,所以杜甫也自称"杜陵野老"。杜预之孙杜逊南迁襄阳,因而杜甫也屡次提起这个地方。杜甫的曾祖杜依艺任巩县县令时,将家搬到离县城一华里许的南瑶湾村,杜依凡的儿子杜审言是武则天时代的名诗人,所以杜甫曾说"诗是吾家事"。杜甫的父亲杜闲则做过兖州司马(今山东兖州),杜甫曾有诗名《登兖州城楼》,而他现存的大名鼎鼎的最早的诗篇《望岳》,大约就是他年轻时在兖州城楼上远眺泰山时写成的吧？

桑田沧海，我来朝谒杜甫故居。我渺如轻尘的足迹竟然能够复叠在他亘古不磨的足印之上，这是一种什么样的幸运？我来之前，虽然知道杜甫的门第已经衰微，但毕竟曾是钟鸣鼎食之家，他的故居一定还是颇为可观的，特别是他后来被尊为"诗圣"，而1961年在斯德哥尔摩举行的世界和平理事会主席团会议上，他又被列为当年的世界文化名人之一，他的旧居该早已整修得美轮美奂了吧？结果却令人颇为失望。

笔架山依然未变，仍旧形如笔架，历经沧桑的是山下的杜甫故居。青砖为墙的小小院落里，只在靠墙处有两三间同样小小的房间。一孔坐东向西约11米深的窑洞，就是杜甫的诞生之地。这里除了几块石碑，几张图表，别无其他纪念物。狭窄的院落里，如果多来几个参观者就会人满为患。"七龄思即壮，开口咏凤凰。九龄书大字，有作成一囊。"（《壮游》）他幼年时的歌咏和书法，就是出自这小小而寒碜的庭院吗？"忆年十五心尚孩，健如黄犊走复来。庭前八月梨枣熟，一日上树能千回。"（《百忧集行》）这寒碜而小小的庭院，怎能容得下梨树和枣树摇曳迎风？瞻拜杜甫故居，萧瑟兮秋风吹来，心中不禁

或许如此才能启人思索：思索杜甫之多舛命运，思考诗人命运与诗作之关系。
悲凉非杜甫故居的寒碜，实为一种文化精神的失落。

塞满悲凉。且不说国外的文豪，如莎翁在伦敦，雨果在巴黎，普希金在莫斯科，史考特在苏格兰，即使是国内许多形形色色的纪念馆，也远胜于杜甫的故居，更无论那豪华宾馆、奢华酒楼和那些日益繁华昌盛的夜总会了。"便下襄阳向洛阳"呵，"孤舟一系故园心"呵，"月是故乡明"呵，如果杜甫有知，如果月明之夜他魂兮归来，不知将作何感想？

杜甫陵园在与其故居遥遥相望的邙山之上，北接黄河，西瞻嵩山，东临伊洛河湾，自有一种阔大苍凉的气象。走进相当宽阔但设施仍然简陋的墓园，杜甫墓和宗文、宗武的墓便凄然入眼。所谓墓，除了一方墓碑，其实只是三个土堆而已。宗文早殁于四川，杜甫和次子宗武均病逝于湖南，杜嗣业去请元稹作墓志铭时，自己也年已花甲。正值大历年间，马乱兵荒，他困穷如故，真能千里迢迢将父亲和祖父的灵柩先迁葬于偃师再移葬于巩县吗？元稹说他"启子美之柩，襄祔事于偃师，途次于荆"，荆、偃无水路可通，如何能从陆路绕道而跋涉千里？元稹也许只是听其设想而并未亲见其事吧？在墓园中低回，我猛然忆起宋代周叙来此写的《经少陵墓》诗：

杜陵诗客墓，遥倚北邙巅。

断碣居人识，高名信史传。

猿声悲落照，树色翳寒烟。

惟有文章在，辉光夜烛天！

　　杜甫最后的归宿到底在哪里虽然值得考证，疑幻疑真总不免使人怅望千秋，他生前困窘潦倒，千年后的故居仍然寒碜萧索，自然也令人感慨莫名。然而，<u>墓之真伪有无和故居的落寞堂皇都无关根本，作为一位诗人，他不朽的生命就是他不朽的诗章</u>。那些五陵裘马、达官贵胄、御用文人、轻薄后生都早已如历史长河的匆匆过客而云消水逝，有的连一点泡沫、一丝残迹都没有留下来，而杜甫流传至今的杰出作品，无论白天或是夜晚，都如火炬辉耀，有照天的光芒。陵园的秋日向晚，四顾苍茫，我在杜甫墓前思接唐载：杜工部呵，黄河依然浩荡，嵩山依然巍峨，伊洛河湾依然滔滔东流，你历经千年的风霜雨雪，也依然并永远和我们的民族同在。我从湖南来到河南，从你的终点追寻到你的起点，捧上一瓣心香，在你千年前何日忘之的故乡！

　　从秋日杜甫故里之行的回忆中醒来，我抬头

点题。引用杜甫讴歌屈子的诗句作文章题目，表达自己对杜甫的敬仰。"怅望千秋"极恰当。"千秋"既指千年之前，也指千年之中，还可指千年之后。在千年之后，当我们面对杜甫，为他的命运、诗才、诗思、诗情所感动，有谁不洒下"怅惘"之泪？

望远，北去的湘江之上已是雪花飘飘。"怅望千秋一洒泪，萧条异代不同时"，杜甫《秋兴》中讴歌屈原的名句，此刻又越过千年岁月递来袅袅的余音。我又一次翻开书页微黄的《杜工部集》，阅读已经逝去一千多年的那个喑呜叱咤的时代，重温一个永恒的读不尽的高贵灵魂……

骏马的悲歌

　　一提到中唐诗人李贺，众人总不免要想到他寻诗觅句时，那头曾和他形影相随的蹇驴。应该感谢李商隐，他写的《李贺小传》为后世留下了诗人当年呕心苦吟的身影。没有去李贺不远的李商隐立此存照，我们对千年前的那一场景就无从想象了。远在台湾的当代诗人洛夫，有一天忽发奇想，要邀请李贺前去台北把酒论文，《与李贺共饮》这首诗一开篇，他就写道："石破/天惊/秋雨吓得骤然凝在半空/这时，我乍见窗外/有客骑驴自长安来/背了一布袋的/骇人的意象。"都到了 20 世纪之末了，李贺要从长安渡海峡而去台湾，却仍然骑着他那头瘦毛驴，虽说是"一湾浅浅的海峡"，然而浪涌波翻，他能过得去吗？

　　李贺当年外出"体验生活"时常常骑驴。驴，似乎成了李贺活动的道具，成了诗人的商标。其实，他情有独钟反复咏叹的却是"马"，在他现存的约二百四十首诗中，写到马的竟达六十首，

李白"人月相得"：月亮因李白而有魂，李白因月亮而成仙。李贺"人马相彰"：马因李贺而驰骋诗歌之国，李贺因马而显卓尔不群之神。

如同李白写月的作品那样，四分天下有其一，占全部作品的四分之一。除此之外，李贺还有大型组诗《马诗二十三首》，他为"马"反之复之地集中咏唱了二十三回，不是单管独吹，而是众乐齐奏，这，在西方诗歌中未曾得见，在中国诗歌中似乎也是独领风骚。"萧萧马鸣，悠悠旆旌"，战马的嘶鸣之声早就响彻《诗经》的《小雅·车攻》篇了。唐代写马的诗人更多，杜甫就是其中突出的一位，这位多灾多难且兼多愁多病的诗人，竟然十分爱马，《咏房兵曹胡马》就是他的名篇，但他咏马之作较之后来的李贺，单篇也许一筹稍胜，整体成就却不免稍逊一筹。这样说，虽然未免唐突前贤，但乐于提携后辈的杜甫有知，我想当会大度为怀而欣然一笑吧？

不妨将两者的马诗作些比较。

马确实是使人一见而豪情陡生的动物。它一身而三任，既堪役使，复见用于交通，更可策之于征战。希腊神话中的太阳神阿波罗，每天穿越天空时，坐的就是烈马驾的战车。在斯堪的纳维亚的传说里，冲过神火救人的英雄，骑的也是勇猛无前的雄马。在中国，经过几千年的繁衍，内蒙的"三河马"，甘、青的"河曲马"与新疆的"伊犁马"，号称并驾齐驱的三大名马。周穆王的"八龙之骏"，楚霸王项羽的"乌骓"，汉武帝刘彻的"天马"，乃至于唐太宗在东征西讨中先后骑乘过的"六骏"，它们的蹄声曾该敲响过李贺年轻易感的心弦，它们那强悍骁勇而魁伟俊逸的形象，在灯光薄暗、草药香浓的寒宵，该常常像一阵烈风扫过李贺的心头，使得病体支离、形容消瘦的他，不禁热血沸腾而眼睛发亮？不然，这位多病多忧、不第不达的诗人，整天抱着药罐，怎么能暗鸣叱咤出二十三首咏马的诗章？

　　这一大型组诗的第四首，我总觉得应该排为开宗明义的"其一"，但现在是退而居其四，不知这是出自诗人自己当年的手订，还是他人的编排，那已经不得而知了：

李贺心中的马是一种象征，是一种寄托。李贺的马诗是典型的托物言志诗。

　　　　此马非凡马，房星是本星。
　　　　向前敲瘦骨，犹自带铜声。

言志一：以马自喻，"犹自带铜声"显示"非凡"，而且傲骨嶙峋。

　　它是李贺的自喻和自白，如同河流的源头，其下的滔滔流水都可以找得到它们的籍贯。李贺认为自己绝非凡俗之辈。论家世，他是天潢贵胄、王子王孙，唐宗室郑王亮的后裔，而郑王亮是唐高祖李渊的叔父；论才情，他 7 岁能辞章，文采与壮志一齐飞扬的 15 岁，便以乐府歌诗知名于时，韩愈和皇甫湜闻名联袂造访，他曾为之立赋有名的《高轩过》。李贺"为人纤瘦",他由马的瘦骨嶙峋想到冷峻的青铜,也许还联想到汉代名将马援南征交趾铸铜马的史实,"向前敲瘦骨,犹自带铜声",如此视觉通于触觉与听觉的通感妙句,其所表现的豪情傲骨,令我们于千载之下仍宛然可想。李贺为什么如此热衷于咏马并以马自喻?"房星是本星"从另一角度给我们提供了答案。"房星"是二十八星宿之一,马是房星之精,而李贺生于庚午年,正是马年,马年是他的"本命年"。

李贺生当安史之乱后的中唐时代,盛唐如日中天,万邦来朝的威仪与光荣,已经只能从史籍和记忆中去追寻了,李唐王朝其时所唱的,已是江河日下的悲歌。不过,李贺乃唐代宗室之后,他一厢情愿地自认,他瘦弱的双肩也应该承担振兴大唐的重任,何况濡染了儒家传统教育的读书人,更以为天下兴亡,匹夫有责,不能不管人间的沧桑和家国的盛衰。于是,李贺的马诗,强烈地表现了他建功立业实现人生价值的渴望:

大漠沙如雪,燕山月似钩。

何当金络脑,快走踏清秋。

（《马诗二十三首·其五》）

李贺虽有皇室血统,也自称"唐诸王孙",但实则流落乡间,地位不比平头百姓高出多少。

言志二:渴望建功立业。"何当""何处""他日""一朝",充满期待。

催榜渡乌江，神骓泣西风。

君王今解剑，何处逐英雄？

（《马诗二十三首·其十》）

批竹初攒耳，桃花未上身。

他时须搅阵，牵去借将军。

（《马诗二十三首·其十二》）

不从桓公猎，何能伏虎威。

一朝沟陇出，看取拂云飞。

（《马诗二十三首·其十五》）

　　李贺说自己"少年心事当拿云"，他时时以
骏马与神骓自诩，他不仅想立德立言于庙堂之
中，也欲效命立功于沙场之上。附带一提的是，
除民间蓄养者外，唐代的官马之数就高达七百万
匹，这对李贺咏马是启示也是刺激。李贺是病夫
一个，也为马中之龙，乃书生一介，也系非常之
人，他羸弱的胸中容纳的是天下和苍生，在煎熬
汤药的炉火之旁，他怀的是驰骋沙场、置身青云
的梦想。

　　然而，时代与命运注定了李贺做的是白日
梦。梦而谓之"白日"，对于李贺也许具有特殊

的象征意义。李贺爱用表现色彩的字词，这一特色早就为陆游所察觉，而除了"黄红绿紫黑"之外，他最喜欢用的竟然是"白"字，达九十四处，几乎占他全部作品的三分之一以上，如"雄鸡一声天下白""吟诗一夜东方白""一夜绿房迎白晓""硙碎千年日长白""秋野明，秋风白"等，在他的诗中闪耀着茫茫的白光。这，是否因为"白"象征高洁和光明，而出身高贵而志向高远的李贺以此自诩呢？庄子早就说过："人生天地之间，如白驹过隙，忽然而已。"壮志干云而年轻多病的李贺，生命意识分外强烈，对时间特别敏感，他之多用"白"字，是否又表现了他对时间的留恋和对生命的珍惜？他笔下的马，也常常是白马或白蹄之马，如"青袍度白马""马蹄白翩翩""将军驰白马""楂楂银龟摇白马"，而翻开《马诗二十三首》，在我们眼前掠过的，竟然也是一道闪电般的白光：

龙脊贴连钱，银蹄白踏烟。

无人织锦韂，谁为铸金鞭？

（《马诗二十三首·其一》）

奇才贵质却生不逢辰，正好建功立业却时不

我待。"无人""谁为"的有疑而问，透露了李贺内心深处如同寒冬一样的肃杀与悲凉，他已预感到他的天生我才，他的壮怀热血，恐怕都会白白地付之东流了，如同古往今来的许多有志之士一样。

　　别无选择的时代、诡不可测的命运，加上大约是与生俱来而每况愈下的身体状况，共同联手造成了李贺的悲剧。李贺生当中唐，内有藩镇割据，宦官弄权，外有吐蕃东侵，南诏北扰，正值内忧外患之日，国家多事之秋。李贺其时的德宗、顺宗和宪宗，已远不及唐代较为英明的开国之主了，人所盛赞的"贞观""开元"之治，连反照的回光都早已消失。忧时伤世的李贺本来还可望通过仕途实现自己的抱负，但因父名"晋肃"，嫉妒排挤他的人交相攻击，认为"晋""进"同音犯讳，不能参加进士考试，即使仗义而爱才的韩愈为他写了篇《讳辨》，也无法改变他的命运。他只得发出"我当二十不称意，一心愁谢如枯兰"的长叹息。大约因为他总算是王子与王孙，朝廷随后给他一个从九品的太常寺奉礼郎的芝麻官，大约相当于现在的副科级，负责摆设祭品，导引祭拜。这明摆着是明珠暗投，用人不当。虽是王孙，但家道早已败落，生逢乱世又

王勃《滕王阁序》中"时运不济，命运多舛"用在李贺身上最为合适。但他显然没有"君子安贫，达人知命"的旷达。

屡经挫折，健康不佳然而仍苦吟不已，18 岁以前就愁白吟白了少年头，于是只有短短的 27 年，李贺的生命火焰就熄灭了。在他的诞生之所的河南昌谷老家，在他白发苍苍的母亲呼天抢地的恸哭声里。"飕叔去匆匆，如今不系龙。夜来霜压栈，骏骨折西风。"（《马诗二十三首·其九》）这是呜咽在《马诗二十三首》中的怀才不遇的悲吟，不也可视为李贺生前为自己写的讣词与墓志铭吗？这，真是令古今生不逢辰、命途多舛的才智之士，同声一叹或同声一哭！

言志四：怀才不遇。

李贺英年早逝是不幸的，但他仕途不通却并非不幸。在李贺之前，中唐诗人徐凝《和夜题玉泉诗》早就说过："岁岁云山玉泉寺，年年车马洛阳尘。风清月冷水边宿，诗好官高能几人？"从古到今，官运亨通而文章不朽的究竟曾有几人？如果李白供奉翰林后从此青云直上，如果杜甫献三大礼赋后一朝飞升，他们后来的作品怎么能落笔惊风雨，诗成泣鬼神？对于一个民族，值得顶礼的不是帝王的陵寝、将相的门第、官员的高位、富豪的财宝，而是千秋盛业的文化和光照百代的文学的星斗。对于一位真正的诗人，世俗的荣华富贵如同过眼的烟云，只有诗章传诵于后世，才是永恒的安慰与丰碑。一千年后，和李贺同时的帝王将相、达官贵人、富商巨贾都到哪里去了？一抔黄土，蔓草荒烟，长满莓苔的名字只能到尘封的史册中去翻寻，往日的炙手可热、气焰熏天，顶多只剩下墓前零落的石人、石马的冰凉冷寂。而李贺，他扩大了唐诗的边疆，成为自己的国土的无冕之王，他的洗尽俗调、炫奇翻异的诗歌，至今仍然活在众生的心中和代代相传的记忆里。李贺当时在《唐儿歌》中寄望于后人："莫忘作歌人姓李。"除了《唐诗三百首》的编者一时糊涂或心怀偏见，竟然漏选李贺的作品，还有谁能忘记他的诗名呢？

千年之后，至少我就没有忘记李贺。他的《马诗》为什么不多不少只写了二十三首？我以为这一组诗作于他23岁时，正是他屈就奉礼郎前后三个年头中的第二年，地点在长安崇义里。崇义里即崇义坊，在小雁塔之右前方，为长安一百十四坊之一。李贺曾写有《崇义里滞雨》一诗，自称"落寞谁家子，来感长安秋"，住所对门为"朔客李氏"，互有往还，李贺曾在其家听长着络腮胡子的申姓仆人吹奏胡地的乐器觱篥，作有《申胡子觱篥歌》一诗。不久前，我曾远访今日的西安——昔日的长安，按迹寻踪，在昔日的崇义坊——今日的南关大街附近徘徊，时值炎

李贺"马诗"最感人者是那些明知故问或明知不可能却故作心灵许诺的诗作。"何当金络脑，快马踏清秋""君王今解剑，何处逐英雄""一朝沟陇出，看取拂去飞"……这些诗句构成了诗作的深层矛盾，纠结在读者的心灵深处。那是一个绝望的灵魂故作希望的挣扎，一个被误判死刑的灵魂对生的呼唤。

炎夏日，未逢绵绵秋雨，任我如何四处搜寻，已找不到李贺的任何踪迹，宽阔的大街早已取代了过去的坊巷，西方新传进的卡拉 OK 早已代替了唐时胡地的觱篥，"得得"的古典蹄声也早已让位于滚滚的现代车轮。不过，长安城头的千古明月却可以作证，李贺的诗章并没有和作者一起一去不返，它们仍然留在、活在、燃烧在今天，字字句句，宣说着世事沧桑、人生短暂而艺术永恒！

独钓寒江雪

千山鸟飞绝，万径人踪灭。

孤舟蓑笠翁，独钓寒江雪。

（《江雪》）

一

　　这就是柳宗元在诗中吟唱的潇水吗？我到何处寻觅那位从长安远谪而来行吟水湄的诗人呢？在一个秋高之日，伫立在横跨潇水的浮桥上，俯仰天地水云，极目江流上下，我不禁思接千载。不远处有公路大桥凌空而过，工厂笔立的烟囱傲上云天，宣告唐朝时的这一边鄙流放之地早已进入了现代。南方的气候已日见变暖，此间已很少有冬雪光临了，何况现在正逢秋日，仍然清碧见底的潇水水面上浮光耀金，到哪里可以找到而且登上柳宗元的一叶孤舟，为他披上一件尼龙雨衣，送上一根新潮的不锈钢钓竿，陪他去垂钓满

将这首诗与李白的《独坐敬亭山》比较，会有不少有趣的发现：一是写法相似。李诗先把"众鸟"赶走，让"孤云"离开，只留下自己和敬亭山相看相悦。柳诗让鸟"绝"人"灭"，只留下自己独钓寒江雪。二是二十个字中，相同的字有"山""鸟""飞""孤""独"五个。但两诗的意境、主旨、情趣却绝不相同。李诗的虚静意境、皈依心境、人山一体凸显"爱山爱水"之真趣、真情、真谛。柳诗的冰寒意境、孤

167

江的寒雪呢？

中国封建社会发展到唐代，已如日中天，为后代史家所艳称的"贞观""开元"之治，正是所谓威震四邻而八方来朝的盛唐。然而好景不长，历时八年的安史之乱，使盛唐的灿烂光辉黯然消隐，曾经盛极一时的唐帝国，奏起的竟是江河日下的悲歌。北中国满目疮痍，未熄的烽火仍在四处燃烧。全国战乱前有九百余万户，人口五千余万，战乱后仅余一百九十余万户，人口一千五百余万，损失户口达四分之三以上。历史上任何大的动乱，都曾带来可怕的后遗症，非一朝一夕可以治愈，或者竟至于良医束手，药石罔效，这，可以说古今皆然，概莫能外。安史之乱后的政治问题，一是藩镇割据，藩将们割地称王，如一堆堆跋扈的野火，朝廷对他们鞭长莫及，常常无可奈何；一是宦官专权，那些缺德少才、心理变态的小人阉竖，拨乱朝政，飞短流长，像一群黑蝙蝠在朝廷内外翻飞。痛定思痛，乱后思治，有理想、有抱负的仁人志士对国势的衰颓痛心疾首，他们呼喊于朝，奔走于野，常常临风回首，想重温盛唐时代的好梦与雄风，于是，一股强大的中兴思潮，就在社会上奔涌激荡。柳宗元之前的中唐诗人元结在任湖南道

高心境，"物我分离"彰显"独善其身"之傲岸与悲寂。写法相似，用字相同，旨趣迥异。这就是大诗人。或许柳诗受到李诗的启发，但柳诗绝不是模仿，而是独创。这表明旨趣对作品的意义远大于形式的意义。

冰冻三尺非一日之寒，安史之乱前的唐王朝表面上歌舞升平，实际已危机四伏。从此，那个文化史上梦一般的王朝就一步步走向衰败。

州刺史时，曾请大书法家颜真卿以擘窠大字书写他作的《大唐中兴颂》，铭刻在祁阳县郊浯溪的巨石之上。千古不磨，至今石刻巍然而且岿然，为千年前有志之士的梦想作无声而胜有声的旁证。

在元结抱恨以终的次年，京城长安迎接了柳宗元呱呱坠地的第一声啼哭。柳宗元祖籍蒲州解县（今山西运城西南解州），又云"山西永济县"，故后来人称"河东柳宗元"。出身于虽已衰落但几代人曾封侯拜相的士林盛族，他绝非古今皆然的那种坐享其成、败事有余的纨绔子弟，继承了父亲柳镇刚直倔强的性格，父亲的热血也在他的血管中奔流，而身经目睹的时代动乱，以及自幼传承的儒家"仁政""民本"的观念，更使得强烈的忧患意识与兴亡之感，如熊熊的火焰燃烧在他的心中，他决心奋发有为，以振兴国家而光耀门庭。少年春风得意，柳宗元21岁中进士，26岁考取吏部的博学宏词科，从集贤殿正字而蓝田县尉而监察御史，刚刚过而立之年，他已升任官阶从六品上的礼部员外郎。他的文名也与日俱隆，直追当时高举古文运动大旗的韩愈。在政治上他踌躇满志，准备一显身手，虽然他的好友刘禹锡曾说他们热心于做治国平天下的政治家，而

古代文人多以治国平天下为志向，所以视出将入相，在政治上有所作为第一要务。

并不甘于仅仅做一名舞文弄墨的文人，但其时文坛声望最隆者，也是非刘、柳二位而莫之他属的了。

历史给了忧国忧民的志士仁人一次机会。唐永贞元年（805），唐顺宗李诵继位，立即提拔王叔文为起居舍人充翰林学士，实际上主持政务。柳宗元、刘禹锡等时代的精英均得到重用，于是，史家传为美谈的"永贞革新"便拉开了序幕。他们惩办污吏，削弱藩镇，整顿财政，打击宦官，雷厉风行的新政给百姓带来了希望，给国家带来了曙光。然而，阴阳其人的宦官、肉食者鄙的官僚与飞扬跋扈的藩镇，乘李诵中风病重之机，纷纷麇集在急于抢班夺权的皇太子李纯的门下。李诵八月初四退位，历时仅仅半年的"永贞革新"便匆匆闭幕。八月初六出任"监国"的李纯，迫不及待地立贬王叔文为渝州（今四川重庆）司户，王任为开州（今重庆开州）司马。九月，柳宗元、刘禹锡、韩泰、韩晔、陈谏、凌准、程异、韦执谊贬为远州刺史，恶贬意犹未足，又雪上加霜，他们赴任途中被加贬为远州司马。贬斥之人数众多，贬斥之地区遥远，贬斥之时间长久——除凌准、韦执谊和程异之外，其余五人均在贬所度过了十年岁月。这，

封建时代"一朝天子一朝臣"之说又一次得到印证。有点类似现代的组阁，但性质完全不同。

就是唐代有名的也是历史上罕见的"八司马"事件。

柳宗元先贬韶州刺史（今广东韶关），半路上再贬为永州司马。不久之前，33岁的柳宗元还运筹帷幄，壮心不已，而在新贵们弹冠相庆之时，他自然是斯人独憔悴了。九月中旬，他悄然而凄然地离开长安，先是陆路后是水程，悲风苦雨和他一路相伴，待到他的孤帆从洞庭湖飘到湘江时，就已是淫雨霏霏连月不开的冬季。途经湘江与汨罗江会合之处，"后先生盖千祀兮，余再逐而浮湘"，他当然想到古今同慨的屈原，便写下了《吊屈原文》这篇骚体杰作。柳宗元说他在屈子之后千年放逐江湘，我们今日又是柳宗元的千年之后了，当你行经汨罗江畔，只要你有心倾耳细听，江风仍会吹来柳宗元吊人亦以自吊的歌吟：

吾哀今之为仕兮，
庸有虑时之否臧？
食君之禄畏不厚兮，
悼得位之不昌。
退自服以默默兮，
曰吾言之不行。

屈原、贾谊、司马迁、柳宗元，相同的济世之志，相似的被排挤打击，相承的不屈傲骨，相知的妙手文章。面对这样的文字，谁还能无动于衷？

既喻风之不可去兮，

怀先生之可忘？

他在运交华盖的放逐途中，仍然抨击朝廷官员只怕自己俸禄不厚、官运不昌，而不忧虑国家的治乱兴亡，他虽然有志不申、回天无力，但仍表示不改初衷素志，而且决心效法前贤，这，正是古代致仕的优秀知识分子的可贵传统。山一程，水一程，当年年底，呜咽的湘水还有飞舞的雪花，终于将他的座船送到了永州。

苦闷、委屈、痛心、气愤、绝望百感交侵，伴随了柳宗元的永州十年，但他唯独没有屈服，唯独不肯认错。在这位政治家和诗人身上，既集中表现了中国优秀士人关注国难民瘼的博大襟怀，也显示了"三军可夺帅也，匹夫不可夺志也"的浩然正气。

从事业辉煌的高峰，突然被一阵旋风扫落万劫不复的深谷，从车如流水马如龙的长安，突然贬到远在四千里外人烟稀少的边荒之地，柳宗元身心两方面所经受的艰难困苦，连千载之下的我们都可想而知。唐代的永州，下辖零陵、祁阳、湘源三县，处于湘、桂交界的山区，是远离中原政治、文化、经济中心的"南荒"，而柳宗元的

早年春风得意，中年却穷愁苦恨，这似乎是一种象征。有的人从中读出人生之无常，有的人从中读出人生之哀乐。其实，人生本非如此，只是社会不能容忍、接纳屈、贾、司马、柳这等非常之人，而要对其加以打击，才有如此人生的悲恨。这种人生悲恨应当是可以避免的，它由社会的文明程度所决定。

全衔是"永州司马员外置同正员",所谓"员外置",即在编制之外。"候罪非真吏"(《韦使君黄溪祈雨见召从行至祠下口号》),他不是有具体政务的官员,而是戴罪流放的囚徒,何况朝廷在一年之内连颁四次诏命,规定"八司马"不在宽赦之列,柳宗元当然没有北归的希望。且不要说当朝新贵与趋炎附势之徒对他的交相诽谤和攻击了,谤声四起,落井下石,这种炎凉的世态和冷暖的人情,在人生舞台上是传统的保留剧目,时至今日,我们不少人都当过观众或是演员,或者兼有演员与观众的双重身份。柳宗元妻子早亡而未续娶,到永州不及半年,和他相依为命、陪他远道而来的老母卢氏,因长途跋涉加之水土不服而染病亡故。柳宗元是独生子,母亲客死异乡,"穷天下之声,无以抒其哀",他自然悲从中来,不可断绝。三四年后,由于精神和肉体的双重磨难,本当年富力强的柳宗元,就已经百病交侵。其中最严重的是"痞症",脾脏肿大而饮食难进。他从市场上买来可健脾安神的茯苓,竟然是以芋头之类冒充的假药,服用之后病情反而加重,可见当今盛行的"假冒伪劣"产品,早已其来有自。总之,还没有到不惑之年,柳宗元就已齿牙疏松,白发丛生,真是年未四十而齿摇摇发苍苍了。

然而,"无忘生人之患"的柳宗元,始终没有像陶渊明那样决心归隐,到后来,满怀悲痛已逐渐冷却为不泣之悲、无泪之痛的他,也始终坚守自己坚如磐石的信念和正气凛然的风骨,与他的好友刘禹锡一样,至死也不肯违心地认错检讨,虽然那种"检讨书"甚至"认罪书"在20世纪某个历史时期的中国,一度十分兴旺发达。"永贞革新"的领袖人物王叔文,贬官后第二年就被判为乱国的罪魁祸首而被处死,于是众口铄金,舆论一律斥之为"小人",与他有交往的人有的反戈一击,检举揭发,往日趋奉唯恐不及者,此时避之唯恐不及,像躲避致命的瘟疫。这,当然也是古今皆然的人情之常,但柳宗元在给他人的书信中,却偏偏要说他和王叔文"交十年",关系"亲善",并且"奇其能",与他可以"共直仁义,俾教化"。他还给王叔文病故的母亲写过一篇碑志,仍然全面肯定和公开称颂王叔文。柳宗元生前曾请刘禹锡代为编次文集,在"风雨如磐暗故园"的政治环境中,柳宗元以戴罪之身,居然还保留了这篇文章,真可谓"冒天下之大不韪"。如果我们今天还能在永州或他再次贬谪的柳州碰到他,一定能见到支撑他瘦弱的身躯的,是至刚至正的傲然风骨,假如你以现代的礼节趋前亲热地拍拍他的肩膀，当会听到他担荷道义的铁肩发出的铮铮之声！

柳宗元贬谪永州十年，前五年客居永州城内潇水东岸高处的古寺——龙兴寺，据说这里原是三国时蒋琬的故宅，吴军司马吕蒙也曾在这里居停。后来柳宗元又移往法华寺西亭以居。现在，龙兴寺早已渺无踪迹，连一块唐代的砖瓦也无处可寻，而法华寺新近重修，寺门的一副联语，追怀的正是永州昔日的人文之盛，以及如滔滔潇水一样一去不回的时光："唐代名庵，子厚旧居，精篇佳作今犹在，当前胜迹，怀素故里，法音妙谛又重宣。"我渡潇水而东，直上高岸上的法华寺，凭高远眺，西山虽已童山濯濯，无复当年的苍翠深蔚，但它仍蜿蜒在柳宗元的散文名篇之中；临风俯瞰，潇水的下游虽已有污染，但眼前的这一段也仍然清碧在柳宗元的千古诗句里。然而，柳宗元在哪里呢？他还在独钓寒江吗？我问寺门前见证过千年往事的古樟，苍老光秃的古樟如同齿发尽落的老人，枝桠摇风，似乎在喃喃些什么，可惜我听不懂它的方言。

二

前人有诗说："国家不幸诗人幸，赋到沧桑

文学是抒写苦难的，文学不是歌咏幸福的。古今中外大块文章都是如此。

句便工。"此语当然有理，不过，在过去的时代里，不仅是国家不幸，而且诗人自己也有不幸的遭遇，才能写出血泪交迸、与苍生息息相通的诗文。如果屈原得意于庙堂之上，李白沦为供奉之臣，杜甫也居则华屋高楼，行则轻车肥马，那中国诗歌史定将黯然失色，如同夜空最灿烂的星辰宣告缺席。柳宗元在政治上失败了，生活也坎坷困顿，但为他的政敌始料不及的是，他们把他抛向了生活的底层，陷阱与荆棘造就的是中唐第一流的哲学家、思想家、散文家和诗人。在"永贞革新"中，柳宗元是败军之将，但在精神领域里，他却是可以高视阔步的王者，特别是中国的诗歌史与散文史，他都拥有黄金铸就的一章。

天宝盛世之时，永州人口近二十万，待到安史之乱后柳宗元来时，已锐减至数千人。江山寥落干戈后，骨肉流离道路中，但是，官方对贫苦百姓仍诛求无已。柳宗元年轻时曾赞美一位县令范传真，在《送范明府序》中就引用了他的金玉之言："夫为吏者，人役也，役于人而食其力，可无报耶？"按今天的语言，就是官员是人民的公仆，公仆是人民供养的，应对人民有所报答。到永州之后，柳宗元从朝廷庙堂跌落于民间草莽，对农民的苦难感同身受，他的作品就更能直

将官吏视为服务百姓的"役"，那意味着政府成为服务机构，等于否定了根深蒂固的官本位思想，这种卓识远远超越了那个时代。

面现实与人生。在《田家》诗里，他没有像一些诗人在饱食终日之后歌唱田家之乐，而是咏叹田家之苦："庭际秋虫鸣，疏麻方寂历。蚕丝尽输税，机杼空倚壁。里胥夜经过，鸡黍事筵席。各言长官峻，文字多督责。"而最有名的，就是那为今人所熟知的《捕蛇者说》了。如果柳宗元不是"无忘生人之患"，情系苍生百姓，身入并深入民间，而是养尊处优，住则高楼深院，出则奥迪奔驰，游乐则名山胜水与桑拿浴、夜总会，他怎么能写出这等千古传诵的名篇？

一千年后的永州现在被称为零陵市，人烟稠密，市区繁荣，马路宽阔，商贾云集。我只是来去匆匆的数日之客，到哪里去寻找那位姓蒋的捕蛇农民呢？街上熙来攘往说着零陵方言的后生，有谁是他的后裔？一时无从问讯，也无法查询，于是我跨过凌空于潇水之上的公路大桥，直趋西山下的愚溪，柳宗元的柴门也许还会为我们而开吧？

愚溪原名冉溪，是永州城外潇水之西西山脚下的一条小溪。唐元和五年（810）夏秋之交，柳宗元从城内搬到这里，度过了五年岁月，出于象征与反讽，改冉溪为"愚溪"。有名的"永州八记"的后四记——《袁家渴记》《小石城山记》

视群山为囚牢，可见柳宗元心灵之悲怆。柳在《愚溪诗序》中说："今予遭有道而违于理，悖于事，故凡为愚者，莫我若也。"这是悲怆心理的"无可奈何"的反讽、自嘲。

《石渠记》《石涧记》就写在这里，而前四记的《始得西山宴游记》《钴鉧潭记》《钴鉧潭西小丘记》《至小丘西小石潭记》所写的景物，也或在愚溪之旁，或在愚溪之内。柳宗元在《囚山赋》中曾说："匪兕吾为柙兮，匪豕吾为牢，积十年莫吾省者兮，增蔽吾以蓬蒿。"他把永州群山视为囚禁他壮年和生命的囚笼。但是，当他痛苦的心灵需要解脱之时，山水又是慰藉苦痛灵魂的好友，医治精神创伤的良药，而在创作的领域中，美好的山水又常常成为作者人格的象征、情怀的寄托。在柳宗元之前，以自然为题材的篇章只是吉光片羽，在这方面也没有卓然特立的作家，是柳宗元以他的"永州八记"，为中国的山水游记举行了隆重的奠基礼，并且开辟了散文创作的新天地。

我和王开林随身携带着《柳河东集》来寻访愚溪，准备按图索骥。"楚之南，少人而多石"，愚溪当年是山水清幽之地，现在，溪畔有一条石板街道，两侧聚集商肆人家，已俨然小小市镇。导游在溪边指点说，这就是柳宗元当年卜居之所了。"南州溽暑醉如酒，隐几熟眠开北牖。日午独觉无余声，山童隔竹敲茶臼。"以前每读柳宗元的这首情韵悠长的《夏昼偶作》，总是为他这

要注意的是，托物言志、借山水诉说心绪并非独立的自然题材作品。一般以为，自然题材作品应当赋予自然独立的品格，人由此获得启示，而不是借此诉说诗人自己的心志。从这个角度，也许只有李白的一些山水诗堪称真正的自然题材作品。

位北方人担心：他怎么能经受得起炎方暑热的煎熬呢？如今我们沿溪徘徊寻觅，在竹林中侧耳倾听，竟再也听不到那位山童敲打茶臼的声音从唐朝传来。时越千年，江山虽未面目全非，也差不多不可复识，如果不是我们手中摊开的这本《永州八记》指引迷津，我们路过这里也很可能纵使相逢应不识了。

当我们踟蹰溪畔，想象柳宗元的旧居究竟位于何处之时，一位年已花甲的老人见我们并非浅游之客，便趋前热情地解说，担任义务导游。原来他是曾贬于永州的宋代抗金名将张浚的二十八代孙，是柳子千年后的知己，或者说"铁杆柳迷"，名张序伯。柳宗元在《钴鉧潭记》中说他买"潭上田"，"崇其台，延其槛"，老人居然引我们细察溪上一户人家的屋基，说是其下的青色条石时属唐代，是柳宗元当时"崇其台"之台，而其上之石则是后人所垒，柳宗元当年就居息于此。《钴鉧潭西小丘记》开篇便说，"得西山后八日，寻山口西北道二百步，又得钴鉧潭。"老人遥指对岸竹树中逶迤而下的一条小道，说柳宗元当年就是从那条小道下来，惊喜地发现小丘之美。虽然我们穷尽目力，仔细搜寻，却再怎么也看不到柳宗元从小道飘然而下的一角司马青衫，但我们绕行到那里回望两岸，那些"突怒偃蹇"的群石，却仍然从柳宗元的游记中奔出，若牛马之饮于溪，若熊罴之登于山。

它们在溪边俯饮一千多年，至今仍没有扬蹄离去，它们登山已千年岁月，到今天也仍在半途，没有攀上小丘之顶。这些不磨不卷之石，是要为柳宗元的游记作一群铁证，不，作一群石证与实证吗？愚溪纵然不是容颜全改，也绝不是柳宗元的旧时相识了。小丘之西的小石潭隐约犹在，只是今人"煞风景"地筑了一条石坝，将下泻的溪水拦腰截住，无可奈何的它，就成了深不见底的浑水一汪。"潭中鱼可百许头，皆若空游无所依，日光下澈，影布石上，怡然不动；俶尔远逝，往来翕忽，似与游者相乐"，柳宗元见到的那百许头游鱼呢？现在早已经去向不明。有人头戴太阳帽在石坝上垂钓，那已经不是古时的蓑笠翁，而是现代的休闲客了。一根尼龙钓丝、两节塑料浮筒，能钓得起沉淀在潭中的千年日月吗？水库下的溪流中与溪岸边的巨石，有一些已被炸掉砌屋修桥，溪水也已近乎干涸，水面漂浮着一些塑料袋、易拉罐之类的现代垃圾，污染着柳宗元清新幽美的文章。参与污染的还有附近一座造纸厂，站在溪边抬头而望，即惊见一柱昂然

唐代山水只能从唐代诗文中寻访，不可在千年之后的当今寻觅。作者如此写来，一见其心之虔诚与痴迷，二见其心之伤痛与苦恨。

直上的烟囱在傲对青空，喷吐它满肚子的乌烟瘴气，一股难闻的气味隐隐传来，四周风云见之变色。你如果还想学柳子当年在这里"枕席而卧，则清泠之状与目谋，瀯瀯之声与耳谋，悠然而虚者与神谋，渊然而静者与心谋"，那你就真是不知有汉，无论魏晋。

"永州八记"的第一篇，是《始得西山宴游记》，西山"萦青缭白"的美景已长留在柳宗元的作品中，眼前的西山已是童山濯濯，楼屋房舍踵接肩摩。愚溪几不可识，西山不复可游，我们便去数里外潇水边之"朝阳岩"，也就是柳宗元诗中所说的"西岩"，以尽我们对前贤的敬意。

元结在任湖南道州刺史期间，曾经泛舟潇水探胜寻幽，发现了永州城郊这一处临水的洞壑，遂命名为"朝阳岩"。柳宗元追寻元结的足迹来过这里，我们追寻柳宗元的足迹，也不远千里而来。日正当空，在朝阳岩凭栏回望，青青翠竹从唐朝一直绿到如今，远处波光粼粼，半江瑟瑟半江红，那是潇水在清点它散落在水面上的黄金与白银。近岸处仍然如千年前一样清可见底，几尾小鱼毫无戒心地在水中优哉游哉，开林说：

"柳宗元写于这里的《渔翁》一诗，有道是

风景依旧，唯独少了诗情。

'渔翁夜傍西岩宿，晓汲清湘燃楚竹。烟消日出不见人，欸乃一声山水绿。'日月不居，此间的清湘楚竹倒是依旧，你听到那一声'欸乃'正从千年前遥遥传来吗？"

"我从小有些耳闭，现在更听不清。不过，柳子这首诗真是妙绝，我们作为楚人，与有荣焉。说来不免自私，柳子如不流放到这里，楚地虽有此胜景，但却不会有这一千古绝唱呵！"

"从古到今的文学作品汗牛充栋"，开林接着说，"但到底有多少能够流传呢？柳宗元此诗，结尾还有'回看天际下中流，岩上无心云相逐'两句，从宋代苏东坡到清代沈德潜，数百年间，不断有人表示此二句可以删去，七古变成七绝，更觉有余不尽。人生苦短，艺术长存，可见柳诗之与江山同寿。"

前四句呈现的人与自然的和谐已达高度统一之意境。后两句虽很美，但分散了诗的凝聚性，因此删去后两句，诗作更纯粹。

我也不免临清流而感慨："当今作者多如过江之鲫，印刷技术更远胜古代，月月年年，出版的诗册文集堆山积海，但有多少真正能成为经典而传诵于后人的心头与口头？"

此时，开林沉默不语，大约因为这个问题不好回答。柳宗元倒是可以解答的，但到哪里去找他释疑问难呢？举目远眺，远处的水面上静静地泊着一条渔船，虽然时令是高秋而无飞雪，但我们也不禁对望一眼，心存希冀：那仍然是柳宗元千年前独钓寒江的孤舟吗？

三

独钓寒江，有远谪南荒、离群索居的孤独，有坚持信念、不随俗浮沉的孤傲，在千山鸟飞绝而万径人踪灭的境况中，孤独之感与孤傲之情时常袭上柳宗元的心头。但是，在雪满江干寒凝大地的冬日，也有二三知心好友来敲叩柳宗元的柴扉，嘘寒问暖，把酒论文，更有此生不渝的死友，从远方送来关怀和鼓励，如同熊熊的炉火。

"永贞革新"开始之时，许多官僚政客因为成败未卜，故而采取观望态度，而革新夭折之后，政敌们固然磨刀霍霍，要将王叔文等人置之死地而后快，一般官员为求自保，也纷纷表态支持唐宪宗李纯的新政权。最可见出人心翻覆似波澜的，则是同一阵营中人的倒戈易帜。例如郑余庆接到进京的调令之后，迟迟不肯到任，他要等到局势明朗之后坐收渔翁之利，韩皋见到调令立即来到长安，但一觑形势不对便马上反戈一击。上述这种人情世态古已有之，但可谓于今为烈，在过去一波未平一波又起的政治运动中，各种人物都纷纷登台亮相，被迫或自觉地扮演了脸谱各不相同的角色。时至今日，虽然有的人像变色龙一样随时而变，但举头三尺有神明，历史如无所遁形的明镜，将他们一一记录在案。

给流放中的柳宗元以精神鼓励和安慰的，应该包括他早已故去的父亲和同来而未同归的母亲。柳镇性格耿直而仕途不顺，在逝世前五年，也就是他50岁时，才做到殿中侍御史，但不久因为得罪权臣宰相窦参而被贬为夔州司马，时年已十六七岁的柳宗元，远送其父至百里之外的蓝田县城，父子依依惜别之时，倔强的柳镇的临别赠言，竟然是"吾目无涕"。若干年后，这四个字当然成了回响在永州的暮鼓晨钟。曾经为柳宗元启蒙而毕生与其相依为命的母亲卢氏，在两个女儿病殁的打击之后，以她67岁高龄的北方人，又毅然随贬官的独子南来。在永州，她对爱子说："明者不悼往事，吾未尝有戚戚也。"柳宗元听到母亲一番暖如三春晖的教言，他当时的感受如何我们已不得而知，但却不难想见。而在精神上陪伴柳宗元独钓寒江的，除了他的至亲至爱，值得大书一笔的，还有他志同道合而至死不渝的朋友。

天地无私，人间有情，崇高而生死以之的友情，更是人间最可贵的一种情分。美国诗人爱默生有一句妙语："友谊是人生的调味品，也是人

记住这样的父亲，记住这样的母亲。所以有柳宗元之精神，主要的是他承传了父母之大德。

生的止痛药。"中国人素重友情，将春秋佳日登山临水的称为"逸友"，将奇文共欣赏的称为"雅友"，将直言规谏的称为"诤友"，将品德端正的称为"畏友"，将处事正义的称为"义友"，而那些可以共生死的刎颈之交呢？那就是不可多得的为人所艳称的"死友"了。柳宗元被贬到楚之南这荒州远郡，故交零落，消息闭塞，既无即拨即通的电话，也没有即发即至的电传，只有一条和岁月一样悠悠的古驿道，姗姗来迟的新闻早已成了泛黄的旧闻。既没有作家协会，更没有现今名目繁多的种种学术团体，他的诗文只能发表在纸上，供自己长夜反复吟哦。所幸的是，不久之后陆续来了一些贬官流人，共同的命运与志趣，使他们形成了一个特殊的"沙龙"，其中有南承嗣、元克己、吴武陵、李幼清和终生不仕的白衣卿相娄图南。他们一起饮酒赋诗，臧否人物，纵论家事国事天下事。今日的读书人应该感谢他们，他们给柳宗元带来冬日的温暖，夏日的清凉，他们陪柳宗元登山临水，催生了一代文宗一记而再记的文章。

印证这个时代不坏——这些戴罪之人居然能搞"沙龙"！

其中，学生辈的信州（今江西上饶）人吴武陵和柳宗元交谊最深。吴武陵少年得志，年纪轻轻就考取了进士，但第二年因得罪了当朝宰相李从某种程度上说，吴使柳再生。所以如此，一是吴知柳、识柳、悯柳，一是柳知吴、识吴、爱吴，生命就可在相激中再生。

吉甫，就被流放到永州。吴武陵之来，于柳宗元如炎夏的清风，空谷的足音，他们朝夕相处而成为忘年之交。柳宗元在长安始动笔因贬官而未竟全功的重要论文《贞符》，在吴武陵的催促鼓动之下成为全璧。总共六十七篇、以笔记形式出之的《非国语》，也是在吴武陵的帮助推敲下最后完成。以至柳宗元在《答吴武陵论〈非国语〉书》中，要感慨系之地说："拘囚以来，无所发明，蒙覆幽独，会足下至，然后有助我之道。"《全唐诗》只录存了吴武陵两首诗，其中《贡院楼北新栽小松》有"叶少初凌雪，鳞生欲化龙"句，可见其志向高远，而《题路左佛堂》则是：

> 雀儿来逐飐风高，
> 下视鹰鹯意气豪。
> 自谓能生千里翼，
> 黄昏依旧委蓬蒿。

这是一首极少为今之论者道及的诗，其实它的象征性意象中有深远的寓意，显示了这位青年才子爱憎分明的情怀，难怪柳宗元和他一见如故，并视为忘年知己。

与柳宗元可以称为"死友"的是刘禹锡。出

生于吴郡（今江苏苏州）的刘禹锡，20多岁时和柳宗元同登进士，有同年之谊。长安相聚的时期，他们和吕温、韩泰等同为国家的精英俊彦，同气相求，切磋学问，研讨国事，用刘禹锡后来给柳宗元的赠答诗来说，就是"弱冠同怀长者忧"。刘禹锡日后在《洛中逢韩七中丞吴兴口号》一诗中，还旧情难忘地回忆说："当年意气结群英，几度朝回一字行。""永贞革新"失败，刘禹锡被贬为朗州司马，治所在武陵（今湖南常德），他和柳宗元通过古驿道交换诗文，互致书信。刘禹锡性格开朗豪放，和沉郁内向的柳宗元不同，故有"诗豪"之称。我几次往游常德，总是希望能寻觅到他遗落在那里的哪怕是半张手迹，而在秋晴之日，他豪迈俊爽的《秋词》更在我的心宇飞扬：

> 自古逢秋悲寂寥，
> 我言秋日胜春朝。
> 晴空一鹤排云上，
> 便引诗情到碧霄。

这首诗，他应该寄给过相濡以沫的柳宗元吧？一位"独钓寒江"，一位"晴空一鹤"，意象

诗仙、诗圣、情圣、诗佛、诗人、诗魔、诗鬼、诗豪、诗家天子，人们给了唐代诗人最高称誉。这些称誉都有其"真理"，值得探求。

仅就这里引用的刘禹锡《秋词》诗句即可感知，刘确实是豪迈不羁。我们不能责怪柳宗元性格的忧郁，但我们可以赞赏刘禹锡性格中的豪

虽异，精神相同。刘禹锡如果从朗州去愚溪拜访过柳宗元，他们一定互相对诵过上述诗篇。刘禹锡在柳宗元逝世三年后所作的《伤愚溪》中，曾经说："柳门竹巷依依在，野草青苔日日多。纵有邻人解吹笛，山阳旧侣更谁过"，情景如绘，似曾亲历。

唐元和十年（815），在被放逐十年之后，柳宗元、刘禹锡、韩泰、韩晔、陈谏五人同时接到回京的诏令。他们二月间回到长安，态度强硬而才子心性的刘禹锡写了一首《元和十年自朗州承召至京，戏赠看花诸君子》："紫陌红尘拂面来，无人不道看花回。玄都观里桃千树，尽是刘郎去后栽。"讽刺的是那些反对永贞新政而飞黄腾达的衮衮诸公，由于这首诗作了导火线，3月14日，五人又全部被贬为远州刺史。柳宗元任刺史的柳州（今广西柳州），离京城比永州更远。刘禹锡任连州刺史（今广东连州）。刘禹锡与柳宗元结伴南行，至湖南衡阳依依惜别时，一而再再而三地彼此赠答诗篇，然后才临歧分手。柳宗元于四年后以47岁的英年病逝于柳州，临终前写信给刘禹锡，请他编定自己的诗文集，并且写了托孤遗书，托他抚养儿女。刘禹锡扶母亲的灵柩从连州北归，恰恰在途经与柳宗元四年前分手之

迈。不妨设想，刘若与柳一样忧郁，恐怕他难以二度回京了。

起初刘被贬为播州刺史，播州比柳州更偏远。柳宗元考虑刘母年龄大，愿意同刘对换。后由于裴度向宪宗说情，刘改任连州刺史。刘柳交往，谱就了中国文化史上又一曲真正的"友谊之歌"。

处的衡阳时，接到柳宗元的遗书和讣告，他不禁失声痛哭，"如得狂病"。他发誓说柳宗元的儿子"同于己子"。不久，他编定了三十卷的《唐故柳州刺史柳君集》，亲撰序言，以后又将柳宗元的遗孤抚育成人。柳宗元在新贬柳州途中曾写有《再上湘江》一诗："好在湘江水，今朝又上来。不知从此去，更遭几年回？"他没有能再回京城，但十三年后，刘禹锡却回来了，铮铮傲骨、秉性不改的他，竟然又写了一首《再游玄都观》，快意与讥讽兼而有之："百亩庭中半是苔，桃花净尽菜花开。种桃道士归何处？前度刘郎今又来。"高歌一曲，虽然表达的是当年友朋的共同心声，可惜幽明永隔，柳宗元还能听到吗？

潇水下游已经有诸多污染了，但朝阳岩附近的碧水仍然像千年前一样清且涟漪，盈盈在《渔翁》诗中的清波，今天仍然可以洗亮我的眼睛。一千多年时间的漫漫风沙吹刮过去，物是人非，多少帝王将相、恶棍小人早已杳无踪迹，多少庙堂文学、多少无关民生痛痒的游戏文章早已化为土灰，但二十个字的《江雪》却连一个字也没有磨损。我后于柳子已一千多年，在我之后千年的游人如果再来零陵，也仍然会看到柳宗元还正襟危坐在他的绝句中，独钓那中唐的漫天风雪。

穿越宋词

第一单元　长风吹影　月华"隆宋"

　　明月照我影，送我至"隆宋"。长风带我们穿越千年的时空，来到月华如水的"隆宋"。如果说宋词是山，那么就让我们站在山脚下抬头仰望；如果说宋词是海，那么就让我们立在沙滩上极目远眺。让我们在深入其中细细欣赏前，先站在一边尽可能把整座山、整个海都纳入胸中。

　　词牌本事如《落英缤纷》美不胜收，女诗人的《巾帼之歌》不让须眉，《爱情五弦琴》上弹出的《钗头凤》凄婉动人，《一去不还唯少年》的诉说催人太息。一首首一曲曲，摇曳生姿。宋词因何有此成就？为有《源头活水》来。

落 英 缤 纷

中华民族真是一个善于命名的民族。大而至于家国，小而至于个人，都必须先行正名，而且往往是赐以嘉名，冠以美号，以祈求多寿与多福，喜庆与吉祥。

在文学艺术的天地呢？以古典民族音乐而论，那些"中国名曲"都有美视而且美听的名字，如"百鸟朝凤"，如"潇湘水云"，如"空山鸟语"，如"彩云追月"，可以照亮你的眼睛，假若你已经有些眼花，也可以敲响你的耳朵，假若你已经有些重听。我常常忽发痴想，那些乐曲的命名，必然都有一个美丽的故事伴随，如果不只是听曲，而且可以循名追溯那些曲调取名的故事，如武陵人之追溯桃花之源，那就好了。"夕餐秋菊之落英"，"落"有"开始"之意，"落英"即是初开的花，继唐诗之后的宋词呢？宋词的词牌多达八百多个，你还没有听到词人与歌女的歌唱，那些美不胜收的词牌名字啊，就早已在你的

美好的命名中包含美好的希望，恶名也内有深意，作为一种文化现象，考察起来别有一番趣味。

方之以美食，色香味俱全者为佳。美文佳曲要能让人有身临其境之感，同样要六识并用，色、声、香、味、触、法全面浸染。汉字及词语的排列赏心悦目，大珠小珠落玉盘之声在耳畔回响，幽香清香氤氲环绕，万千滋味涌上心头，种种意象伸手便可触碰……如此才能让读者不由自主地醉倒在美妙的意境中。

194

眼前迎风吐蕊，早已美如缤纷的落英了。

烛 影 摇 红

"烛影摇红"，多么美丽的意象和意境啊。一看到它，善感的读者也许就会心旌摇荡起来，不然，20世纪初期的作曲家、民族器乐演奏家陈天华，在前后创作多首二胡乐曲时，为什么会以它做其中一首的名字？为什么会让这支乐曲在他的弦下如怨如诉，至今仍摇撼动千万听众的心？

现在早已是声光电化的现代科技的世界了。暮色始临，华灯初上，这华灯已是现代的电光而非古代的烛光。当暮色苍茫时，城市更是全部被各式各样的电灯、彩灯、日光灯和霓虹灯接管，到处不是明如白昼的坦白，就是若明若暗的暧昧，哪里还找得到古典的、温馨浪漫的烛影摇红？哪里还找得到令人远离尘嚣世俗、心驰神醉的烛影摇红？除非是你拒绝现代的文明，有意燃点一支或几支红烛，为已逝的岁月和清纯的古典招魂。

"烛影摇红"这个词牌，还有许多别名，如《忆故人》《归去曲》《玉珥坠金环分》《秋色横空》，等等，但诸多别名都远不及正名。这个美丽的词名是从何而来的呢？宋代王诜有一首《忆故人》：

"目极千里兮伤春心，魂兮归来哀江南。"（《招隐士》）不但清纯的古典之魂难以回归，如今的江南也变了容颜。丘迟在《与陈伯之书》中写到的"暮春三月，江南草长，杂花生树，群莺乱飞"式的江南，如今可还安好？

"烛影摇红"的古典诗意，难道真的和快节奏的现代社会难以相容？社会让人心浮躁，而不把这种浮躁的心沉静下来，永难走进唐宋诗篇。

烛影摇红向夜阑，乍酒醒、心情懒。尊前谁为唱《阳关》？离恨天涯远。　无奈云沉雨散。凭阑干、东风泪眼。海棠开后，燕子来时，黄昏庭院。

据宋代吴曾《能改斋漫录》说："王都尉（诜）有《忆故人》词云，徽宗喜其词意，犹以不丰容宛转为恨，遂令大晟府别撰腔。周美成（邦彦）增损其词，而以首句为名，谓之《烛影摇红》。"宋徽宗政和七年（1117），周邦彦进徽猷阁待制，提举大晟府，已是花甲之岁，但才情不减当年，精通音乐的他，依照《忆故人》的词意，作了一首新词，命名为《烛影摇红》：

此词音律严格，词句工丽。周邦彦精通音律，这正是他词作的典型风格。

芳脸匀红，黛眉巧画宫妆浅。风流天付与精神，全在娇波眼。早是萦心可惯，向尊前、频频顾眄。几回相见，见了还休，争如不见。烛影摇红，夜阑饮散春宵短。当时谁会唱阳关？离恨天涯远。争奈云收雨散，凭阑干、东风泪满。海棠开后，燕子来时，黄昏深院。

周邦彦的新作，不知是否使那位后来成了金

人阶下之囚的多才多艺的天子满意。他的翻新之词，章法于严整之中又饶多变化，写人抒情更加细腻入微，而音律之曼声促节，抑扬有致，更是这位音乐家词人的当行本色。

不过，我更为欣赏的，是一首带有神秘主义色彩的《烛影摇红》。南宋洪迈编撰的笔记小说集《夷坚志》，记载的多是市民生活、神仙怪异和佚事遗闻。在《夷坚志补》卷二十二中，记叙了池塘中龟精所化的"懒堂女子"，她夜来晨去，临去时留给与之相好的，舒姓读书人一柄绢扇，其上有一首缠绵悱恻的《烛影摇红》：

绿净湖光，浅寒先到芙蓉岛。谢池幽梦属才郎，几度生春草？尘世多情易老，更那堪、秋风袅袅。晓来羞对，香芷汀州，枯荷池沼。恨锁横波，远山浅黛无人扫。湘江人去叹无依，此意从谁表？喜趁良宵月皎，况难逢、人间两好。莫辞沉醉，醉入屏山，只愁天晓。

这首词中用了谢灵运《登池上楼》"池塘生春草，园柳变鸣禽"以及屈原《湘夫人》"帝子降兮北渚，目渺渺兮愁予，袅袅兮秋风，洞庭波兮木叶下"的典故。

神仙鬼怪当然是不经之谈，但从中可见如诗之在唐，词在宋代也十分普及，似好风之吹遍大地，繁花之盛开原野。许多名篇家传户诵，笔记小说中也有词为证，开明清小说中以诗词表现人物、演绎故事的先声。

我生逢现代，儿时与桐油灯为伴，少年与煤油灯结缘，长大后才蒙电灯照耀，大学时代更曾在阅览室日光灯下拜读闻一多的《红烛》。20世纪80年代的一个冬夜，原籍湖南衡阳、离乡别井四十年的台湾诗人洛夫，忽来长途电话。当晚适逢停电，我在匆忙中点燃来历不明的半支红烛，在烛影摇红中，洛夫询问湖南是否下雪，因为他已多年没有重温过故乡的寒雪了，我告诉他故乡正大雪纷飞，而我正点燃一支红烛和他对话。今夕复何夕？共此灯烛光！洛夫灵感忽至，他说要赠我一首长诗，题目也已想好。那就是随后完成的《湖南大雪——赠长沙李元洛》，诗的开篇即是"君问归期/归期早已写在晚唐的雨中/巴山的雨中"。他该是由我的红烛忆起李商隐的那一支西窗红烛吧？诗中写道："今夜我们拥有的/只是一支待剪的烛光/蜡烛虽短/而灰烬中的话足以堆成一部历史。"我在吟咏之余不禁悠然遐想：现代的烛影摇红啊，摇啊摇，摇出的是唐诗宋词的嫡系子孙，摇出的是一首现代的佳篇绝唱。

即使是在现代，即使已经被快节奏的生活裹挟着停不下匆忙的脚步，只要你有一颗寻求美的善感的心灵，相信总会在某一刻，忽然间涌上久违的诗意，让你的心灵瞬间安怡宁定。

雨　霖　铃

仅仅是风中的铃声，就已经够撩人情思和遐想的了，如平常院落檐角的风铃，如宫殿寺观檐前的风铃。李商隐当年咏叹齐梁两代统治者荒淫亡国，他借古讽今，讽刺唐代帝王的重蹈覆辙，其《齐宫词》就有"梁台歌管三更罢，犹自风摇九子铃"之句。风中的铃声已然如此，那风声复兼雨声的奔亡道中的铃声呢？

唐代天宝年间，渔阳的动地鼙鼓敲破了唐玄宗燕舞莺歌的好梦，仓皇中他携杨贵妃离开长安而奔往四川。马嵬驿之变，他为了自己的安全与皇位而只得忍痛"割爱"。进入蜀道之后，大雨滂沱，杨贵妃已经做了替罪之羊，唐玄宗的安全危机也已过去，他难免愧恨与怀念交集，泪水与雨水齐流，更何况在长时间寂寞与颠簸的行进途中，那风雨中车驾上叮叮当当的铃声，轻一声重一声，兀自敲叩着他内心的孤寂与哀愁。闻雨霖銮铃，长于音乐的他，大约是在剑州（今四川剑阁）桐梓县的上亭，采其声为乐曲，命名"雨霖铃"，令跟随而来的善吹筚篥的梨园弟子张野狐吹奏，于是这支乐曲就得以传诸后世。而宋词借旧曲而别倚新声成为词牌，衍为双调慢词，最早

白居易《长恨歌》："行宫见月伤心色，夜雨闻铃肠断声。"孤寂与哀愁是每个人都有的，哀伤的曲子最易动人心弦，引起共鸣。

见于北宋柳永的《乐章集》，延续了这一支唐曲的生命而另开新境的，正是宋代的这位白衣卿相、词中王者。

《雨霖铃》作为唐代教坊乐曲，它的创作权属于唐玄宗李隆基。无须出庭即可用文字作证，唐诗人张祜《雨霖铃》说"雨霖铃夜却归秦，犹见崔徽一曲新"，罗隐《上亭驿》说"山雨霏微宿上亭，雨中因想雨淋铃"，而杜牧的《华清宫》也有道是："行云不下朝元阁，一曲淋铃泪数行。"可以作证的，当然还有千年前至今犹在的蜀地栈道，和那虽一去已无影踪、当时却经旬连月的苦雨。

《雨霖铃》的别名为《雨淋铃》或《雨霖铃慢》。柳永当年如何想到要以此为词牌填词，现在已经无从考索，因为他除了作品，并没有留下有关此词片言只语的"创作谈"，而自从他于1053年左右旅居京口时去世，至今也已千年，我到哪里去采访他呢？唐玄宗虽贵为帝王，然而其悲欢离合的故事，以及《雨霖铃》怀人伤逝的悲剧音调，当打动过柳永这位多愁善感的才子的心，不然他就写不出如下这首名词，这首被称为北宋婉约词派抒写离情别绪的代表之作《雨霖铃》：

情绪需要时空的阻隔才能酝酿出滋味，失去了距离，自然失去了美感。瑞士心理学家、美学家布洛提出"心理距离说"，认为保持适当的心理距离是一个具有普遍意义的审美原则和艺术创作原则。这里说的古人交通不便、音信难通引起的时空阻隔感，也正提供了这种心理距离。

寒蝉凄切，对长亭晚，骤雨初歇。都门帐饮无绪，留恋处、兰舟催发。执手相看泪眼，竟无语凝噎。念去去、千里烟波，暮霭沉沉楚天阔。

多情自古伤离别，更那堪、冷落清秋节！今宵酒醒何处，杨柳岸、晓风残月。此去经年，应是良辰好景虚设。便纵有千种风情，更与何人说？

楚国的宋玉先生在《九辩》一开篇，就长叹息"悲哉，秋之为气也，萧瑟兮草木摇落而变衰"，一经他注册拥有发明权之后，秋天就成了令离人伤怀而恋人伤心的季节。古往今来，不知多少诗人文士在秋日弹唱过别离之歌，尤其是交通不便、音讯难通的古代。古人不像今人，虽然同样别易会难，但今人托现代科技之福，有电话、电报、电传，几个数字一拨，半张素笺一传，即可暂时疗治别绪与离愁。或飞机凌空而起，或火车千轮飞转，即使天之涯海之角，朝夕之间即可缩成咫尺，离别苦则化为相见欢。但古人呢？今宵离别后，何日君再来？一封互道款曲的信抵达相思的彼岸，不知要何年何月，而且江湖多风波，道路恐不测，即使有幸不为殷洪乔之

《世说新语·任诞》记载晋代殷洪乔去做豫章太守，有人托他带信，他半路上把百多封信全扔到水里，口中还念念有词："沉者自沉，浮者自浮。"

流所误，投之流水，让其沉者自沉，浮者自浮，也不知途中还会遇到什么其他风险和变故。假若时逢战乱，烽火连三月，那就更加音讯难通了，深有体会的杜甫早就作过经济评估，他就曾经说过，一封家书可抵"万金"。

完全属于个体的感受是没有感染力的，唯有写出人所共有又非常人所能表达出的东西，才能获得最广泛的共鸣，作品也才会有永恒的魅力。

文学创作当然要表现个人独特的感受与感情，只有如此，方才真实可信、新鲜可感，但真正要历千百年而打动异代陌生读者的心，还是要将个人的感受提升、镕铸为一种具有普遍性的典型情境。柳永做到了，他的词中不仅有"杨柳岸、晓风残月"这样的隽永的词句，而且这成了柳永婉约词风的独家商标，与苏东坡豪放的"大江东去，浪淘尽，千古风流人物"同时让人美言高论；他更抒写了"多情自古伤离别，更那堪、冷落清秋节"的警语，创造了古往今来人共此境而人同此心的普遍情境，成了众生公共的精神财产。柳永的旧梦，历代以至今天，不知多少有情人曾经异代而重温。

今天，你也许已很少听到风中雨中的铃声了，多的是汽笛的长鸣，喇叭的喧闹，飞机的呼啸，火车的轰隆。但是，如果你心中还有一盏古典的灯火，遇到与好友或恋人长离短别的景况，尤其是在怀人念远的秋天，柳永的词不是仍会不请自来造访你的心上与眉头吗？

洞 仙 歌

烁石蒸沙、何草不黄的苦夏，城市犹如燃烧之火宅，天地仿佛铸剑之洪炉。如果能远避于湖南炎陵县之桃源洞国家森林公园，松风送爽，绿竹摇风，读飞瀑似银河倒泻，看清溪使遍地生凉，在那种清凉世界流连数日，真会犹如洞天福地中的神仙。

我读的是另一种洞仙之歌。五代蜀主孟昶给他一位才艺双绝的爱妃赐名"花蕊"，人称"花蕊夫人"。在一个炎夏之夜，两人在摩诃池上纳凉，花蕊夫人对景生情，一时兴起而作了一首《玉楼春》：

冰肌玉骨清无汗，水殿风来暗香满。帘间明月独窥人，欹枕钗横云鬓乱。　　起来庭户悄无声，时见疏星渡河汉。屈指西风几时来，不道流年暗中换。

此词一说是孟昶所作。不论作者是谁，流年似水，花蕊夫人与孟昶的纳凉歌咏及其悲欢离合，均已成为历史的陈迹，交给了正史与野史，

似水流年，如花美眷。得伴如意郎君，纳凉池上，这都不能改变"流年暗中换"带来的怅惘和无助。到底是似水流年让人更加珍爱如花美眷，还是如花美眷让人慨叹欢乐的日子去得太匆匆？其实我们应该感谢时间，没有时间之风的吹拂，我们的生命之烛就不会如此摇曳生姿。

蔓草与荒烟。时至北宋，在苏轼贬于今日湖北黄冈之时，他追忆往事，说7岁时在家乡眉山遇到一位90岁高龄的朱姓老尼，这位老尼年轻时曾随师父进入孟昶之宫，亲见孟昶与花蕊夫人在摩诃池上纳凉，并能记忆花蕊夫人所作之词，她在叙说这一故事时，还向苏轼朗朗背诵。

四十年后，往事重到心头，苏轼诗兴大发，在滚滚长江东逝水的涛声里，将其改写成一阕《洞仙歌》，词前的小序是："仆七岁时，见眉山老尼，姓朱，忘其名，年九十余，自言：尝随其师入蜀主孟昶宫中。一日大热，蜀主与花蕊夫人夜起避暑摩诃池上，作一词，朱具能记之。今四十年，朱已死，人无知此词者。但记其首两句，暇日寻味，岂《洞仙歌令》乎？乃为足之云。"全词如下：

> 冰肌玉骨，自清凉无汗。水殿风来暗香满。绣帘开、一点明月窥人，人未寝，欹枕钗横鬓乱。　　起来携素手，庭户无声，时见疏星渡河汉。试问夜如何？夜已三更，金波淡、玉绳低转。但屈指、西风几时来，又不道流年，暗中偷换。

"洞仙"，本来指居于洞府之神仙，据说神仙所居有"十大洞天""三十六小洞天",这当然纯属子虚乌有。《洞仙歌》则是唐代教坊曲名,别名《羽仙歌》《洞仙词》《洞仙歌令》与《洞仙歌慢》,后来沿用为词牌之名。辛弃疾、吴文英等人都曾有作品,但首创之功,还是应该归于生命力与创造力均如熊熊之火的苏轼吧?

《玉楼春》的著作权究竟属于孟昶还是花蕊夫人?好在他们本是夫妻,而且早已乘风归去,不会引发什么今日文坛盛行的诉讼与官司,而《玉楼春》与苏轼《洞仙歌》之间的关系,却历来人各一词,众说纷纭。有一种说法是苏轼少年时遇一美人,喜《洞仙歌》,他们邂逅之处景色又与歌中所写大致相似,所以苏轼"檃括以赠之"。"檃括",确实是这位眉山才子的创造,犹如武林高手在悬崖绝壁之上,仍可以施展腾挪跌宕的绝顶轻功。这种将此一文体改写成另一文体的特技,如果是在今天,真可以申请加入"吉尼斯世界纪录",而苏轼是其首创者,而试验之地正是昔日的黄州——今日的湖北黄冈。在黄州,除了上述《洞仙歌令》,他还有《定风波》,有"特取退之词(指韩愈的《听颖师弹琴》),稍加檃括,使就声律"的《水调歌头》,有"乃取《归去来》词(指陶渊明的《归去来兮辞》)稍

檃括,是指依某种体裁作品的原有内容、词句进行改写,写成另外一种体裁的作品。其实不只苏轼的檃括功夫一流,多数大诗人都有相似的手段。尽融前人典故诗句而能了无痕迹,功夫才到化境。

加檃括"的《哨遍》，至少前后有四首之多。它们如同四块连城之璧，展览在《东坡乐府》之中，惊喜了古往今来无数观光者的眼睛。

花蕊夫人的《玉楼春》，虽然写得不错，却知者不多，而苏轼的《洞仙歌》名闻遐迩，传诵古今。孟昶和花蕊夫人假若知道苏轼如此移花接木地改写，而且有缘一读，有幸一唱，他们当会感慨莫名，也许还要连声夸奖词坛这位奇才异能的晚辈吧。

高 山 流 水

知音贵在"心灵相通"，而非你请我喝喝酒，我替你办办事。可叹的是人们往往将朋友视为可供利用的资源，此种朋友绝非这里所说的知音。

中国人向来重视友情，将春秋佳日登山临水的称为"逸友"，将奇文共欣赏的称为"雅友"，将品德端正的称为"畏友"，将直言规谏的称为"诤友"，将处事正义的称为"义友"，而可以共生死的刎颈之交呢？则是人所称道的"死友"了。中国的文人不仅重视友情，而且也特别祈望那种心灵相通，能够欣赏自己作品的知音。

关于"知音"，按迹寻踪，它的源头应该追溯到《列子·汤问》篇。春秋时的伯牙，是一位琴艺高深的音乐家，数十年朝于斯夕于斯，人与琴都似乎合二为一了。悠悠天地之间，谁是他的知音呢？而人间竟然出了一位知音善赏的钟子期。伯牙奏琴，他完全明白他的心志：巍巍然如高山，洋洋乎若江河。伯牙与钟子期之间的关系，就成了后代文人作家与慧心读者之间的关系的范式。杜甫在《哭李常侍峄二首》诗中说："斯人不重见，将老失知音。"而岳飞虽不是指文事而是寓自己的壮志，但在《小重山》一词中，也有"欲将心事付瑶琴，知音少，弦断有谁听"之语。

"高山流水"因《列子·汤问》记叙的故事，成了一个历史悠久的表示知音或知己的成语。宋代丁基仲之妾善鼓琴，精通音律的布衣词人吴文英作了一首词赠给她，因为是自度之曲，吴文英就名之为"高山流水"，从此成了宋词中一个高雅美丽的词牌。我们且听号梦窗的吴文英所弹奏的《高山流水》吧，词前有小序说，"丁基仲侧室善丝桐赋咏，晓达音吕，备歌舞之妙"：

素弦一一起秋风。写柔情、都在春葱。

春葱：手指。

徽外断肠声，霜霄暗落惊鸿。低鬟处、剪绿裁红。仙郎伴、新制还赓旧曲，映月帘栊。似名花并蒂，日日醉春浓。　　吴中，空传有西子，应不解、换徽移宫。兰蕙满襟怀，唾碧总喷花茸。后堂深、想费春工。客愁

重、时听蕉寒雨碎，泪湿琼钟。凭风流也
称，金屋贮娇慵。

丁善基的"侧室"，在以男性为中心的封建
社会，不仅其姓无考，连其芳名也无传，幸亏吴
文英做了隔代的钟子期，知音善赏，才将她美妙
的琴声挽留并长留在他的词章里。

"高山流水"，由音乐而文学而人生，本来指
的是知音、知己，我由此而联想到宋代词坛许多
高山流水的佳话。

欧阳修，是北宋词坛巨匠，也是文坛一代宗
师。他多次称颂苏舜钦、梅尧臣的诗文；在曾
巩、王安石、苏轼父子还身为布衣、不为人知之
时，他就逢人说项，替他们作义务宣传。宋嘉祐
二年（1057），他"权知礼部贡举"，他主持的这
次考试，就选拔了苏轼、苏辙、曾巩等一批出色
的人才与文才。在他主盟文坛的时代，文林名
士、词家高手，若非他的好友，即是他的门生，
他不仅力矫宋初西昆体诗文浮靡的流弊，而且为
宋代诗文的繁荣举行了隆重的奠基礼。其学生苏
轼，不仅赞扬他是"今之韩愈也"，而且还曾说
"方今太平之盛，文士辈出，要使一时之文有所
宗主。昔欧阳文忠公常以是任付于某，故不敢不

能成为知音，
要么是有共同
的志向，要么
是有共同的爱
好。

勉"。从这里，可见欧阳修对苏轼的赏识与器重，也可见文坛的领袖人物，绝不能如白衣秀士王伦，容不得出色的前辈、同辈与后辈，私心自用，自是自高，唯一己之座位与小圈子之名利是图，而应该有广阔的胸襟、高远的气识，赏识、尊重和提携真正的英才。

高山流水的知音善赏，也包括对作家作品提出建设性的批评意见。如果晚辈敢于向前辈正讹指疵，而前辈又虚怀若谷地礼让后生，那也许更难能可贵吧？据岳飞之孙岳珂《桯史》记载，词坛泰斗名重当时的辛弃疾出示他的《贺新郎》（"甚矣吾衰矣。帐平生，交游零落，只今余几"），和《永遇乐·京口北固亭怀古》（"千古江山，英雄无觅，孙仲谋处"），一边让歌伎演唱，一边征求客人的意见。由于辛弃疾之位高名重，客人们只是一味赞美，而作为晚辈的岳珂则认为《贺新郎》上下阕警句的语意有些重复，而《永遇乐·京口北固亭怀古》则用典过多。辛弃疾十分高兴有如此知音，并当众说自己的作品用典过多，确为一弊，今后要努力克服。辛词当然"不可一世"，但有时过分"掉书袋"却不能视为优点，岳珂直言无忌，辛弃疾礼贤下士，这，应该也是高山流水的另一种境界吧？

这里讲的"知音"似乎已经隐含着一种功利性的暗示：你赏识我、理解我还不够，要能帮助我才是真正的朋友。识人与用人合在一起，知音与提携结为至亲，古今共此一叹！

落英缤纷　**209**

读到这里方知前面作者的议论"醉翁之意不在酒"。

　　一个作家，除了"自赏"——自我欣赏，当然更盼望"他赏"——他人也即朋友和更多的读者的欣赏。这种欣赏，也应该包括善意的、中肯的批评。高山流水啊，流水高山啊，我虽非一代琴师伯牙，但对当世的钟子期也如有所待！

巾　帼　之　歌

　　唐诗本来是男性诗人一统天下，但有一些巾帼英雄如薛涛等，她们决心巾帼不让须眉，居然在群雄逐鹿之中也争取自己歌唱的权利，在唐诗大合唱的节目单上留下自己的名字，让后世的听众有幸听到她们的歌声。

　　在唐诗人登峰攀顶之貌蔚为壮观之后，宋代诗人们接踵而来，他们虽然无法企及唐诗所达到的最高成就，但却以求新、求变的文化精神与艺术创造力，开辟了新的境界，特别是词之天地。如果唐诗是一座高峰，宋词则是一座与之对峙的峻岭，如果唐诗是一条大江，宋词则是一条可以与之媲美的大河。宋代的女性作者呢？《全宋诗》收录女诗人二百余人，而《全宋词》中也有女词人约九十人，作品三百余首。在以男性为中心的封建时代，在理学兴盛、对妇女的生活与思想如磐重压的宋朝，在历经金、元两次异族入侵之祸，民族灾难深重的日子里，她们仍以纤纤素手写下了许多动人的词章，其中的杰出者如李清照，不但可以俯视巾帼，还直欲压倒须眉，她高举的是一面至今仍猎猎迎风的旗帜。

一

鹧 鸪 天

窃杯女子

灯火楼台处处新，笑携郎手玉阶行。回头忽听传呼急，不觉鸳鸯两处分。　天表近，帝恩荣。琼浆饮罢脸生春。归来恐被儿夫怪，愿赐金杯作证明。

据《宣和遗事》记载，这位民间的"窃杯女子"，与九五之尊宋徽宗还有一段词缘，而牵合这一词缘的，竟是万民同乐的元宵佳节。

宋徽宗赵佶本来是君临天下的大国之主，但最后却被金人俘虏北去，作为阶下之囚，在昔日金国腹地的僻远小镇五国城——今日黑龙江省的依兰，饱尝铁窗风味，从云霄坠入深渊，只活了54岁。"彻夜西风撼破扉，萧条孤馆一灯微。家山回首三千里，目断天南无雁飞"，遥望南天，回首前尘，除了他以泪水浸泡的诗词，今日还有谁知道他曾有过些什么感慨呢?

　　宋王朝第八个天子赵佶，在位长达二十四年，是一个很不称职的帝王，如果按现在专业人才考核等级，给他评定"不合格"，还算是破格优待的了。他先是和蔡京沆瀣一气，对朝廷中的新党与旧党左右开弓，压制异己，擅权独裁，建立起自己的绝对统治，朕即真理，臣僚们只能唯唯诺诺，不能也不敢发表半点不同政见。继之蔡京为了迎合独夫并巩固自己的执宰地位，又提出"丰亨豫大"的口号，即国泰民安，天下太平。赵宋王朝本来就是兵不血刃取得天下，自太宗以下的帝王们有贪图享乐的"光荣传统"，宋徽宗更是变本加厉地腐败，除了和绝大多数帝王一样喜好女色，他还沉迷于道家的丹鼎符箓、修身养性之术，自称"真人"，自命"教主"，希望自己这位"道君皇帝"长生不老。但是，他既想向永生的天国飞升，又执迷于人间的感官享乐。如为了在开封扩建宫苑和兴修万岁山，便从江南搜刮民间的奇花异石等各色贡品，劳民伤财，用船队运送到京师，这就是臭名昭著的"花石纲"，结果是东南为之疲敝，天下为之骚然。上梁不正下梁歪，自古已然。徽宗贪图享乐，倦于政事，宋代的官员本来就十分繁冗，此时那一庞大的官僚

宋代的积贫积弱和太祖的重文轻武政策有很大关系，养天下士人的祖规，使宋代官僚机构极度膨胀。

集团更是上行下效，卖官鬻爵，贿赂公行，以至国事不堪收拾，如同一座大厦，梁柱都已腐朽，只要来一阵烈雨急风，就会呼啦啦天崩地塌。后来，徽宗竟然与蔡京、童贯采取联金灭辽之策，结果引火烧身，引狼入室。徽宗虽假装中风半身不遂而传位给钦宗，但有其父必有其子，徽宗不久便和那更不争气的儿子一起，双双做了对泣之囚，分别被封为"昏德公"与"重昏侯"，可谓"实至名归"。只是钦宗更具忍辱偷生的本领，被俘后还度过了三十多年囚徒岁月，比其父多活了二十六年。

还是言归正传吧。元宵节，本来是中国百姓的民间节日，因为帝王的"与民同乐"，在宋代该节日更发展到了热闹繁华的极致。元宵张灯始于唐代，而连续三日甚至五天举行灯展，城门通宵开放，市街上演出百戏歌舞，燃放焰火与鞭炮的习俗，则是从宋代开始。皇城宣德门前搭建的山棚称为"鳌山"，宣德门上如同现代商场一样，张挂大型条幅"宣和与民同乐"。元宵之夜，天子在宣德门上观灯听曲，百姓则在楼下和街上观看文艺表演，每人还由宫廷赐酒一杯。这是一个自由开放的狂欢节日，窃杯女子的故事就发生在如斯良夜。她偷窃了饮酒的杯子，卫士将她押送

皇帝应该如何处置窃杯女子？皇帝需要机会显示自己的宽宏大度，显示爱民如子，和窃杯的小女子计较无疑会自失身份。赵佶抓住了这个机会成功显示了自己的仁政和"与民同乐"精神，还给词坛留下了一段佳话。这件小事他处理得聪明而妥当。只可惜在处理国家大事上，他脑袋似乎就不再灵光。

到徽宗面前，本来是罪莫大焉的欺君之罪，幸亏宋代文化环境的熏陶和家庭的诗词教养，这位女子竟然出口成词，说得有情有理，婉转之至而滴水不漏。徽宗本来就是一个高级的文化人，加之元宵之夜心情大约也颇为舒畅，而且窃杯者并非男士而是少妇，于是他不但不定之罪，而且有意再行面试，那位女子也就即席赋《念奴娇》词：

桂魄澄辉，禁城内，万盏花灯罗列。无限佳人穿绣径，几多娇艳奇绝。风烛交光，银灯相射，奏箫韶初歇。鸣鞘响处，万民瞻仰宫阙。　　妾自闺门给假，与夫携手，共赏元宵节。误到玉皇金殿砌，赐酒金杯满设。量窄从来，红凝粉面，尊见无凭说。假王金盏，免公婆责罚臣妾。

这一临时的"殿试"顺利通过，兴高采烈的徽宗，不仅将金杯相赐，还令卫士送其归家，草野小民窃杯女子福至心灵，意外地享受了一回皇家待遇。

宋徽宗不是暴君，而是昏君，但平心而论，他还是一位颇为出色的艺术家。他自号"瘦金体"的书法自成一家，今日当一个较高级别的书法家协会主席应无问题；他提倡画艺，山水、花鸟画无所不精，颇具创作与鉴赏能力，生当今日，美术家协会也当有他的一席之地；他擅长诗词，若参加全国作家协会并担负相应职务，绝不会被认为是破格以待；他还会踢足球，在振兴中国足球上，他也许可以献计献策。还应为他说句公道话，宋太祖看重文人和士大夫，对传统，他是继承恪守的，太祖生前立碑锁于宫殿密室，上书三条戒律，其中一条就是不杀士大夫。后来，他即使在北方做囚徒，还曾托人捎信给宋高宗重申祖宗成法，不过高宗为了保住自己的皇位，也就不惜数典忘祖。徽宗对窃杯女子的处置，既显示了帝王之尊，也表现了他艺术家的风度，其宽厚与爱才，远远超过了现代的某些大权在握者，可惜艺术家不能治国，治国是昏君，曾几何时，渔阳鼙鼓就动地而来了。

二

鹧鸪天

聂胜琼

玉惨花愁出凤城，莲花楼下柳青青。尊前一唱阳关后，别个人人第五程。　　寻好梦，梦难成。况谁知我此时情？枕前泪共帘前雨，隔个窗儿滴到明。

赵佶可以做书法家、画家、诗人，就是不能做皇帝。他对国家大事的兴趣远没有对艺术的兴趣大。不知道他做皇帝前有没有苦恼地思考过"to be or not to be"，但是既然已经身在其位，就该有所担当。即使一百个不情愿，也该牺牲自己的爱好，承担起应负的责任，否则就成为罪人。其实每个人都如此，常常要做自己不喜欢但是必须做的事情，此时不能逃避，只能挑起那副担子。在其位，就要谋其政。

唐代以来，与新兴燕乐相配合的词是音乐文学，唐人称之为"曲子词"，意指"词"是配合音乐歌唱的文辞，宋人称之为"歌词""乐章""乐府"或"倚声"。词不仅"美视"，即供眼睛阅读欣赏，而且"美听"，也就是被之管弦以供歌唱，给人以美的听觉享受。词，一开始与音乐结下的就是不解的良缘，时至宋代，双方的恋情更是如胶似漆。如果你能前去或回到宋代，在花下尊前，歌楼舞榭，你听到的不是诗歌朗诵会，而是高歌低咏、急管繁弦的音乐会。

宋词音乐会的歌手当然也有男性，但这场盛会却重女轻男，除了少数专业的男歌手或是诗人自己登台演唱之外，大都由年轻美丽的女子来担任。苏门学士之一的李廌，他的《品令》一词曾经写道："唱歌须是，玉人檀口，皓齿冰肤。意传心事，语娇声颤，字如贯珠。"道出的是宋词特别是北宋词重女音唱情歌的文体特征。宋词之独重"女音"是为了抒怀遣兴而娱男性听众之宾时，更具声色之美。因此，作为一代之文学的宋词的百花齐放、姹紫嫣红，功劳自然要归于词作者——那些养花育花之人。但是，男人的一半是女人，宋词的一半也是女人，我们不应该忘记另一种"护花使者"——那些唱词的女歌手。没有

词一开始本就是拿来娱乐的歌词，看重声色是当然的。到了宋代，不登大雅之堂的词才上升为主流文体，内容也丰富深厚了许多。

她们的演唱，宋词也不可能如此广泛流传，词人们也不会乐此不疲地创作，因为她们的响遏行云，宋词才有高翔远举、无远弗届的翅膀，因为她们的珠圆玉润，词人们才竞相挥毫而逸兴遄飞。

宋代的女歌手大都是所谓"歌妓"。"妓"，古作"伎"，本来是指女乐，即我国古代歌妓、乐妓与舞妓的并称。以歌唱舞蹈为职业的歌妓业，在唐代盛况空前，至宋代臻于鼎盛。欧阳修的《减字木兰花》，就曾为那一时代的专场演出留影：

> 歌檀敛袂，缭绕雕梁尘暗起。柔润清圆，百琲明珠一线穿。　樱唇玉齿，天上仙音心下事。留住行云，满坐迷魂酒半醺。

宋代的歌妓，大致可分官妓、家妓与私妓三种。除了私妓之外，唐宋的歌妓是以她们的伎艺而入乐籍的，她们也许会对某位钟情的词人士子以身相许，但和后世操皮肉生涯的娼妓大不相同。这三种歌妓，均是隶身乐籍、婢籍或娼籍的"贱民"，她们大都无法摆脱被侮辱与被奴役的宿命，个别人能够脱离苦海，那就真是所谓托天之福。这些歌妓，大都有较高的文化水平与艺术修养，她们许多人不仅是歌唱家而且也是作家，虽然因为地位低微、年代久远，她们的许多作品在当时或以后不久就被湮没了，无法跋涉时间的长途到达今天，但有幸流传至今的作品，多数都表现了那种无助、无奈与无望之情，是悲歌而不是喜剧。如杭州名妓乐婉答复与她相善的施酒监的《卜算子·答施》："相思似海深，旧事如天远。泪滴千千万万行，更使人、愁肠断。　　要见无因见，了拼终难拼。若是前生未有缘，待重结、来生愿。"只有绝望而无希望，这大约也可以算是宋代歌妓们的共同心声吧？

然而，天下事总不可一概而论，在一般之外也有个别，在规律之外也有例外，这就是京都名妓聂胜琼的遭遇。李之问在京师等待任命期间，与聂胜琼相识而相恋，李之问对她有真心的爱恋之情，聂胜琼也像多数的歌妓一样，将"从良"作为自己最佳的结局，因为没有其他较好的出路，几乎是别无选择。李之问离京时，聂胜琼在莲花楼为之饯行，席上筵间唱了一首惜别之辞，结句是"无法留君住，奈何无计随君去"，真是一语道出她的两难处境。聂胜琼情动于衷，将这两句反复咏唱。李之问感慨

正因为歌舞妓地位低下而又文化涵养普遍较高，和落魄的士子很容易产生"同是天涯沦落人，相逢何必曾相识"之感，所以古代的士妓关系往往很密切。

不已，又多住了一些时日，最后还是执手相看泪眼而别。聂胜琼辗转反侧，夜不能寐，在别后的第五天终于写成上述这首《鹧鸪天》，托人捎给还在半途的李之问。这首词，先写分袂时的情景，"玉惨花愁"是自己内心的痛苦和外貌的伤愁，而分别地点莲花楼的杨柳青青，加上她为他唱的《阳关三叠》，更是将现实的分离与历史的送别叠合在一起，可见作者的才学与文心。继之是别后的一日三秋、长夜难眠的情状，结尾更是情景交融的好句，温庭筠《更漏子》的收束是"梧桐树，三更雨，不道离情正苦。一叶叶，一声声，空阶滴到明"，他是代女主人公立言，是隔岸观"雨"，毕竟不是感同身受，而聂胜琼的"枕前泪共帘前雨，隔个窗儿滴到明"，则是当事人写自己的隐私心曲，当然就情真意切而痛快淋漓。

聂胜琼的词当然也是李之问的"隐私"，但李之问保密工作做得不严不细，终于被其妻发现，照例一场家庭闹剧即将上演，但其妻颇通诗文又极为开明，不但没有河东狮吼，反而出妆奁助丈夫将聂胜琼娶回，聂胜琼对之当然更是敬礼有加。虽然是做妾，但这种还算美满的结局，其概率也已像中万不得一的六合彩了。

站在今天的立场，实在不好评价李妻的行为是高尚还是愚蠢。但有一点可以肯定，她至少应该是个善良的人。

三

清 平 乐

夏日游湖

朱淑真

恼烟撩露，留我须臾住。携手藕花湖上
路，一霎黄梅细雨。　　娇痴不怕人猜，和
衣睡倒人怀。最是分携时候，归来懒傍妆台。

　　如果漫步公园的湖边，你常常会看到青春的
旖旎风光：一对热恋的青年男女相拥而坐，或是
女的躺在男的怀中，长凳或靠椅成了他们临时的
伊甸园——这是公园一道永不凋零的风景，也是
公园一道无须注册的风光，年华向老的你，也许
还会勾起往事如烟的回忆。不过，如果以上的情
景像录像带中的影像倒片，一直倒回到南宋，南
宋的临安，临安的西湖，西湖边的一个角落，那
就是相当惊世骇俗的了。然而，八百年前的西湖
边，不仅曾有过这样的景观，而且演员兼导演的
作者还将它记录在案，这就是朱淑真的《清平
乐·夏日游湖》。

　　生卒年不详的朱淑真，生活在南宋前期，一

朱淑真的大胆
在于说出了别
的女子心中幻
想过但不敢说
出，甚至有些
女子连想都不
敢想的话。

说是海宁（今属浙江）人，一说是钱塘（今浙江杭州）人。她工诗擅词，通晓音律，并擅绘画，是宋代仅次于李清照的才女。这位闺中之秀，一般人以为她只有春愁秋恨、闺阁闲情，其实，她也曾卷起绣帘，眺望广阔的人生原野，也曾以纤纤素手，写下关心农事与民瘼的诗章，如"一塍芳草碧芊芊，活水穿花暗护田。蚕事正忙农事急，不知春色为谁妍。"（《东马塍》）如"日轮推火烧长空，正是六月三伏中。旱云万叠赤不雨，地裂河枯尘起风。农忧田亩死禾黍，车水救田无暂处。日长饥渴喉咙焦，汗血勤劳谁与语？播插耕耘功已足，尚愁秋晚无成熟。云霓不至空自忙，恨不抬头向天哭。寄语豪家轻薄儿，纶巾羽扇将何为？田中青稻半黄槁，安坐高堂知不知？"（《苦热闻田夫语有感》）尤其是后者，作者的纤手中挥舞的竟是一支如椽的健笔，她的胸中跳动的是一颗芳心，也是一颗伤时忧民的仁者之心。同时代一些作茧自缚、只知有个人狭小天地的作者，只能遥望她的背影，今日某些所谓"小女人作家"，也应该为之汗颜。

作为女性词人，朱淑真当然有她特殊的欢乐、痛苦与忧伤，有她的柔情蜜意与浅恨深愁，如"迟迟春日弄轻柔，花径暗香流。清明过了，不堪回首，云锁朱楼。 午窗睡起莺声巧，何处唤春愁？绿杨影里，海棠亭畔，红杏梢头。"（《眼儿媚》）如《元宵三首·其三》："火烛银花触目红，揭天鼓吹闹春风。新欢入手愁忙里，旧事惊心忆梦中。但愿暂成人缱绻，不妨常任月朦胧。赏灯那得工夫醉，未必明年此会同"，是南宋临安元宵佳节的风俗画，也是作者不识愁滋味的少年辞。而那首"月上柳梢头，人约黄昏后"的《生查子·元夕》，本是欧阳修的作品，收录在欧阳修的同乡罗泌编定的《欧阳文忠公近体乐府》和南宋之初曾慥所辑的《乐府雅词》中，相比朱淑真诗词集的编定晚了好几十年，后人以为此词是朱淑真所作是因为三百多年后明人杨慎编辑《词品》一书，首次欧冠朱戴，世人也就以讹传讹。然而"但愿暂成人缱绻，不妨常任月朦胧"这绝妙好辞，是不是从欧公的"月上柳梢头，人约黄昏后"得到过启发呢？

朱淑真也许受到过欧阳修的启发，这只是我的揣想，但她在花信年华之时，确实曾经有过年轻美丽的爱情，有对于他日幸福生活的向往，更有对于封建礼法的反抗，这不仅有她后来坎坷不遇回首华年的诗词作为旁证，也有上述《清平乐·夏日游湖》与其他词作为铁证。

这样的奇女子，生在错误的年代，注定是个悲剧。

朱淑真的恋人是谁？因为年深月久，加之封建礼法的禁锢，使她不能泄露有关消息，我们今天已经无从查考，只知道那位青年曾经寄居她家，准备赴试礼部，但究系何人，现在即使是出动公安高手，也无法将其"缉拿归案"了，但朱淑真有许多诗词，欲说还休地写这一早已隐身幕后的意中人。她当时家住杭州西湖之侧，所以她曾以《湖上小集》一诗自白："门前春水碧如天，坐上诗人逸似仙。白璧一双无玷缺，吹箫归去又无缘。"将自己和他比喻为吹箫乘风的情侣萧史、弄玉，作为一位仕宦人家的少女，这也是够胆大包天的了。但她还不止于此，她不仅有言论，而且有行动，她和恋人清晨联袂游览夏荷初放的西湖，本来"男女授受不亲"，但他们却是"携手"而行，很有现代作风。路长人乏，朱淑真又性格开放，她竟然"娇痴不怕人猜，和衣睡倒人怀"，这对于今日恋爱中的男女当然属于小儿科，但在当时却是惊世骇俗的大事件，封建卫道士们当然要攻击她"淫姑荡女"而"有失妇德"，以至后来有人将"和衣睡倒人怀"，改为"随群暂遣愁怀"，珍珠变成了鱼目，精彩之句变成了平庸之辞，那真是佛头着粪，点金成铁。

在那样一个时代，有情人当然难成眷属。由

于父母之命、媒妁之言，朱淑真被迫嫁给了一个俗吏，所遇非人，孤独忧愁伴随了她的后半生，泪水浸渍了她的每一个度日如年的日子：

　　独行独坐，独唱独酬还独卧。伫立伤神，无奈轻寒着摸人。　　此情谁见？泪洗残妆无一半。愁病相仍，剔尽寒灯梦不成。

　　这首《减字木兰花·春怨》就是她婚后生活的写真。最后，她只得将一生主动交给了水，终于投水而逝，死后她的身体却被迫交给了火，她的父母将她的遗体和作品一火焚之，以至她的作品百不一存。由于佳人命薄，才女佳人命更薄，宋人后来为她编辑诗词集，均以"断肠"为名，如果生当今日，她当可跻身优秀女作家之列，一展才华而再不会伤情肠断了。

四

浣　溪　沙

闺　情

李清照

绣面芙蓉一笑开，斜飞宝鸭衬香腮。眼

她大胆的言辞和行动震惊了世人，当时的社会容不下这样一个自我意识极强的女子，于是她连死都不能"埋骨于地下"（魏仲恭《朱淑真诗集序》）。

她的父母在点燃火把的时候，女儿带来的丢人的感觉怕是盖过了悲痛吧？

波才动被人猜。　　一面风情深有韵，半笺娇恨寄幽怀。月移花影约重来。

读古人的作品，我常常以不得见其人并亲聆謦欬为恨。试想，如果你能有幸见李白一面，并听他阔论高谈，在钱潮滚滚的拜金主义盛行的当世，你即使两袖清风，也会觉得富甲天下。古代没有发明摄影之术，不然，我们今日至少还可一睹心向往之的诗人的风采。李清照呢？这位女词人人称"九百年来一词后"，又有人美誉她是"词国女皇"。与李煜合称为词国的"男女皇帝"，称后或道帝，虽然意在赞美，但未免使人感到过于气象森严和高高在上。在我的心目中，李清照早年是一位天真活泼的美姑娘，前期是一位气度高雅资质过人的女才子，后来则是一位饱经沧桑、尘满面而鬓如霜的老妇人了。虽然不可能有照片流传，但她的词中却处处有她的身影，而《浣溪沙·闺情》更是她少女时代的自我写真。

与李清照人生的三个阶段相应，她的词作也鲜明地反映出不同的生活、不同的情感。她的幸福与不幸，都成就了她的词作。

李清照出生于山东济南的诗礼名门，中年以后的生命历程中虽然多的是凄风苦雨，但她却有无忧无虑的少女时代，如同黎明的天空拥有绚烂的早霞。为这一段早霞时光立词存照的，我以为一是写郊游活动的《如梦令》："常记溪亭日暮，沉醉不知归路。兴尽晚回舟，误入藕花深处。争渡，争渡，惊起一滩鸥鹭。"年轻的李清照那时富于生命的活力，时至今天，也许还可以充任划船比赛的好手呢。另一首则是上述的《浣溪沙·闺情》了。我最欣赏的是其中的"眼波才动被人猜"，它使我可以具体想象李清照少女时代的笑貌音容，虽然时已千载却如同晤对。

对这首词特别是其中的这一妙句的赞美，绝不是自我开始，明清两代词家均有美评。明代赵世杰对此词的眉批是"摹写娇态，曲尽如画"，在"眼波才动"之旁则批曰"更入趣"（《古今女史》）。清代的词评家则是一片盛赞之声，贺裳《皱水轩词筌》引李清照此句后说："词虽以险丽为工，实不及本色语之妙。"田同之《西圃词说》也表示了同样的见解："观此中句，即可悟词中之活色生香。"他们均言之有理，但不免有些空泛。另一位词论家沈谦说李清照此句"传神阿堵，已无剩美"（《填词杂说》），如同一箭离弦即命中红色的靶心，但可惜出于传统的审美印象批评，虽然一语中的而且文采斐然，但却语焉不详。

眼睛是灵魂的窗户，从中可以窥见人的心灵，它也可以传达人的隐蔽的情意，所以眼睛的语言称为"目语"。中国晋代的大画家顾恺之画

此处几段作者广征博引，对"眼波才动被人猜"句分析非常细致，应注意学习这种细品字句的方法。

人像，常常几年不点眼睛，他的理论是："四体妍蚩，本无关于妙处，传神写照，尽在阿堵之中。"而英国女小说家夏洛蒂·勃朗特在她的名著《简·爱》中也说过："灵魂在眼睛中有一个解释者——时常是无意的，但却是真实的解释者。"李清照的"眼波才动被人猜"，表现的正是"写眼睛"的艺术，使读者数百年后仍然觉得纸上有人。不过，如同一条道路有它的起点，一条河流有它的源头，李清照的妙语也得到过前人的启示，我不妨追踪其千里之行的开始，追溯千年之流的渊源。

中国诗歌史上最早的点睛名作，要数《诗经·秦风·硕人》之篇，作者多方面描绘女主人之美，最后终于画人点睛，"巧笑倩兮，美目盼兮"，顾盼之间，令历代许多诗人的想象振羽而飞。白居易《长恨歌》中的"回眸一笑百媚生，六宫粉黛无颜色"，是对眼睛的不写之写，如果杨贵妃没有一双勾魂摄魄的媚眼，无论她如何回头一笑，都绝不可能百媚横生。南唐后主李煜《菩萨蛮》写小周后，也忘不了她的眼睛："眼色暗相钩，秋波横欲流。"他发现的是眼波与水波之间的美妙关系，真是动人情肠！北宋王观《卜算子·送鲍浩然之浙东》，有道"水是眼波横，

将写同一事物的诗作放在一起比较，作者提供给我们一种学习古诗词的好方法。

山是眉峰聚。欲问行人去哪边？眉眼盈盈处"。他的友人鲍浩然去浙东，有可能是去看望自己的妻子或情人，王观将伊人的眼波与浙东的水波，将伊人的眉峰与浙东的山峰合写，亦此亦彼，双管齐下，其联想之妙，妙不可言。在前人的精彩表演之后，李清照又别出心裁地写下"眼波才动被人猜"，如上所引的前人的描写均是"他写"，而李清照之句则是"自写"，她表现的是情窦初开的自己的娇羞矜持之情，是对作品主体的自己的自我抒写。前人的描绘除了"他写"，也就是作者写的是他人之外，同时也是"单写"，即就人物写人物，而李清照此句则是"合写"，也即人我之间的复合描写，"眼波才动"是写自己，"被人猜"则是写与自己有联系的他人，如此就更深刻细致地表现了作者自己在恋爱中的心理活动与内心世界。因为有了这一句，还有结尾的"月移花影约重来"，封建卫道士们就企图否定李清照的著作权，说什么"词意俚薄，不类易安他作"，而我们今天则从中观赏了早霞的艳丽，青春的飞扬，倾听了少女的心曲，生命的歌唱。

李清照在靖康之难后南渡，时年已 40 多岁，亡国之痛，沦落之苦，奔波之劳，孀居之悲，一齐压在她的心上与眉头。"眼波才动被人猜"，已成为遥远的回忆，眼前已只有令人黯然神伤的西天晚霞，而她的《青玉案》，写迟暮之年与胞弟见面言别，结句也就只能是"如今憔悴，但余双泪，一似黄梅雨"了。那如花之初开的青春岁月呢？那令人一见动心而魂牵梦萦的剪水秋波呢？

爱情咏叹调

在中外文学的浩荡长河中，以爱情为题材的优秀篇章，是永远也不会凋谢的耀眼动心的波浪；在中外文学的苍劲大树上，以爱情为主题的杰出之作，是永远也不会凋零的芬芳美艳的花朵。

爱情，是人的生命力的充沛表现，是人类生存和发展的重要支柱，也是文学创作永恒的主题。公元前 8 世纪，希腊诗人赫西奥德在《诸神记》中歌唱"不朽的神祇中最美丽的一位"的厄洛斯，就是罗马神话中名为丘比特的爱神。中国虽然没有这样的神祇，但早在两千多年前的《诗经》中，爱情的多声部乐曲就已经开始鸣奏，从它的第一篇《关雎》里，虽然时隔两千多年，我们仍可以听到钟鼓与琴瑟的乐音从河洲水湄隐隐传来，而自《诗经》以后，历代诗歌都没有忘记对爱神奉献他们的礼赞。

宋代时，虽然封建礼教更为森严，对众生自

然而合理的生命欲求更受桎梏，但追求自由美好的爱情，本是源于健康的人性，而与音乐和歌女有着天然联系的所谓"词为艳科"的宋词，更是长于表现和歌唱爱情。听曲知音，我们今天仍然会为之意夺神飞。风晨月夕，柳下花前，让我们重温与倾听宋词的爱情咏叹调吧——

恋　情

爱情如果是一支乐曲，最迷人也最令人回想的，还是最初的起始的乐段。德国大诗人歌德在《少年维特之烦恼》中说："少年男子谁个不善钟情？妙龄少女谁个不善怀春？"初恋或者说终成眷属之前的相恋之情，是爱情咏叹调中的第一曲，也是恋人间最值得回味和回忆的时光。如果你和你的恋人终于白头偕老，在几十年的人生风风雨雨中，你难道不会常常蓦然回首那甜蜜的初恋吗？如果你在爱情的道路上颇多波折，当你的心因种种原因而苍老的时候，你不是会更加追怀往昔初恋的日子吗？

恋情，是咏叹调的第一声。恋爱的双方，获得的都是审美的"第一印象"，或者又名之为"第一次印象"。这种一见钟情或再见生情，都是源于一种直觉美感，继之而来的爱恋，就是心灵的相互燃烧，是一种充满美感激情的自我审美体验。这种燃烧和体验，就是成年的芸芸众生大都经历过的恋爱，而这种恋爱过程中的感情，就是花之半开的恋情。

包括宋代在内的封建社会，男女之间很少有自由接触的机会。父母之命，媒妁之言，往往就决定了他们的终身大事，幸福的结局，就像今日买彩票而中大奖一样机会难得，希望渺茫。宋词因为要被之管弦，诉之歌唱，加之宋代有官妓制度与家妓之风，歌妓们大都知音善律，有较高的文化艺术修养，词作者与歌妓之间接触频繁，如同满园春色，虽然有封建礼教的高墙禁锢，但总不免有一枝红杏出墙来。宋词中的恋情词，许多都是写词人与歌女之间的恋情。如果请这些词人自推代表，他们当会一致推举柳永吧？出身仕宦之家的柳永，仕途却颇不得意，他自称"白衣卿相"，但在北宋词坛，却是一位千首词轻万户侯的开山人物，是北宋第一个专力攻词而以婉约名世的作家。他的词，在内容的扩展，体制的创造，表现手法的丰富与变化，语言风格的雅俗兼容等方面，都有承前启后之功，而他的知名度也远在其他作家之上。"凡有井水饮处，即能歌柳词"，尽管有些正统的词人对他颇有微词，但

柳永，原名三变，很早成名，喜欢和歌妓交往。他曾写《鹤冲天》，末句是"忍把浮名，换了浅斟低唱"，结果传到了皇帝耳朵里。他考进士时，仁宗把他黜退，说："且去浅斟低唱，何要浮名？"从此他干脆号称"奉旨填词柳三变"，专写歌词去了，晚年才中进士。

"收视率"与"收听率"最高充分证明了那个时代对爱情的呼唤，也证明了爱情是艺术的永恒主题。

他的作品一经写出再加歌唱，"收视率"与"收听率"最高，这却是不争的事实。如他的《蝶恋花》：

> 伫倚危楼风细细，望极春愁，黯黯生天际。草色烟光残照里，无言谁会凭栏意？ 拟把疏狂图一醉，对酒当歌，强乐还无味。衣带渐宽终不悔，为伊消得人憔悴！

宋词就像一本画册，为我们保存了许多歌妓的可爱形象，她们大都色艺双全，有的还具有相当可敬的品格，你如果打开《全宋词》，她们就会从字里行间载歌载舞，翩翩而出。柳永的《乐章集》中就描绘了英英、瑶卿、翠娥、佳娟等歌妓的形象，有的词还抒写了她们的恋情。柳永死后，家无余财，竟然是歌妓们集资为他安葬，每逢清明，她们还带上酒肴，饮聚于柳墓之旁，时人称之为"吊柳会"。柳永所钟情的歌妓中，最怜爱的莫过于"虫娘"了，他在词中昵称为"虫虫"，在《集贤宾》一词中，他说"小楼深巷狂游遍，罗绮成丛。就中堪人属意，最是虫虫"，而虫娘对他这位落魄的下第之人也颇为不薄，"算得人间天上，惟有两心同"。柳永和她分别时，信誓旦旦："眼前时、暂疏欢宴。盟言在、更莫忡忡。待作真个宅院，方信有初终。"柳永是宦门子弟，他能以平等的态度对待社会贱民的歌妓，已属难能可贵了，他竟还表示自己一旦科场得意进入仕途，就要正式迎娶虫虫为自己的妻室，这固然是北宋新兴市民思潮的反映，也和柳永善良重情的性格有关。上述这首《蝶恋花》，写抒情主人公春日黄昏登楼望远，对酒消愁愁更愁，千回百折之后才逼出"衣带渐宽终不悔，为伊消得人憔悴"的结句，它是画龙点睛之笔，如灵珠一颗，全词遍体生辉。王国维称之为"专作情语而绝妙者"，"求之古人词中，曾不多见"，而且将其比喻为成就大学问、大事业必经的第二层境界。莎士比亚说过："'爱'和炭相同，烧起来，就要把一颗心烧焦。"柳永这种"消得人憔悴"的恋情，其中的"伊"是虫娘？还是别的歌女？这首词保密工作做得不错，能见度极低，没有泄露任何消息，叫后世的读者搔首踟蹰，好生猜想！

当前歌坛流行的一首歌，名为《纤夫的爱》，这是不曾拉过纤的文人，在酒足饭饱之余去写纤夫的劳动与爱情，以其"颤悠悠"的笔去粉饰生活，美化苦难。但是，一代文宗欧阳修抒写下层

情之为物，恼人至深，几如李商隐《无题》所言"一寸相思一寸灰"。

青年男女恋情的作品《渔家傲》，却没有受到过上述指责：

> 近日门前溪水涨，郎船几度偷相访。船小难开红斗帐，无计向，合欢影里空惆怅。　　愿妾身为红菡萏，年年生在秋江上。重愿郎为花底浪，无隔障，随风逐雨长来往。

《渔家傲》是北宋民间流行的新腔，欧阳修以之填词多达数十阕之多，而以此调写成的采莲词也多达六首，上引之词即其中之一。晚唐五代以至北宋，词中写爱情多以香闺深院为背景，抒情主人公则多为上层社会的男女，此词则如一出小小的轻喜剧，将布景换为野外的秋江，将人物与情节变为水乡的男女青年以及他们的幽期密约，传统的婉约含蓄化为清丽明快。一代儒宗如此写人间的恋情，即所谓"侧艳之词"，而且着眼于民间，清新独创，不仅照亮了当时，也照亮了后代读者的眼睛，为宋代的爱情词添上了一笔异彩。

欧阳修写文章一本正经，写词则婉约多情，实是个有趣的人。

宋词中抒写恋情的佳作实在太多，本文如同小小的花篮，满树繁花不可能一一采摘，但李之仪的《卜算子》我却无法割爱，且让我采撷在这里：

我住长江头，君住长江尾。日日思君不见君，共饮长江水。此水几时休？此恨何时已。只愿君心似我心，定不负相思意。

妙在"水"本是阻隔之物，却反被想象成了传情的媒介。

李之仪虽然不在苏门"四学士"或"六君子"之列，但对苏东坡却执弟子礼，而苏东坡对他的作品也颇为赞赏。苏东坡有诗题为《夜值玉堂携李之仪端叔诗百余首，读至夜半，书其后》，他在朝堂中值夜班，夜半仍在读带去的李之仪的作品，可见其精神之专注，如果是平庸之作，那就是催眠剂，不到半夜早就已经昏昏欲睡了。此诗还有句说："暂借好诗消永夜，每逢佳处辄参禅。"要苏东坡这样的大家作出"好诗""佳处"的评语，大约并不十分容易，《卜算子》这首词就可以证明他眼力不错，此言不虚。此词语言虽朴实无华，但"我""君"对举，"长江水"一线贯穿，结尾翻出新意，写恋情情真而意挚，婉曲而有深度，真不知这位籍贯沧州无棣（今山东无棣）的山东大汉，怎么能写出这等清新婉美之辞？"家临九江水，来去九江侧。同是长干人，生小不相识"，他也许会说，我曾受过唐诗人崔颢的《长干曲》的指点。当代台湾名诗人余光中曾经写过一首《纸船》，"我在长江头，你在长江尾。折一只白色的小纸船，投给长江水"，他是不是又遥承了李之仪此词的一脉心香呢？

怨　　情

如同硬币之两面，剑之两刃，人生，是美满与不美满的统一，是追求完美和不可能尽善尽美的统一。感情领域内的爱情，何尝不是如此？人生不如意事常八九，离情已经具有悲剧色彩了，而较之离情更深重、性质也有别的"怨情"，则更具悲剧的意味。离情，好像天空有轻云薄雾，但云雾总会消散，阳光迟早会来给你的生活镀金，而怨情则如秋雨潇潇，气象预报大约也永远没有由阴转晴之日。

当女娲和夏娃分别走下她们的神坛时，象征母权制的结束，在漫长的历史进程中，女性都头戴荆冠或背负沉重的十字架，扮演的大都是悲剧的角色。宋代由于城市商业经济的发达，士人们发扬了唐代醇酒美人的余风，加之或由于寻找感官的刺激，或由于寻求包办婚姻之外的精神慰藉与补偿，他们常常流连于秦楼楚馆，而妻子们在家空闺独守，寂寞与痛苦就像青草一样在心中疯长，忧愁与怨恨就像决堤之水一样在心房泛滥。欧阳修的《蝶恋花》，就是从怨妇的角度写这种带有普遍意义的怨情：

> 庭院深深深几许？杨柳堆烟，帘幕无重
> 数。玉勒雕鞍游冶处，楼高不见章台路。
>
> 雨横风狂三月暮，门掩黄昏，无计留春住。
> 泪眼问花花不语，乱红飞过秋千去。

　　起句就为后来的李清照所激赏，她写了好几首词，就是以此句开篇。词中的这位贵家少妇，生活在高门深院之中，生活当然早已进入并超过小康，但她的丈夫却经常走马章台，于"三陪小姐"中寻花问柳，她的内心该是何等苦闷？尤其是在那样一个妇女极少心灵与人身自由的时代，她既不能去有关部门投诉，甚至也不便向自家的亲人一吐衷肠，更不能像现代人一样吊尾跟踪，或请私家侦探盯梢破案，她只能高楼伫望，清泪双流。"雨横风狂"，既是指自然的气候，也是暗示她的生活环境，而"春"既是指时令的春色，也是暗指她的青春年华。眼见得春天将逝，自己的华年也将付之流水，怨如何能不从中来，不可断绝？有情的人间既然无处可诉，那就去询问无情之物的花吧。"泪眼问花花不语，乱红飞过秋千去"，情景交融，以景结情，虽说是从温庭筠

古典诗词中，"花落"的意象同感叹青春逝去的伤春情绪紧紧相连。

《惜春词》之"百舌问花花不语",和严恽《落花》之"尽日问花花不语,为谁零落为谁开"化出,然而学生已经胜过老师,欧阳修此词结句的名声,已远在后二者之上。前人说此二句中包含四层意思,正是说明这一怨情的意蕴丰富,慧心的读者自可寻绎,像根据路标的指引去名胜之地寻幽访胜,我就不必自充导游而在此喋喋不休了。

清代毛先舒《古今词论》:"因花而有泪,此一层意也;因泪而问花,此一层意也;花竟不语,此一层意也;不但不语且又乱落,飞过秋千,此一层意也。"

古代男女之间的诸多怨情,常常是由不合理的婚姻制度造成。今天的现代人,选择对象和结为婚姻的自由,已远非古人可比,但今天的许多夫妻,有的因终成怨偶而离散,如风扫浮云各自东西,有的虽仍在同一屋檐下,却貌合神离,同床异梦,如各自设防城门紧闭的城堡,何况古代的男女呢?不过,在以男性为中心的社会里,品尝苦果最多的却仍然是妇女,例如朱淑真的《减字木兰花·春怨》:

独行独坐,独倡独酬还独卧。伫立伤神,无奈轻寒着摸人。此情谁见?泪洗残妆无一半。愁病相仍,剔尽寒灯梦不成。

宋词中许多写闺怨的作品,都是男性作家故

作多情地"变性",自告奋勇充当女性的代言人。有的虽然写得可以乱真，但总使人有隔靴搔痒或隔岸观火之感。才貌出众的朱淑真却以女性的立场现身说法，这首词，在艺术表现上虽不一定超过那些男性作家的名作，但至少并非是经过"变性"手术之后的"假冒"产品，而是出自肺腑、可以验明正身的真品。朱淑真相传出身于书香之家，但所嫁非偶，夫家一说是市井俗民，一说是官场俗吏，总之先是身不由己，后是苦海无边，有她的许多作品为证，如《愁怀》："鸥鹭鸳鸯作一池，须知羽翼不相宜。东君不与花为主，何似休生连理枝。"《减字木兰花》的标题为"春怨"，其实并非怨春，虽然"无奈轻寒着摸人"，春寒当然使人更感孤独冷寂，更易撩惹人的愁情，同时代的李清照也在《声声慢》中说过"乍暖还寒时候，最难将息"，但朱淑真怨的更是自己的悲剧命运。孤独的她，后来终于返回母家独居，投水而逝，人生之路已经走到了无路可走的悬崖，她最后只得将自己的生命和诗篇一起交给了死水。

怨情，当然不是女性和女性词人的专利。吴文英与姜夔一样，是南宋词坛婉约派的旗手，他从弱冠之年直到28岁，在京都杭州生活了十年，并与一女子有过绸缪缱绻的恋情。此后他在苏州又有一回艳遇，但不久即告分袂。杭州女子死去后，吴文英再度居杭又达十年之久，这种旧日的恋情，如今日流行歌曲所唱的"无言的结局"，使他怀想无已。他的作品除了忧怀时局国事，就是抒写个人的爱情悲剧。他的小令名曲《唐多令》开篇的"何处合成愁？离人心上秋"，就是名曲中的名句，两句拆字而兼句法倒装，从中可见他深曲密丽的词风。他的《踏莎行》，就是一首感梦怀人、抒写其哀思怨绪之作：

润玉笼绡，檀樱倚扇。绣圈犹带脂香浅。榴心空叠舞裙红，艾枝应压愁鬟乱。　午梦千山，窗阴一箭，香瘢新褪红丝腕。隔江人在雨声中，晚风菰叶生秋怨。

梦境，是现实生活与心理在梦中的折光，所谓日有所思、夜有所梦。吴文英在秋日的午梦中，忽然见到了他昔日的恋人，一觉醒来，她的一颦一笑乃至服饰都历历在目，一直到日落黄昏，风声簌簌，雨声沥沥，他仍在神思恍惚之中，禁不住满怀的秋日之怨。他念兹在兹而形诸梦寐的女子是谁？她虽来到梦中但是否仍在人

吴文英擅长营造似真似梦的词境。此词上片写女子，"润玉"指皮肤，"檀樱"指樱唇，绣圈指颈圈领饰。"榴心""艾枝"及下片的"红丝"指出时间是端午节。下片点明上片是梦中之人，梦醒来窗阴才移一箭，可见梦短。然后恍惚又想到梦中女子端午戴上的红丝线新褪，露出印痕，可见人消瘦憔悴，最后两句亦真亦幻，两地都生离别之怨。

世?"秋怨"的具体内涵是什么?作者并没有说明,他是宋词中的现代派,只是以近乎现代派意识流的手法,写出他的梦境与梦醒后的心情。如同一个谜语,谜面已经展示,而谜底呢?就只能让读者凭借自己的人生体验去猜测、去破译。

悲　情

人生天地之间,有生即有死。摇篮,是人生的起点;死亡,是人生无可避免的最后的驿站。西方一位哲人说过,从我们诞生的那一刻起,死亡就已经开始。也就是说,当你躺在褓褓之中,爱神在你的右侧蔼然俯视,死神也早已在左侧眈眈虎视。在中外文学的长河中,"死亡"也是永恒的主题之一,西方文学史上最伟大的剧作家莎士比亚,人称他是最深刻地表现了死亡主题的巨匠,而中国诗人由于对时间飞逝的敏感和对短暂生命的珍惜,也无数次地表现了这一主题,如同明知是一个万劫不复的雷区,也要纷纷前来以笔甚至以身探险。

表现死亡主题的作品,最感人的莫过于爱情领域的悼亡词了。爱情是一座姹紫嫣红的花园,但花园也有凋零荒芜之时,男女主人公或先或后地不再重来,恨地悲天,余下暂时留守的不胜悲

有生必有死,相爱的人"生离"或可避免,"死别"却难以躲过。对于具有至情至性的人来说,生死阻隔的痛苦可以让人年年肠断。正因为"死别"永不会从人类生活中消失,悼亡诗才具有永恒的引人共鸣的力量。

凄，如果身为诗人，他或她就会一发而为悼亡之作。中国诗歌史上较早也最为有名的悼亡作品，是魏晋时代潘岳的《悼亡诗》三首。自他之后，"悼亡"成了丈夫哀悼亡妻或妻子追怀亡夫之诗作的专有名词，潘岳之后的名作，要推唐代元稹的悼亡之诗。元稹有多首悼亡诗，追悼20岁出嫁、27岁即亡故的爱妻，其中以《遣悲怀》三首最为脍炙人口，承潘岳于前，启苏轼于后，成为古典诗歌史上悼亡诗的又一座里程碑。宋词中抒写死生异路的爱情悲剧的词作也不少，但以词这一体裁来悼亡并写得摇撼人心的，却要首推一代才人苏轼，他的那首《江城子·乙卯正月二十日记梦》，令昔日的他肠断，也令今日的我们断肠：

"纵使相逢"一句饱含沧桑感，最为动人。

十年生死两茫茫。不思量，自难忘。千里孤坟，无处话凄凉。纵使相逢应不识。尘满面，鬓如霜！　夜来幽梦忽还乡，小轩窗，正梳妆。相顾无言，惟有泪千行。料得年年肠断处：明月夜，短松冈！

苏轼因梦而写作此词之时，正在密州（今山东诸城）任知州，时在宋神宗熙宁八年（1075）

正月。他19岁时，与16岁的王弗在故乡四川眉山结为连理。王弗颇有文学修养，美而且慧，伉俪感情甚笃，如两株合抱之树，如两线和谐之弦。例如王弗于正月之夜见月色清明，梅花盛开，她就说：春月胜于秋月，秋月让人惨凄，春月令人和悦，可招朋友于花下饮。苏轼高兴地赞扬"真诗家语"，并作《减字木兰花》词说"春庭月午，摇荡香醪光欲舞……不似秋光，只与离人照断肠"，由此可见他们之琴瑟和谐，心灵默契。他们本来要牵手走完人生的长途，不料十年后王弗在开封和苏轼有告而别，归葬于四川故乡。苏轼后来虽娶王弗的堂妹王润之为妻，但对于王弗却念念未能忘情。王弗的倩影与魂魄频频入梦，又是十年之后的正月二十日，在山东密州太守任上的苏轼，终于在多回旧梦又一场新梦之后握笔挥毫，写下了这一首悼亡词中的千古绝唱。全词写梦前的怀想，梦中的相逢，梦后的惆怅与悲伤，其所概括的夫妻之间的死生别离，已然超出了具体的个人的范围，而提升为普遍的人生情境。你如果心非铁石或木石，感动莫名的潮水也会拍击你的心房吧？

在宋代男性词人的悼亡之作中，堪与此词称为双璧的，应该是贺铸的《半死桐》：

重过阊门万事非，同来何事不同归？梧桐半死清霜后，头白鸳鸯失伴飞。　原上草，露初晞。旧栖新垅两依依。<u>空床卧听南窗雨，谁复挑灯夜补衣？</u>

挑灯夜补衣的细节带着宁静踏实的过日子的感觉，平平淡淡却又感人至深。可见爱情未必一定要轰轰烈烈，一个关切的眼神，一杯递来的热茶，足矣。

也许是因为贺铸是宋代宗室之后，他的夫人赵氏也出身皇族，贺铸怀文武之奇才而官运冷如冰，位沉下僚，始终未能集风云聚会而化为展翅凌云的大鹏，然而，他的夫人却任劳任怨，伴随他到年届五十。此词本名《鹧鸪天》，贺铸改题为《半死桐》，源于汉代枚乘的《七发》之文。枚乘说龙门之桐，其根半死半生，斫以为琴，声音为天下之至悲。男人的一半是女人，贺铸借用于此，一以喻自己已是半死之身，一以喻此词也是至悲之哀音。苏轼之词全用白描，写来情深一往，九曲回肠，贺铸则巧用典故，善用比喻，尤其动人的是结尾化抽象的锥心泣血之情为新鲜独创的补衣之细节性意象。词人39岁在河北磁州（今磁县）供职时，早就写过一首《问内》，写的就是妻子在炎炎夏日为他补衣的情景，如今雨打南窗，一灯独对，睹物思人，情何以堪？全词本已浪涌波翻了，至结尾更轰然而成九级之浪！阊门为苏州西门，20世纪末之春尾夏初，我曾有苏州之行，去苏州大学忝列台港澳暨海外华文文学研讨会，先后和同窗曹惠民、朱栊君把袂同游，寻访阊门故地。但无论我们如何寻觅叩问，却再也找不到贺铸的任何踪迹，只有他剧痛沉哀的《半死桐》，一句句，一声声，如他当年南窗的苦雨，敲奏复敲打在我们的心上。

如果要举行宋代悼亡词的评奖，而且名额只限三个，那么，站在领奖台上的除了苏轼与贺铸之外，就应该是李清照。她的《孤雁儿》虽说不能压倒苏轼与贺铸，却可以压倒其他的须眉：

藤床纸帐朝眠起，说不尽、无佳思。沉香断续玉炉寒，伴我情怀如水。笛声三弄，梅心惊破，多少游春意。　　小风疏雨萧萧地，又催下、千行泪。吹箫人去玉楼空，肠断与谁同倚？一枝折得，人间天上，没个人堪寄。

这首词，词牌本名《御街行》，变格之名为《孤雁儿》，李清照弃前者而取后者。正是对自己悲苦境遇的一种比喻和象征。词前原有一小序："世人作梅同，下笔便俗，予试作一篇，乃知前言不妄耳。"李清照表面咏梅，实则借咏梅而悼亡。她 18 岁和太学生赵明诚结婚，两人志趣相投，平日除了诗词酬唱，就是流连于金石书画之中，可谓琴瑟和谐。宋建炎三年（1129）八月，吹箫人去玉楼空，南渡后不久，赵明诚在金陵病逝，李清照顾影自怜，孤影更自怜，真是肠断与谁同倚？多年以后她写有一首《偶成》："十五年前花月底，相从曾赋赏花诗。今看花月浑相似，安得情怀似往时？"十五年后尚且不能自己，何况是新寡之后？上述这首词，写于赵明诚新逝之后，感情更为炽烈与沉痛。南朝刘宋人陆凯折梅（一作：折花）并作诗赠北方的友人范晔，诗题是《赠范蔚宗》："折梅逢驿吏，寄与陇头人。江南何所有，聊赠一枝春。"陆凯尚有人可寄，而李清照呢，"一枝折得，天上人间，没个人堪寄"。我不禁联想起李后主的"流水落花春去也，天上人间"，一个缅怀家国，一个追悼亡人，绝望如同无底的深渊，而哀痛则好像无边的广宇，这就难怪时过境迁，李清照心头的创痛却永远无法平复，连时间这位疗伤救苦的顶尖级的良医，都束手无策。

恋情炽烈，欢情甜美，离情凄清，怨情伤痛，悲情哀苦。宋词的爱情咏叹调啊，弹唱的是五音繁会也五味杂陈的曲调，你爱听的是哪一曲呢？大约是恋情与欢情之曲吧，亲爱的读者朋友。

年年岁岁花相似，岁岁年年情不同。时过境迁，往日情怀已经无处追寻。

钗 头 凤

这就是我怀想梦寐了近千年之久的大名鼎鼎的沈园吗？一座小小的重修的园林，粉墙青瓦，门楣匾额上镌有髹金的"沈氏园"三字。我从楚云湘雨之间，远道匆匆赶来浙江，浙江的绍兴，绍兴城东南之一隅，就是为了到此寻觅陆游多次游历的遗踪，哪怕是一枚脚印，一角衣衫，就是企望重温诗人缠绵悱恻的故事，哪怕是一瞬秋波，一声长叹。

如果不论现代的英雄的定义，"英雄"一般是指抱负高远、才能出众而又勇武过人的人物。在南宋词坛，岳飞是英雄而兼词人，他的半生戎马生涯、盖世英雄功业是不待多说的了，辛弃疾是词人而兼英雄，他年轻时在山东揭竿而起，猎猎的旌旗飞卷时代的风云，千载之下都令人凛然如见，宛然可想。而陆游呢？与辛弃疾齐名并称的亦豪亦侠亦温文的陆游呢？

在南宋那个苦难重重黑如暗夜的时代里，陆

"英雄"原本体现了人类对力量的追求和崇拜，后来儒家思想又附加上"为国为民"的定语，才使这一词有了道德的内涵。

249

游纵有英雄的抱负与胆略，却无法效命杀敌的沙场，建立英雄的功业。书生老去，机会不来，直到48岁他才有缘远去陕西南郑（今汉中），应抗战派王炎之邀任川陕宣抚公署干办公事。南郑临近大散关，面对终南山，是距离宋金分界线不远的前线；他横刀跃马，截虎平川，羽箭雕弓，呼鹰古垒，许多雄篇豪句喷涌自他忧民爱国的胸臆。文人对于自己诗文集的命名，向来都颇踌躇，陆游在川陕只生活了七年，却将自己一生的诗作定名为"剑南诗稿"，这不仅是纪念其地，而且也有一股森然的剑气磅礴的豪情起于纸上而直冲斗牛。陆游壮志不伸，年华老去，晚年被迫退居故乡绍兴的山乡，苍凉的暮色袭来心上与眉头，他最终同时又是第一次以"英雄"自命自傲并兼自叹，有《鹧鸪天》为证："家住苍烟落照间，丝毫尘事不相关。斟残玉瀣行穿竹，卷罢黄庭卧看山。贪啸傲，任衰残，不妨随处一开颜。元知造物心肠别，老却英雄似等闲！"悲剧的英雄，英雄的悲剧，陆游这一阕英雄末路的咏叹，不仅使历代许多有志之士、热血男儿同声一哭，几百年后也引起了梁启超的强烈共鸣，他的诗作不算很多，但读陆放翁词后却赋诗一组四首，对其倍加推崇，不仅称之为"亘古男儿一放翁"，

从词里看，陆游在退居故里的生活中试图以道家思想自我排遣，而梦里铁马冰河的召唤又让他不甘于这种无所作为的现状。

而且说"英雄学道当如此",也是以英雄视之,可谓时间异代而灵犀相通了。

然而,英雄不仅有壮岁从戎,曾是气吞残虏的千般胜概,也有低回婉转、愁肠寸断的万种柔情。胜概令人鼓舞奋发,那英雄的诗句如同火种,可以点燃你未冷的热血;柔情使人心中如醉,那悱恻的诗句如同冷雨,可以敲冷你的心弦。<u>陆游至死不渝的爱国热忱和他豪气干云的诗句,曾经沸腾过我年轻时的热血,而他在沈园演出的悲剧呢?</u>虽然彼时我少不更事,但这也深深感动过我的少年心。如今,年华向老的我远道而来,一脚跨进沈园,恍兮惚兮,就好像跨进了八百多年前的历史与哀史,风雨飘摇的南宋就在肘旁,哀艳的故事就在眼前与耳畔。

爱情,是生命的乐曲,这一乐曲很难谱写完美,更难完美而有始有终地弹奏。尤其是作为序曲的初恋,许多人都刻骨铭心,不管它是一曲令人不堪回首的悲吟,还是一支使人终生不忘的欢歌。陆游于此,大约是二者兼而有之吧?宋绍兴十四年(1144),19岁的陆游与唐婉结婚,南宋人周密《齐东野语》说她是陆游的嫡亲表妹,今天却有学者考证并非如此,这些都无关宏旨了,反正他们琴瑟和谐，如胶似漆，本是所谓百年好合。然而，中国素有婆媳不和的传统，至今民间也仍有"儿子是客人，媳妇是仇人，女儿是亲人，女婿是工人"的俗谚口碑，不到三年，不满儿媳的陆母竟然强迫他们离异。陆游只好在外安排宅院，合法的夫妻竟然变成了偷渡的织女牛郎，但仍然为陆母所侦知，在封建礼教的淫威之下，小夫妻只好也只能作生死别。不久，陆游被迫与一王姓女子结婚，无奈的唐婉也只得改嫁给同郡的赵士程。一别音容两渺茫，数年之后，陆游与唐婉在沈园不期而遇。感谢沈园，是它为这一对被棒打鸳鸯的有情人提供了邂逅之处，让他们在分袂多年后重逢，多少补偿了一点生离死别的遗憾；还要感激沈园，是它提供了一方粉壁，让一代豪杰与才人写下他出自至情至性的悲歌，证明在匆匆人世、滚滚红尘中，确实有天长地久、海枯石烂的恋情——

宋绍兴二十五年（1155），离异已近十年的31岁的陆游，去山阴城东南禹迹寺附近的沈园游赏，这是他曾经去过的一处园林。无巧不成书，不，无巧不成"词"，这一回他却与同来游春的唐婉夫妇"狭路相逢"。周密《齐东野语》说"唐以语赵，遣致酒肴，翁怅然久之。为赋《钗

在理学风行的宋朝，爱情和婚姻的自由无从说起。母亲不满儿媳就可以强令儿子休妻，而儿子也不敢不从。汉乐府民歌《孔雀东南飞》中的一幕不断重演。这样的封建礼教正如鲁迅先生形容的那样，是"吃人"的。

头凤》一词，题于壁间"。南宋词人刘克庄早生于周密四十多年，陆游逝世时他已 23 岁，他曾记载，陆游的老师曾几之孙曾温伯告诉他，陆游与唐婉相遇于沈园时，彼此只能装成素不相识地对望，不便也不能交谈，更无送酒菜之事。我更愿相信刘克庄在《后村先生大全集》中的如上记叙，因为从时间、地点、人物关系而言，更足征信，由此更可见封建礼教对人性的桎梏，对美好爱情的摧残，而此情此景，也才会使当事的局内人肝肠寸断，使当代与后代千千万万有情的局外人黯然神伤。当时，胸中风雨大作的陆游纵笔挥毫，题《钗头凤》一词于沈园壁上，也铭刻在中国诗歌史上和世世代代中国读书人的心上：

> 红酥手，黄縢酒，满城春色宫墙柳。东风恶，欢情薄。一怀愁绪，几年离索。错！错！错！　　春如旧，人空瘦，泪痕红浥鲛绡透。桃花落，闲池阁。山盟虽在，锦书难托。莫！莫！莫！

这首词，真是字字血，声声泪，句句箫声呜咽。"红酥手，黄縢酒，满城春色宫墙柳"的新婚生活的温馨回忆，与"东风恶，欢情薄，一怀

对面相逢却只能推作不识，这比"同心而离居"式的离别相思、难通音信更为残酷，造成这种局面的仅仅是家长的好恶喜怒，这更加重了悲剧色彩。

愁绪，几年离索"的巨变永离的现实，构成了强烈的对比，如同红之于黑。继之连下三个叠词"错错错"，究竟是谁之"错"？自己之错？唐婉之错？母亲之错？谁酿成这深痛巨创之错，陆游没有也无法挑明，一切都交给了读者想象。"春如旧，人空瘦，泪痕红浥鲛绡透"，呼应开篇，也写眼前唐婉的形象。"桃花落，闲池阁，山盟虽在，锦书难托"，若是在今天，电报一拍即发，电传一发即至，电话一打即通，如有书信，除了传真，还可用特快专递限时寄达，而在八百年前的封建时代，只能有口难言，有言难书，有书也难传了。前述刘克庄的记载，陆游与唐婉相逢不能对谈而只能目语，这既合乎其时的礼法世情，也更富于悲剧色彩。结语的"莫莫莫"，即和上阕的收煞对照成文，加强了一唱三叹的情韵，同时也一词多义，余味深长。"莫"，既可解释为"不行"，也可释为"罢了"，同时，追源溯流，"莫"的原意是"日且冥也"，从甲骨文到金文，以至秦始皇统一汉字将此字规范为篆书，"莫"均为日落黄昏之意，以后的"暮"字正是从"莫"字演化而来，而"错莫"又是连绵词，表示寥落寂寞之意，古诗中常常错莫连用，陆游将其分用于上下阕的结尾，更显得回环往复，唱叹有情。这样，诗人内心深处的剧痛沉哀，就得到极为感人与撼人的表现，一字字，如一声声暮鼓，敲打的是世世代代读者的心扉，如一记记重锤，锤击的是那令人诅咒的历史。

相传"钗头凤"这一词牌本名为"撷芳词"，因北宋政和年间宫中有撷芳园而得名。无名氏词有"可怜孤似钗头凤"之句，陆游可能是触句生情、触景更生情，故改《撷芳词》为《钗头凤》。夫唱妇随，唐婉也曾作《钗头凤》相答，如音乐中美妙的和声：

> 世情薄，人情恶，雨送黄昏易落。晓风干，泪痕残。欲笺心事，独语斜栏。难！难！难！　　人成各，今非昨，病魂长似秋千索。角声寒，夜阑珊。怕人寻问，咽泪装欢。瞒！瞒！瞒！

没有昨日难忘的回忆，没有明日美好的憧憬，只有眼前眉头心上无计可消除的剧痛深悲。感情之真挚，音韵之幽咽，艺术之完美，与陆游之词可称双璧，因为他们原来就是一对璧人啊！此词为唐婉的和调，相传已久，已成不刊之论，但当代却又有学者考证说这是他人伪作，我想，

世事人情摧折爱情的花朵，有情人想，倾诉相思却难以说出，也不敢说出，怕被人问及，只能咽下泪水强作欢颜。是什么让有情人不能相爱，甚至不敢相思、不能痛快地流泪？

正史中粉饰奸人恶行的那些油彩应该剥落，还历史以本来面目，但众生千百年来感情上已接受和欣赏的美好事物，是无须去追根究底而煞风景的，如嫦娥奔月，如吴刚伐桂，何必一定要乘宇宙飞船亲临月球以证明其子虚乌有呢？何况学者的考证文章也只是八百年后的一家之言，并没有知情人能从宋代前来为其出示证明，更何况唐婉与陆游见面并作此词之后，就一病不起、玉殒香消，如此绝妙悲词，他人是很难代言的。极而言之，即使是他人代作，如果是女人，则定然是兰心蕙质，如果是男人，则真是绣口锦心了。

如果一定要考证，那么世界各民族的神话传说全要推翻，宗教故事都要打倒，许多文艺作品都该被判为不符事实。只是这样一来，面对一个冷冰冰的物质世界，人生还有趣味吗？科学与实证主义不应该也无法消灭人文与想象。外在的物质世界和人类的精神世界有着不同的法则。

我在沈园徘徊，耳边仿佛还有《钗头凤》的低吟之声传来。举目四顾，几座亭台均系重修，占地十余亩的园林局促于一隅，比当年的那座私家园林已缩小了许多。陆游后来重游此园，说四十年间已经三易其主，何况是数百年呢？陆游题词之壁早已化为尘灰，沈园当年的柳树也早已不知去向。啊，那园内的伤心桥呢？伤心桥下碧绿的春波呢？春波上照影的丽人呢？

此身长在情长在。令人分外感动的是，陆游和他自己的这一段恋情，情同生死。他的诗词，没有一字提及自己的母亲，反而有许多篇章咏"姑恶"鸟，如"孤愁忽起不可耐，风雨溪头姑恶声"（《夜闻姑恶》），"不知姑恶何所恨，时时一声能断魂"（《夜闻姑恶》）。按照苏轼《五禽言》咏姑恶诗的附注，"俗云，妇以姑虐死，化而为水鸟姑恶"，陆游反复其咏，该是对母亲导演了他的婚姻悲剧耿耿于怀吧？他在与唐婉分离之后，续娶四川王氏，共同生活了五十年，这大约是一场没有爱情的婚姻。王氏死时，陆游作《自伤》诗一首，只有"白头老鳏哭空堂，不独悼死亦自伤"一语略表悼念之情，而其《令人王氏圹记》全文不满百字，平平淡淡，甚至王氏的名字及出生年月均未道及，而陆游为他人妻室所作的墓志铭，则大都远胜此文。与之相对，除了《钗头凤》一词之外，陆游终其一生，对唐婉始终念念未能忘情。

宋绍熙三年（1192），68 岁的陆游重游沈园，作律诗一首，题曰"禹迹寺南有沈氏小园，四十年前尝题小阕壁间，偶复一到而园已三易其主，刻小阕于石，读之怅然：'枫叶初丹槲叶黄，河阳愁鬓怯新霜。林亭感旧空回首，泉路凭谁说断肠。坏壁醉题尘漠漠，断云幽梦事茫茫。年来妄念消除尽，回向禅龛一炷香。'"陆游说他妄念消除已尽，但对唐婉却是例外，宋庆元五年（1199）春，75 岁的陆游重游沈园，又作《沈园二首》：

古代妻称夫的母亲为"姑"，父亲为"舅"或"翁"，"翁姑""舅姑"即是公婆。

城上斜阳画角哀，沈园非复旧池台。

伤心桥下春波绿，曾是惊鸿照影来！

梦断香消四十年，沈园柳老不吹绵。

此身行作稽山土，犹吊遗踪一泫然！

在"此身行作稽山土"之时，仍萦绕心间的恋情，怕是已经沉淀下来，刻入骨髓了吧。

英雄有嶙峋的铁骨，也有温软的柔肠，如此椎心泣血的执着爱情，怎不令天下的有情种子也泫然一哭？烈士暮年，陆游抗金杀敌的壮心不已，对唐婉的爱心也不已。日有所思，夜有所梦，芸芸众生都有这样的体验吧？宋开禧元年（1205）陆游时已81岁，又作绝句《十二月二日夜梦游沈氏园亭二首》：

路近城南已怕行，沈家园里更伤情。

香穿客袖梅花在，绿蘸寺桥春水生。

城南小陌又逢春，只见梅花不见人。

玉骨久成泉下土，墨痕犹锁壁间尘。

壁上灰尘蒙覆之间，半个世纪以前写的《钗头凤》墨痕犹在，对景怀人，情何以堪！陆游一生酷爱梅花，有赋梅之诗一百多首，在《剑南诗稿》中，直接以《梅花》及《梅花绝句》为题者，各凡四见。他在上述诗作中两次提到梅花，也许他当年在沈园与唐婉邂逅时，正是梅开时节，或者他是以梅花的坚贞与芬芳，来象征唐婉和他之间的爱情吧？陆游86岁逝世，在逝世前两年，他最后一次再游沈园，作有《春游》诗以怀故人，其一是：

沈家园里花如锦，半是当年识放翁。

也信美人终作土，不堪幽梦太匆匆！

这首诗，是五十年前《钗头凤》遥远的回声。这一番生死恋，从生命的早霞到晚霞，铭心镂骨，我想陆游在做绝笔之诗《示儿》之时，除了想到收复中原，该也会最后一次想起他的唐婉吧？无情未必真豪杰，唯真豪杰才有真性情，艺术地表现人类最美好的情感，创造出他人可以互通共感的普遍性的情境，是文学作品获得永恒魅力的重要条件。过去时代的读者读陆游的上述词章，不免一唱三叹而意夺神飞，在今日的红尘俗世之中，纯洁高尚、地老天荒的爱情日益寥落，如同盛夏过后的莲花，究竟还有多少人会为陆游击节而歌、扼腕而叹呢？

我在沈园只流连半日，却怀古千年。沈园早已不复陆游的旧时模样，围墙内的楼阁亭台已非故物，围墙外是鳞次栉比的新建民居，园门的联语"禹迹阅遗踪，犹传临水惊鸿句；燕然寻旧梦，未死冰河铁马心"，宣告时间早已进入了现代。历尽沧桑啊阅尽兴亡，画角之声当然听不到了，柳树也早已无数次地改朝换代，然而，为陆游轰轰烈烈的壮志、缠绵悱恻的爱情以及他的千古绝唱作证的，仍有园内历时千年的一池春水，仍有我离去时城市欲落未落的一丸夕阳，还有我，还有我少年时已点燃而今才远道送来的一炷心香。

一去不还唯少年

少年啊少年，是含苞初放的蓓蕾，是正上蓝天的鹰翅，是大江东去的源头，是地平线上一轮刚吐的红日，是一年四季初到人间生机勃勃的早春，也是人到中年或老年后常常不禁蓦然回首的最美好的时光。

人生只有一次的生命是值得珍惜的，尤其是花样年华的少年时代。但少年不识愁滋味，咏叹少年的动人之作，多出自回首少年的中年人或老年人之手，因为他们历尽沧桑、饱经忧患，对一去不回的少年时光念念不忘，特别是在生命的黄金散尽或行将散尽的时候。

流光如水，我的生命已是秋日。唐诗人韩偓说："四时最好是三月，一去不还唯少年。"我常常怀念我人生的少年，犹如怀念永远遗失而无从寻觅的珍宝。而宋代词人写他们的少年人生的篇章，也如同一支支红烛，曾经点亮了他们的记忆，也在千年后将我的记忆一一点亮。

人若能守住童年的童心、少年的朝气，那他的人生就绝不会陷入无趣。

261

一

朝　中　措

送刘仲原甫出守维扬

欧阳修

平山栏槛倚晴空，山色有无中。手种堂前垂柳，别来几度春风。　文章太守，挥毫万字，一饮千钟。行乐直须年少，尊前看取衰翁。

在北宋文坛，欧阳修领袖群伦。《全宋词》收他的词作近二百四十首，其词以婉约为宗，继承的是南唐与花间的余绪，然而，副题为"送刘仲原甫出守维扬"或题为"平山堂"的《朝中措》，儿女柔情已然失踪，英风豪气扑面而来，这在欧阳修词中是一阕音调别具的异响，透露的是宋代豪放词风最早的消息。

扬州，宋代也称维扬。1048 年，时年四十的欧阳修任扬州太守，在城西的蜀冈上建平山堂，次年春即徙任今安徽阜阳之颍州。八年之后，刘仲原（敞）出守扬州，在汴京任翰林学士的欧阳修写此词送行。九百年后，在欧阳修《朝中措·送刘仲原甫出守维扬》大开大阖的韵律里，我来到早已心向往之的现代的古扬州。昔日欧阳修筑

欧阳修慧眼识珠，对后进如曾巩、王安石、"三苏"等人都曾不遗余力地提拔。他居于文坛领袖地位与他的人格魅力也有关。

文化由于传承而获得永恒的生命力。

建的平山堂早已不在，他手植的垂柳也早已不存，它们都无法抗拒九百年时间的流水与风沙。但可以和时间一较九百年短长的，却是欧阳修的词。时间的洪流，冲洗不掉它的一音半韵，时间的风沙，磨损不了它的半句一词。

原来读欧阳修此词，我以为"蜀冈"一定地势高峻，四望空阔，因为"平山栏槛倚晴空"啊。"平山堂"虽然不一定如滕王阁那样上出重霄，但也该是高天迥地吧？实地登临，却不过尔尔，未免令人有些失望。然而，欧阳修的词却是永远也不会让人失望的，他化用王维《汉江临眺》的"江流天地外，山色有无中"，而自成登高临远的壮阔气象，就像从他人手中贷款，一夜经营而成了百万富豪。由壮阔的晴空山色至细微的春风杨柳，不仅构成了大小巨细的强烈对比，也抒写了词人对故地往事的眷眷深情，难怪后来的苏东坡要作《水调歌头·快哉亭》，向他的前辈和师长表示敬意："长记平山堂上，欹枕江南烟雨，杳杳没孤鸿。认取醉翁语，山色有无中。"

欧阳修颇有抱负而又颇为自负，他对自己的创作充满自信："文章太守，挥毫万字，一饮千钟。"此句虽是恭维刘仲原，但实为自诩，极有李太白斗酒诗百篇的豪兴与遗风。他的后辈秦少游，读此词后印象大概十分深刻，曾经在《望海潮·广陵怀古》一词中效法前贤说："最好挥毫万字，一饮拼千钟！"然而，在如上一番豪情胜慨的挥写之后，如同刚刚还是丽日中天，忽然就夕阳西下："行乐直须年少，尊前看取衰翁。"

欧阳修写作此词时，年已五十。唐人 40 岁就可称"老"，宋人 50 岁称"衰翁"更是人情之常。年少时光不再回来而只能回忆，如同东逝的流水不再回头而只能回想。有人说，欧阳修词的结语，表现的是人生易老必须及时行乐的消极思想，我以为不然或并不尽然。欧阳修在《醉翁亭记》中曾经写道："醉翁之意不在酒，在乎山水之间也。山水之乐，得之心而寓之酒也……人知从太守游而乐，而不知太守之乐其乐也。"欧阳修的"乐其乐"的"行乐"是什么？从这首词来看，一是山水，一是文章。山水乃地上之文章，要趁年轻时尽情欣赏；文章是案头之山水，也需要趁年轻时着力经营啊。如果以为欧阳修只是耽于声色犬马的少年"行乐"，如他同时代的许多人那样，如当今许多年轻人和并不年轻的人那样，也许就太形而下了。

人生天地之间，只要不是苦行僧和禁欲主义者，自然会有许多乐趣，我们应该享受人生或享

人不轻狂枉少年。轻狂不是轻浮狂妄，而是基于少年时的自我意识觉醒产生的实现自我价值的巨大自信心，是由于精力充沛而导致的旺盛的斗志，以及欣欣向荣、生机勃勃的心态。

苦行僧和禁欲主义者，未必就没有属于他们自己的乐趣。

乐人生。然而,"乐"是各种各样的,有种类之分,也有高下之别,对于以文学为生命的人,写作应该是人生不是唯一但却是最大的快乐。年既老而不衰,读欧阳修的词,我虽然常常感到老之将至,但更多的却是健笔在握的慰藉与欢欣。如同黄昏时投林的鸟飞进树上的鸟窝,那首我少年时就熟悉的王洛宾整理加工的新疆民歌,如今常常飞进我的心窝:"太阳下山明早依旧爬上来,花儿谢了明年还是一样的开。美丽小鸟飞去不回头,我的青春小鸟一样不回来,我的青春小鸟一样不回来……"青春之鸟一去不回,但仍可以梦想它的高翔远扬,少年岁月虽然不再,但春花不仍然可以在笔下嫣然盛开吗?

理想的状态是:外表尽管无可避免地慢慢老去,心灵却永远有着轻盈的梦想,充满热情。

二

江 城 子
密州出猎

苏 轼

老夫聊发少年狂,左牵黄,右擎苍。锦帽貂裘,千骑卷平冈。为报倾城随太守,亲射虎,看孙郎。 酒酣胸胆尚开张,鬓微霜,又何妨!持节云中,何日遣冯唐?会挽雕弓如满月,西北望,射天狼!

年事已高、血气衰退也就罢了，更无可挽回的是心已经疲弱不堪、老态龙钟。其实只要有一颗没有老去的心，哪怕已经白发苍苍，也一样能时时涌上豪情，发一发少年狂。

少年之时，无论心理或生理都年轻气盛，血性方刚，如海上那一涌而出的朝日，如天边那一挥而就的早霞，颇有一番名之为"狂"的豪气豪情。待至年事已高，朝日变成了夕晖，早霞幻成了夕彩，虽然赞之者说是无限好，但毕竟斜晖脉脉，热量已消耗殆尽，暮霭已逐渐沉沉，余光再难以回头偷渡夜色严守的边境。所以，连文质彬彬的大学者王国维，也要在《晓步》一诗中将春日与少年作比："四时可爱唯春日，一事能狂便少年。"而当代的诗人郭小川呢？"文革"是鬼魅横行的时代，他在被贬逐、被迫害的湖北咸宁向阳湖边，也以《五律》记录了胸中郁闷的雷声："原无野老泪，常有少年狂。一颗心似火，三寸笔如枪。流言真笑料，豪气自文章。何时还北国？把酒论长江！"

远在郭小川和王国维之前，在诗词中抒写少年狂气，最有名的便是苏轼了。宋熙宁七年（1074），苏轼任密州（今山东诸城）太守，正当不惑之年。次年冬因天旱去常山祈雨，回程时与同官梅户曹会猎于铁沟。他本来理想在前，抱负在胸，健笔在手，加之性格豪放，而且差一点置他于死地的"乌台诗案"还没有发生，虽然宦海浮沉，但命运毕竟还没有押送他到死神准备接手的站口，他仍然是意气风发的。也许是骏马的奔蹄沸腾了他心中的热血，苍鹰的劲羽高扬了他胸头的期冀吧，为此次密州出猎，他写下了《江城子·密州出猎》一词。在给鲜于子骏的信中，他曾颇为得意地说："近却颇作小词，虽无柳七郎风味，亦自是一家，呵呵。数日前猎于郊外，所获颇多。作得一阕，令东州壮士抵掌顿足而歌之，吹笛击鼓以为节，颇壮观也。"可见他有意与柳永缠绵婉约的词风分庭抗礼，在历来长于抒写香艳软媚的儿女之情的词国，高扬一股横槊赋诗的英雄之气。这首词，举行的正是宋代豪放词的奠基礼，由苏轼正式剪彩，他手中的金剪一挥，奠基礼告成之后，宋代的豪放词家就要纷纷登场。

让我越过九百年的历史长河，作一回不速之客，前往密州观赏那一场豪壮的奠礼吧：

我看到的是苏东坡飞扬的"狂态"：年虽四十，却如同英姿勃发的少年，左手牵着黄犬，右臂架着苍鹰。随从的武士们个个头戴锦蒙帽，身着貂鼠裘，戎装一派，千骑奔驰，"得得"的蹄声如急鼓敲打大地，飚飚的骏马如飓风卷过山冈。他传令侍者告知全城的百姓，快去看太守打猎吧，他弯弓射虎，像当年的孙权一样。

我看到的是苏东坡高扬的"狂情"：三杯下肚，酒酣气壮。虽然微霜已悄悄侵上两鬓，但他的豪兴更加飞扬。辽国在北方虎视眈眈，西夏在西边频频骚扰，什么时候朝廷像汉文帝任命魏尚为云中太守一样，让他投笔从戎，抗击强敌在边疆？虽然苏东坡已不再年少，但臂力仍在，雄心犹壮，会把彩绘的强弓拉成满月，打败北辽与西夏，射落天上的星斗天狼。

参观苏东坡主持的这一奠基礼，如同看多了小桥流水，忽见长虹卧波而大江浩荡，如同听惯了昵昵儿女之语，忽闻壮士长啸而风起云飞，真是大开眼界，也大开耳界。此词不仅词风豪放，冲决了"词为艳科"的传统藩篱，扩大了词的原本颇为局促的疆土，丰富和提高了词的品位，其少年的狂情，因以心报国、以身许国的内涵，而获得了美学中所谓的"崇高之美"。时下文坛某些纯粹以个人为中心的"少年"，动辄全盘抹杀不可抹杀的前人，全盘否定不可否定的传统，互相吹捧，目空一切，不知天高地厚，这种"狂"，近似于古老的《诗经》中所说的"狂童"之狂，与苏东坡词中所歌唱的"少年狂"，有如火之与冰，好像呜咽的独弦琴与宏大的交响乐，它们岂能同日而语？

"狂"要有理想的支撑，如果不是有着"西北望，射天狼"的壮志，哪来"会挽雕弓如满月"的豪情？没有信仰、没有准则的少年狂，只会走向狂妄放纵。

三

虞 美 人

宜州见梅作

黄庭坚

天涯也有江南信,梅破知春近。夜阑风细得香迟,不道晓来开遍向南枝。玉台弄粉花应妒,飘到眉心住。平生个里怨杯深,去国十年老尽少年心。

　　千载不逢的革文的"文革"突然袭至时,我正近而立之年,是人的一生中最富于生命力与创造力的黄金岁月,不料在"文革"这个"革命"的大熔炉里,黄金统统熔成了废铜烂铁。及至长达十年的噩梦终于做完,才猛然惊觉自己已到了不惑之年,回首前尘,遥望凭吊的只能是越去越远的青春的背影。

　　清代诗人鄂西林说:"看来四十犹如此,便到百年已可知。"我没有他那样悲观,人生虽然不满百,但我的少年心还没有老尽,十年的死灰余烬里重又火焰熊熊。比起经历旷古未有的浩劫,生命已逝或已是黄昏的人,我遭逢的已是不幸中的大幸了。许多有为之士在历经坎坷、饱尝假如日子千篇一律，日日为生活所迫奔波劳碌，便会有鄂西林一样的感叹，活四十年和活一百年似乎也没有什么区别。所以人需要心灵的进步，需要让每一天都成为新鲜的一天。自己一天天充实，离目标越来越近，这样才能保证对生活始终热爱，才不会有黄庭坚"老尽少年心"的无奈。

创痛之后，沉重的夜色已经凛然袭来，生命的帷幕即将怆然降下，他们只能如九百年前的黄庭坚那样，喟然长叹"老尽少年心"，为自己的悲剧人生打下最后一个句号。

北宋词坛宗匠黄庭坚，是宋代最大的诗派"江西诗派"的掌门人。他在苏轼任徐州知州时投赠《古风二首》，蒙苏轼次韵以和的热情鼓励，从此位居"苏门四学士"之列，但在诗史上仍与一代文宗苏轼并称"苏黄"。宋代尤其是北宋的新旧党争，是使宋代元气大伤的重要原因。重视人格操守而有拯世济民抱负的黄庭坚，不幸也被卷入政治斗争的漩涡之中，划入"旧党"之列，仕途坎坷，多次贬谪而至人生之暮年。《虞美人·宜州见梅作》词中的"去国十年老尽少年心"，不仅是他垂暮之时的生活实录，也是他含恨以终之前的一声长长的叹息。

宋绍圣元年（1094），哲宗亲政，吕惠卿等人复官掌权，黄庭坚由京官而改知鄂州（今湖北武昌），次年贬为涪州别驾，于黔州（今重庆彭水）安置，他在这一穷荒之地送走了六度凄凉落寞的秋月春花。1101 年正月，徽宗即位，皇太后向氏听政，黄庭坚的境况有所改善，宋崇宁元年（1102）正月，他离荆州东归，想归去

"江南"——故乡江西修水，于巴陵写下了《雨中登岳阳楼望君山二首》：

投荒万死鬓毛斑，生入瞿塘滟滪关。
未到江南先一笑，岳阳楼上对君山。

满川风雨独凭栏，绾结湘娥十二鬟。
可惜不当湖水面，银山堆里看青山。

　　黄庭坚的七绝可圈可点之作不少，这两首诗更是他七绝中的翘楚。唐宋诗人咏唱洞庭与君山的诗作很多，如果要组成一个评委会来选其中出类拔萃者，我相信黄庭坚此作定会名列前茅。犹记我在岳阳楼边生活的那几年，黄庭坚的这两首诗，在我登楼远望之时，不止一次地从九百年外飞上我的心头。<u>如果我忝列评委，面对如此动静相映、雄奇结合而极富原创性的作品，当然绝不会吝惜手中"神圣的一票"，虽然在当今的许多评选活动中，有些票距离"神圣"已相当遥远，而与"不神圣"却毫无距离。</u>

　　还没有回到故乡，就已自登楼一笑了，黄庭坚此时心情的欣慰可想而知。然而，命运没有让他笑到最后，就在次年，流寓鄂州的黄庭坚竟被

作者时时不忘对准今日之社会、今日之文坛投上一枪，颇有鲁迅之风，但比鲁迅温柔敦厚。

列入"元祐党籍"——那是其时黑而又黑的黑名单，随即被除名羁管，放逐软禁于宜州（今广西宜山）。除了新旧党争，他被逐的直接原因是两年前寄寓荆州时作《承天院塔记》，有一个叫陈举的转运判官附庸风雅，如同现在许多既贪官名又图文名的庸官俗吏一样，想将自己的名字附于碑尾，正人君子黄庭坚不同意，陈举伙同与黄庭坚不和的副宰相赵挺之，欲加之罪，何患无辞，举报诬告黄庭坚"幸灾谤国"，于是诗人就被恶贬到那穷山苦水的南荒之地。

古代交通不便，怎么能像现在或千轮生风，或直冲云霄，朝发而夕至。等到诗人在大雪纷飞中携家带口行行复行行，将家属留在今日湖南之永州——昔日柳宗元的贬逐之地，自己只身到达贬所时，已是五六月间的炎天沸日了。龙游浅水遭虾戏，虎落平阳被犬欺，这是过去对英豪落难后的形容，写尽了某种人间世相。一个人失势或失意之后，世人投去的多是白眼而非青眼，多是箭石而非桃李，这大约也是从古至今的人情之常吧。宜州不仅是未经开化的恶地，地方官也是狗眼看人的恶吏，城内不准安身，他只好蜷缩在城头的戍楼中度日如年。次年九月，年仅 61 岁的一代诗坛宗匠，就在窄狭潮热的戍楼中，闭上了

文学家、艺术家得到普遍尊敬的社会，才是真正的文化盛世。

他该是永不瞑目的眼睛。

黄庭坚有两处写到"十年"的名句，一见之于诗，"桃李春风一杯酒，江湖夜雨十年灯"，是寄给他的友人黄几复的，这是写友情之深；一见之于词，"去国十年老尽少年心"，写于宜州贬所，这是抒身世之感。十年岁月啊岁月十年，当代大学者钱锺书在1973年所作《再答叔子》中，也曾慨叹"四劫三灾次第过，华年英气等销磨"。在"文革"十年中，许许多多的有志之士也老尽了少年心，即以钱锺书而论，世人都赞颂他的著作博大精深，称美其为"文化昆仑"，然而，如果不是三灾四劫，他的学术成果与贡献，岂止是世人所瞻望的这种海拔！

四

六 州 歌 头

贺　铸

少年侠气，交结五都雄。肝胆洞，毛发耸，立谈中，死生同，一诺千金重。推翘勇，矜豪纵。轻盖拥，联飞鞚，斗城东。轰饮酒垆，春色浮寒瓮，吸海垂虹。闲呼鹰嗾犬，白羽摘雕弓，狡穴俄空。乐匆匆。

似黄粱梦。辞丹凤，明月共，漾孤篷。官冗

从，怀倥偬，落尘笼。簿书丛，鹍弁如云
众，供粗用，忽奇功。笳鼓动，渔阳弄，思
悲翁。不请长缨，系取天骄种，剑吼西风。
恨登山临水，手寄七弦桐，目送归鸿。

贺铸的《六州歌头》，半阕青春与生命的壮
曲，半阕时代与志士的悲歌。

谁没有过自己的少年时代呢？芸芸众生，其
少年时代各不相同，但像贺铸所歌咏的那种豪迈
的年少生涯，九百年后还都会令人热血沸腾。贺
铸，是宋太祖原配贺太后的五代族孙，济国公赵
克彰的女婿，可谓贵胄。但宋太祖传位于长弟赵
光义，作为宋太宗的赵光义，却逼死幼弟廷美和
太祖、贺后之子德昭，将江山传给了自己一系的
子孙。贺铸虽为宗室，却徒有贵族门第的虚名，
他出身于一个七代担任武职的军人世家，十七八
岁便离开家乡卫州共城（今河南辉县），因门荫
去京城担任低级的侍卫武官，度过了六七年"少
年侠气"的生活。

也许是血管中仍奔流着贵族的血液，又出生
于一个弓刀戎马的军人世家，同时他本人的性格
近似于羽人剑客吧，贺铸 37 岁那年写下这首
《水调歌头》，对当年京都的"少年行"仍禁不住

笔舞墨歌。"少年侠气，交结五都雄"，一句引起全篇，如同一阕宏大交响乐振聋发聩的前奏，既"侠"且"雄"，既"雄"且"侠"，从性格，从风采，从行事，我们都会想起汉乐府和唐诗歌中那屡见不鲜的游侠少年。游乐之场，任侠之客，少年的贺铸和他们有相似之处，然而又有哪些不同呢？不同之点，就是贺铸不仅是飞鹰走狗、肝胆照人的侠少，而且是位卑未敢忘忧国的志士仁人。

贺铸的《六州歌头》一词，是贺铸的词集《东山词》的压卷之作，是与苏东坡的《江城子·密州出猎》并称的双璧之篇，也是北宋词坛中可与后来的岳飞、张孝祥、陆游、辛弃疾等人的爱国忧时词作相抗衡的唯一篇章，它在鸣奏青春与生命的壮曲之后，以"乐匆匆，似黄粱梦"急转直下，弹唱出时代与志士的悲歌。

宋代从一开始，就是一个积贫积弱、内忧外患的王朝。北有强邻辽国时时入侵，西有党项族的西夏频频犯边。宋元祐三年（1088）秋，贺铸在和州任上写作此词时，正值执政的旧党推行妥协投降的路线，他们对西夏割地赔款，节节退让，胸怀报国大志的侠义之士如贺铸，则有志难伸，报国欲死无战场，只落得身上的佩剑在西风中龙吟虎啸，只落得胸怀文韬武略却徒然抚琴度日、登山临水、目送飞鸿。时代啊时代，一个好时代可以造就千千万万英才，可以使万万千千的英才各展其能，但一个坏时代呢？却会埋没甚至残酷地扼杀许许多多的人中之龙，人中之杰！古往今来，莫不如此，贺铸的遭际不就是这样吗？

贺铸文武全才，是赳赳武夫，也是彬彬文士。时人许景亮说他有后汉邓禹、东晋谢安那样的将相之具，李清臣向朝廷推荐他"老于文学，泛览古今，词章议论，迥出流辈"，在地方小吏的岗位上，他也充分表现了不一般的行政才能。然而，这样一位奇才异能之士，出仕四十年，历宦三朝，却始终位居下僚，叨陪末座，而那些庸碌贪鄙之辈却一个个飞黄腾达，直上青云，他只得在58岁那年申请提前退休。在二十年前写作上述词章时，他已在低微的武官位置上沉浮了十年有余，时任"管界巡检"（负责地方上训练甲兵，巡逻州邑，捕捉盗贼等事宜，大约相当于现在的基层派出所长、公安局长之类）。他为什么请缨无路、报国无门？因为宋代重文抑武，对外一向执行妥协退让的方针，本是国家多事之秋，然而英雄无用武之地。除了时代的悲剧，还有性格的悲剧，贺铸不是阿谀权贵的小人，而是堂堂正正的君子，不是没有原则的庸人，而是轰轰烈

贺铸是奇人，长相极丑，面色青黑，眉目耸拔，被称为"贺鬼头"，豪爽任侠又学识渊博，既有英雄豪气，又有儿女柔情。

不因小人易于得志，就改做小人，这是真君子。

烈的丈夫——在任何时代，小人与庸人都易于得志，而即使是对显赫的权要，贺铸也敢于直言抨击他们的谬论恶行，"鼠目獐头登要地，鸡鸣狗盗策奇功"（《题任氏传德集》），就是他直言无忌的表现。他在监太庙时，有"贵人子监守自盗"，"贵人子"大约类似今日之高干子弟或干部子弟，他也竟然法律面前人人平等，并亲自执杖责罚，痛打之下，那个纨绔子弟只好"叩头祈哀"。犹如烈火之与寒冰，清泉之与浊流，如此正道直行，还能见容于那个腐败的社会和那个腐朽的封建集团吗？

贺铸终于未能效命抗敌的疆场，一位侠气干云的少年，最后成了隐于林泉、终于僧舍的老者。九百年后，我已经无法前往宋代一睹他的英风壮采，和他一起快饮高歌了，但他腰间的剑啸、弦上的琴音，却仍然从他的《六州歌头》铿然而泠然地传来，叩响并敲痛我的未老之心。

贺铸的悲剧命运又一次印证了理想人格在现实面前的无力和脆弱。

五

丑 奴 儿

书博山道中壁

辛弃疾

少年不识愁滋味，爱上层楼。爱上层

语言是苍白的，真到了阅尽人间冷暖时，要么是"悲欢离合总无情"，要么是愁到极浓处，情绪反倒沉积下来，到此境界，已无法用语言道出，于是"欲说还休"，只能避开说愁，反道天凉。

楼，为赋新辞强说愁。　　而今识尽愁滋味，欲说还休。欲说还休，却道天凉好个秋!

博山，在今江西省广丰县西南三十余里，山南溪流唱着当地的山歌与民谣，山头常有无心而出岫的云彩。辛弃疾于1181年被宵小之徒弹劾，落职罢任，正当边境多事之秋，英才效力之日，他却于42岁的壮年退居信州，即今日之上饶。他在博山寺旁筑"稼轩书屋"，常常来往于博山道中，写有十多首诗词，这首《丑奴儿·书博山道中壁》即是其中之一。博山中的哪一块石壁，有幸让一代词宗挥毫泼墨的呢?我今日如果远去博山，那一方石壁历经时间的雨打风吹，是否还安然无恙?我还能和它有期而遇吗?

还是不识愁滋味的少年，我就在父亲的案头初识距今年代已经颇为遥远的辛弃疾了。小小少年的我，为他的英雄豪气、壮士情怀所震慑，并不很了解他的生平和他的苦闷与愁情。及至年岁既长，原先是如同雾里看松，云消雾散，才拜识高松的虬枝铁干和它的每一圈年轮。

英雄词人辛弃疾，曾经拥有豪情壮采不同凡俗的少年。他出生在山东济南，在金人统治的北方沦陷区度过青少年时代，由于家庭的教育和时代的感召，他学文而兼习武，希图他日有所报效自己的家国。"记少年、骏马走韩卢，掀东郭"（《满江红·和廓之雪》），"少年握槊，气凭陵、酒圣诗豪余事"（《念奴娇·双陆和陈仁和韵》），就是他中年以后对少年的回忆，如同日到中天，回首初升的霞光。刚过弱冠之年，22岁的辛弃疾就聚众二千，他高擎的抗金旗帜，在朔风中猎猎翻飞。他以孤胆之勇，率五十轻骑奇袭五万人马的金营，擒斩叛徒张安国而回归南宋。时迈千年，我对此仍然心驰神往，如果早生千载，我定要去追随他燃烧长天的旗帜和撼动大地的蹄声。

辛弃疾晚年闲居铅山瓢泉时，"有客慨然谈功名，因追念少年时事，戏作"《鹧鸪天》一阕。此词一开篇就是天风海雨，豪气逼人："壮岁旌旗拥万夫，锦襜突骑渡江初。燕兵夜娖银胡䩮，汉箭朝飞金仆姑。"人人都有自己的少年时代，如同追念已经失去而不可复得的珍宝，人到中年或老年之后，不免常常回首前尘，重温旧梦，辛弃疾对自己的少年而且是苦难与英雄的少年，该是何等追怀与珍惜。他说"少年不识愁滋味"，岂是真正的"不识"吗？山河破碎的家国之愁，早已如磐石重重地压在他的心上，只是少年时涉世未深，还未尝尽人世的险阻艰难而已。何况他

喜欢回首少年时，往往是因为觉出自己丢掉了珍宝。但回首之后莫忘把住当下，活在当下，使少年、青年、中年、老年都能有声有色，无怨无悔。

强调的"不识",好像黑白两色的对比,他是要以此反衬后半生"识尽愁滋味"之后挥之不去的满怀愁情啊!

少年辛弃疾率师南渡,满以为可以实现自己待从头收拾旧河山的报国之志,然而,在那个昏君当道、奸佞弄权的时代,他有志难伸,而且常遭贬逐。40岁在上饶带湖投闲置散,一晃就是十年黄金岁月。后虽蒙复用,但不久又被罢职,这一回虚掷光阴,又是于他人也许无谓,于他却是贵重的八年。22至42岁的二十年沉浮,十年的英雄赋闲,有如骏马不让其奔驰,有如宝剑不让其出鞘,够他细细咀嚼那铭心刻骨而忧心如焚的忧愁了,难怪《丑奴儿·书博山道中壁》一词之外,他还有许多诗句都离不开一个"愁"字。在罢职闲居前的1176年,他任江西提点刑狱,路经万安县西南皂口溪与赣江会合处的造口,就写有一首《菩萨蛮·书江西造口壁》,其结句就是"青山遮不住,毕竟东流去。江晚正愁予,山深闻鹧鸪"。其中的"正愁予",还成了今日台湾旅美名诗人"郑愁予"的姓名。而在1168年任建康通判时,他有多首词赠志在恢复的建康留守史正志,其一是《念奴娇·登建康赏心亭,呈史留守致道》,开篇就愁情满纸:"我来吊古,上危楼、赢得闲愁千斛。虎踞龙蟠何处是？只有兴亡满目。"辛弃疾早已愁肠百结，如今赋闲在家，更是被迫马放南山，刀枪入库。国事不堪闻问，满眼是肃杀败落的寒冬之气，真如当今流行的俗语所言，"不说白不说，说了也白说"，他怎么能不欲说还休呢？

人秉七情，感物斯应。但即使是七情中的愁情，也还有深浅与高下之别，如同潭水之有深沉与清浅，山陵之有高崎与平庸。并不是随便什么轻愁浅恨或深仇大恨，都可以引起时人或后人的共鸣。辛弃疾的"欲说还休"，虽然脱胎自李清照《凤凰台上忆吹箫》词的"生怕离怀别苦，多少事、欲说还休"，但却比李清照更胜一筹，这一筹之胜，不仅是艺术上的，更是感情的价值取向上的。不过，后世的读者在歌吟"欲说还休"而长叹息时，似乎更欣赏"少年不识愁滋味"这一名句，因为一天之计在于晨，一年之计在于春，人的一生呢？最珍贵、最少忧愁的还是少年时光，那是大江的浩阔源头，那是春日的绚丽朝霞啊！

七情，中医指喜、怒、忧、思、悲、恐、惊七种情志变化。佛学指人具有的七种感情：喜、怒、哀、惧、爱、恶、欲。《礼记·礼运》也说："喜、怒、哀、惧、爱、恶、欲七者弗学而能。"

源 头 活 水

黄河西来，大江东去。小溪流掀不起巨浪，大海洋才涌动洪波。

卷起千堆雪的后浪，是因为有惊涛拍岸的前浪。中国诗歌的长河，在辉光耀彩的唐代河床上洪波涌起之后，在宋代的河道上依然溅玉飞珠，浪花千叠。人称唐诗宋词是中国诗歌的双璧，是中国诗歌的两座高峰，我说它如浩浩荡荡的长江，拥有的是两段最壮阔、最多彩的风光。

江水奔腾不息，是因为有永不枯竭的源头与上游。抽刀断水水更流，江流是不可割断的，宋代词人承接了唐代的宽广水系，又击楫于时代的壮阔中流，才造就了宋词江声浩荡、浪花如雪的景象。

一

我曾经写过一篇《寄李白》，收录在拙著《唐诗之旅》之中（本书亦收录）。文中说："我

一方面，唐代文学的繁荣给宋人以丰富的遗产，另一方面又给了他们巨大的压力，要想超越唐代，必须另辟蹊径，苦心经营，正如钱锺书先生所言："有唐诗作榜样是宋人的大幸，也是宋人的大不幸。"（《宋诗选注》）

私心早就以为，我的祖先并非两千年前骑青牛出函谷关的老子李聃，更不是以武力征服天下的李世民，而是至今仍活在诗章里和传说中的你。"理由何在呢？我说除了我们同姓之外，"我少年时就一厢情愿地孵着诗人之梦，青年时对诗论与诗评情有独钟，冥冥之中，我总以为我的血管中流着你的血液，分在我名下的酒，也早就被你透支光了，不然，我怎么会如此虔诚地远酒神而亲诗神？"虽然查无实据，但我振振有词，而且窃窃自喜，以为如此寻宗认祖是自己的首创。不料近来细读宋词，竟然发现八百年前就已经有人有言在先而捷足先登了，真是令我不胜遗憾！

此人就是李纲，北宋与南宋之交的名相与名将。他留存至今的五十多首词中，有一首《水调歌头·李太白画像》：

太白乃吾祖，逸气薄青云。开元有道，聊复乘兴一来宾。天子呼来方醉，洒面清泉微醒，余吐拭龙巾。词翰不加点，歌阕满宫春。　　笔风雨，心锦绣，极清新。大儿中令，神契兼有坐忘人。不识将军高贵，醉里指污吾足，乃敢尚衣嗔。千载已仙去，图像耸风神。

他在词的开篇第一句就不由分说，将李白据为己有，做了他的祖先，"太白乃吾祖，逸气薄青云"，他对李白真是景仰有加。李纲不仅追溯了李白笑傲王侯的风流往事，而且从其诗笔惊风雨的力量，从其诗心似锦绣般的美妙，从其诗格的极为清新的创造几个方面，讴歌了李白的作品，也赞颂了有唐一代的诗歌。宋代的许多词人礼赞唐诗，也礼赞李白，但像李纲这样对李白做总体的、自有会心的评价，并郑重声明自己是李白子孙的，似乎还没有第二人。

如果要民意选举唐代最杰出的也就是顶尖级的诗人，而且限额两名，非李白与杜甫莫属，白居易、韩愈等人，用现代的术语界定，恐怕至少还差一个"档次"，或者说几个"百分点"。可以说，李纲对李白的赞美，也是对一代之文学唐诗的赞美，因为李白可谓唐诗的"法人代表"，何况李纲在他的词中，还说过"谪仙词赋少陵诗，万语千言总记"（《西江月·赠友人家侍儿名莺莺者》），咏"木犀"的《丑奴儿·木犀》问，有"步摇金翠人如玉，吹动珑璁。吹动珑璁，恰似瑶台月下逢"之语，咏"荔枝"的《减字木兰花》词，有"仙姝丽绝，被服红绡肤玉雪。火齐堆盘，常得杨妃带笑看"之辞，咏"瀑布"的

李白所以让人追慕，不只是因为他的为文，更是因为他的为人。笑傲王侯，心慕山水神仙，洒脱不羁的"逸气"着实羡煞名利场中打拼、是非网中挣扎的凡夫俗子们。

这里面怕是有一个重要的原因：李、杜都可谓职业诗人，做官只是点缀；而白居易、韩愈却首先是官员，其次才是诗人，文学创作怕只能算他们的业余爱好。

《江城子·瀑布》，有"琉璃滑处玉花飞。溅珠玑，喷霏微。谁遣银河，一派九天垂"之歌，其中或全句，或大半句，都是从他的祖先李白那里借来，反正是他们祖孙之间的诗书文事，不用担心发生什么抄袭官司或版权纠纷。

其实，李纲说"太白乃吾祖"，如此斩钉截铁不容置疑，倒真是令人怀疑。李纲是福建邵武人，祖籍虽不明，但籍贯是四川彰明县青莲乡的李白，怎么会有一支远在福建的后裔？也许是他本人一生虽东漂西泊，但他的儿子伯禽的一脉传之后世，也未可知。不过，这些都已无法考证，也不必过于认真了。李纲一生坚持抗金，屡遭迫害，他曾从庙堂之上贬逐到"潭州"，也就是我的故乡长沙，也曾流放到当时的恶贬之地海南岛。壮志不伸，赍志以殁，死于福州时年仅58岁。傲岸不谐、极具个性的李白，有这样得其真传的后人，虽然来历欠明，也可以引以为慰了。

精神之祖。

二

岳阳，山水清嘉之地，人文荟萃之城，那是我已逝的青年时代的最后一个驿站，在那里我度过了酸甜苦辣的青春的尾声。

且不论古往今来有无数诗人慕名前来歌咏，

留下了许多至今令人神思飞越而口颊留香的篇章，仅仅拥有杜甫一诗、范仲淹一文，岳阳，就是精神上的超级富豪了，足以傲视那些虽颇为现代但却缺少文化底蕴的城市，那些城市虽然声光电化、车水马龙，向世人宣告日新月异的现代文明，但在我心中却远不及岳阳。岳阳啊岳阳，山水的圣地，古老而长新的名城，精神上富甲王侯的贵族。

杜甫的《登岳阳楼》，苦难时代的辛酸之泪，至今仍浸泡着他不朽的诗行；范仲淹的《岳阳楼记》，先忧后乐的名言警语，至今仍叩问着我们民族的良知与记忆。我已经无数回朝拜过杜老之诗与范相之文了，今天，我要向滕子京表示我的敬意。

这当然不是因为滕子京也是洛阳人，洛阳是我的生身之地，我们应该算半个同乡，而是由于他在封建时代，是一位有政绩、有清誉、正直敢言的好官良吏，在贪官污吏层出不穷的今天，自然格外引人追思。他"屡触权要，卒就贬窜"，于46岁就英年早逝。同时代的苏舜钦不仅写了文情并茂的《祭滕子京文》，而且在《滕子京哀辞》中赞美他"忠义平生事，声名夷翟闻。言皆出诸老，勇复冠全军"。这些，也许离我们太遥

讲述使巴陵郡"政通人和，百废俱兴"的滕子京，不仅仅是发思古之幽情，还别有一番现实意义在。无论古今，为何一个好官便能造福一方，一个坏官就能使黎民遭殃？有没有一种制度，保证政事不会受主事者的影响过大？对"人治"与"法治"的不同结果，应该深入思考。

远了，但永远也不会遥远的是《岳阳楼记》，这篇永远不会尘封、不会生锈的名文，就是由他向宋大中祥符八年（1015）同中进士后来成为好友的范仲淹"约稿"而成。他在《与范经略求记书》中说："窃以天下郡国，非有山水环异者不为胜，山水非有楼观登览者不为显，楼观非有文字称记者不为久，文翰非出于雄才巨卿者不为著。"如果不是因为他与范仲淹交谊不浅而又殷殷致意，就不可能有《岳阳楼记》的诞生，那中国文学史乃至于中国文化史的重大损失，就不是任何保险公司所能赔偿的了。

除了官声清正和催请名文之功，滕子京可特书一笔的，也还有他留传至今绝无仅有的一首词，那是他写于岳阳的《临江仙》：

> 湖水连天天连水，秋来分外澄清。君山自是小蓬瀛。气蒸云梦泽，波撼岳阳城。
> 帝子有灵能鼓瑟，凄然依旧伤情。微闻兰芷动芳馨。曲终人不见，江上数峰青。

滕子京谪守巴陵郡前后三年，他的"立功"，范仲淹用《岳阳楼记》中的"政通人和，百废俱兴"八个字为他做过"年终述职"鉴定，而他的

"政通人和，百废俱兴"，八个字若滕子京能受之无愧，那也是了不起的成就。使百姓安居乐业是"立功"，而创作诗文是"立言"。这是实现个人价值的不同方式，不必厚此薄彼。

"立言"呢？主要就是上述之词，可见他对岳阳之情有独钟。他状洞庭澄清浩阔之秋水，述娥皇女英凄婉悱恻的故事，笔墨精简而有景有情；而"气蒸云梦泽，波撼岳阳城"，是直接引用孟浩然的《临洞庭上张丞相》诗中的名句，"曲终人不见，江上数峰青"，则是钱起《省试湘灵鼓瑟》中的美辞。我们不能责备滕子京引用唐人妙语时，连借条也不开具一张，也不另行郑重声明并注明出处，因为借用而不必交代是诗中成法，而且我们应该心怀感念，正是因为他的这首词，让我们读到了更多的宋代词人心仪、师法唐代诗人的消息。

我心怀感念，但也不无感慨。历来有所谓"诗谶"或"一语成谶"之说。滕子京作《临江仙》之后不久，从岳阳转徙苏州，次年，也就是庆历七年即郁郁成疾而辞世，那就真是所谓"曲终人不见，江上数峰青"了。

三

宋词留存至今的作品约两万首左右，传名于世的作者近1 400人，如果要评定他们的创作级别，其中的一些人授予"优秀""杰出"的光荣称号，可以当之无愧，少数几位甚至可以得到

"大师"那一顶黄金铸就的冠冕，这是时间，而且是八百年时间这一权威评委的裁判，而非当下各类评奖或评职称的时雨时风。"优秀""杰出"甚至于"大师"级的词人，他们立足现实，面向当代，最大限度地发挥了自己的个性与才情，但又无一不是回眸历史，从前代的文学特别是唐诗的汪洋中，吸收了不竭的源泉与灵感。

"汪洋"只是一个比喻，其实唐诗也是一座宝山。宋代词人入山探宝，那无尽的宝藏惊喜了他们的眼睛，他们或顺手拈来为我所用，或别有会心熔铸创造，对于唐诗中的警言妙句，有的正用，有的反用，有的整用，有的选用，有的则师其意而不师其迹地化用。将前人的智慧化为自己的慧悟，出得山来，他们不是两手空空，而是满载而归，成了自己时代的词坛富豪。

北宋前期的一代文宗欧阳修，早就作过示范演出了。他的《朝中措·送刘仲原甫出守维扬》，一开篇就是"平山栏槛倚晴空，山色有无中"，引用王维《汉江临眺》的"江流天地外，山色有无中"，恰到好处。"长记平山堂上，欹枕江南烟雨，杳杳没孤鸿。认得醉翁语，山色有无中"，他的学生苏东坡也因此赋《水调歌头·快哉亭作》以道其事，表达对赏识与提携过他的师长的

前代的文学可以被借鉴，一方面是因为文学作品表达的思想、情感、意境本身没有时代的隔膜，另一方面更是因为诗歌的意象根植于民族文化的土壤中。意象的发展是一个文化内涵不断增厚的、不可割断的过程。

敬意。晏殊也是如此，他的《浣溪沙》之"一曲新词酒一杯，去年天气旧亭台"，就是化用白居易《长安道》的"花枝缺处青楼开，艳歌一曲酒一杯"。有其父必有其子，晏几道的名篇《临江仙》中的"落花人独立，微雨燕双飞"，也是借用了五代翁宏的《春残》（又题《宫词》）诗："又是春残也，如何出翠帷。落花人独立，微雨燕双飞。"而周邦彦又名《片玉集》的《清真词》，开卷第一篇就是《瑞龙吟·章台路》，其下阕的"前度刘郎重到，访邻寻里，同时歌舞，惟有旧家秋娘，声价如故。吟笺赋笔，犹记燕台句。知谁伴、名园露饮，东城闲步？事与孤鸿去"，就连续化用于刘禹锡《再游玄都观》、李商隐《燕台》与《柳枝》，并借用了杜牧《题安州浮云寺楼寄湖州张郎中》诗中的"恨如春草多，事与孤鸿去"。由此可见，周邦彦的"清真风骨"，不仅远绍唐人，而且他的运意遣词，也是虽隔代却得到了唐诗人的言传"诗"教。

北宋词人贺铸，其《青玉案》一词，被美称为"词情词律，高压千秋"，而因此词中有"一川烟草，满城风雨，梅子黄时雨"的结句，贺铸竟得到了"贺梅子"的美名。然而，我还要特别向他致贺的是，他善于镕铸唐人诗句入词，不论是律诗绝句，还是乐府歌行，他都得心应手地将前人的珍宝化为己有。相传与他相恋的一位女子，别后寄之以诗："独倚危阑泪满襟，小园春色懒追寻。深思纵似丁香结，难展芭蕉一片心。"贺铸有感而作《石州引》，结句即是"芭蕉不展丁香结，枉望断天涯，两厌厌风月"，既化用了恋人之诗，又巧借了李商隐《代赠》中的名句"芭蕉不展丁香结，同向春风各自愁"。他的《踏莎行·惜余春》之题"惜余春"，就是出于李白的《惜余春赋》："惜余春之将阑，每为恨兮不浅。"他的《古捣练子·杵声齐》一词为："砧面莹，杵声齐。捣就征衣泪墨题。寄到玉关应万里，戍人犹在玉关西。"这一回，就令人怀疑贺铸是偷其意而不偷其辞了，因为李白的《子夜吴歌》之三就是："长安一片月，万户捣衣声。秋风吹不尽，总是玉关情。何日平胡虏，良人罢远征。"贺铸即使瞒天过海，也不免露出马迹蛛丝，又如他的《踏莎行》：

杨柳回塘，鸳鸯别浦，绿萍涨断莲舟路。断无蜂蝶慕幽香，红衣脱尽芳心苦。　　返照迎潮，行云带雨，依依似与骚人语。当年不肯嫁东风，无端却被秋风误。

贺铸是忧时伤国的侠士，位沉下僚的才人，同时也是一位一往情深的多情种子，他此词将荷花、美人和自己一词而咏，既是咏荷花，也是赞美人，同时还是他自己这一创作主体的寄托。结句的"当年不肯嫁东风，无端却被秋风误"，可称双管齐下，一管伸向李贺《南园》的"嫁与东风不用媒"，一管伸向韩偓《寄恨》的"莲花不肯嫁春风"。妙语其来有自，却仿佛信手天成，贺铸除了是"侠士""才人""多情种子"之外，我还要用一个大俗之词，借以表示对他的赞美之雅意，我说他也是唐诗的"神偷手"，不知他肯不肯接受？

四

　　天上绚丽的长虹，是由七种色彩构成；地上绚美的彩缎，是由多种丝线织就。而中国古代诗歌的一种特殊形式集句诗呢？就有如天上的彩虹，地上的锦缎。

　　集句诗，就是选取前代一人或数人之诗。按照选取者的构思意图组合在一起，成为一首新作之诗，这种作品，现存最早的是西晋傅箴的《六经诗》，而北宋时于此道驰骋才学的是"拗相公"王安石，他在退休后闲居金陵的晚年，喜为集句

任何优秀的文艺作品，都是创作主体对生命和对世界的诠释，都有着创作主体的烙印。即使是别人的词句，一旦被借用到自己的词作中，也会获得创作主体赋予的全新的气质。

之诗，他的集子里有"集句诗"一卷。如《怀元度四首》之二："舍南舍北皆春水，恰似葡萄新泼醅。不见秘书心若失，百年多病独登台。"他没有说明集资的对象，但稍有腹笥的读书人，都明白这是李白、杜甫等诗人合资而由他独家经营的作品，王安石只是白手起家而已。又如王安石的《南乡子》写金陵："自古帝王州。郁郁葱葱佳气浮。四百年来成一梦，堪愁。晋代衣冠成古丘。　　绕水恣行游。上尽层城更上楼。往事悠悠君莫问，回头。槛外长江空自流。"词中也集王勃、李白等诗人之句。风气所及，"集句诗"，犹如一个新辟的诗的竞技场，许多人都前来一试身手，在今人所辑的《全宋词》中，仅以"集句"为题的就尚存二十首以上。

苏东坡是一位才华横溢的大家。文学创作的每一个领域，他都要前去一探奥秘，测试自己的才能和智慧。他曾创作了多首回文诗词，集句词呢？他曾经说过："世间好句世人共，明月自满千家墀。"这是他《次韵孔毅父古人句见赠五首》之一，他认为好句是众生的公共财产，如同无私明月照临千家万户的台阶。因此，他也曾集诗为词，如三首《南乡子·集句》，他都注为"集句"，这三首新词，都是他从旧诗集句

其实这种集句也可以视为一种锻炼自己才思和灵性的好方法。

而成，如同用多种现成的鸟羽组成的全新的"百鸟衣"：

寒玉细凝肤（吴融），清歌一曲倒金壶（郑谷）。冶叶倡条偏相识（李商隐），争如，豆蔻花梢二月初（杜牧）。　　年少即须臾（白居易），芳时偷得醉工夫（白居易）。罗帐细垂银烛背（韩偓），欢娱，豁得平生俊气无（杜牧）。

怅望送春杯（杜牧），渐老逢春能几回（杜甫）。花满楚城愁远别（许浑），伤怀，何况清丝急管催（刘禹锡）。　　吟断望乡台（李商隐），万里归心独上来（许浑）。景物登临闲始见（杜牧），徘徊，一寸相思一寸灰（李商隐）。

何处倚阑干（杜牧），弦管高楼月正圆（杜牧）。蝴蝶梦中家万里（崔涂），依然，老去愁来强自宽（杜甫）。　　明镜借红颜（李商隐），须著人间比梦间（韩愈）。蜡烛半笼金翡翠（李商隐），更阑，绣被焚香独自眠（李商隐）。

苏东坡不但有一颗慧心，而且有一双巧手。他有慧心，可以和前人作隔代的对话交流；他有巧手，则使他从前人的百宝囊中探囊取物，随心所欲而得心应手。

数十年来运动频繁，文化贬值，某些作家不仅文学的素养不足，广义的文化修养，也相当欠缺。学者不一定能成为作家，但作家最好是学者，或者向学者靠拢。古代的作家大都学养深厚，非现代的某些作家可比。宋人尤其重学，许多文人均以学者自居并自豪，在创作中他们自然追求一种以故为新、化腐朽为神奇的审美趣味。削铁如泥，是武士们一试他们百炼成钢的刀锋；集句为词，则是文士们一试他们书囊的深浅和文思的高下了。如贺铸，他就曾不无自豪地说："吾笔端驱使李商隐、温庭筠，常奔命不暇。"李商隐、温庭筠这些优秀诗人，不仅为之奔走，而且为之奔命，可见贺铸对前人的作品是怎样指挥如意的了。如他的《南歌子》：

> 疏雨池塘见，微风襟袖知。阴阴夏木啭黄鹂。何处飞来白鹭、立移时。　易醉扶头酒，难逢敌手棋。日长偏与睡相宜。睡起芭蕉叶上、自题诗。

古代作家学养深厚是因为他们全身心投入其中。日常生活处处体现诗心词情：对对子，猜字谜，行酒令，赋诗填词，时时泡在诗歌的氛围中，自然熏陶而成。

集句诗、集句词虽然是小道，但也不能轻看。我们现在要产生对古诗词的兴趣，不妨从集句、回文、对联等有趣味的东西入手。

贺铸此词虽没有标明"集句"，但他引人旧句多而自铸新词少，虽然引用中常又略加改动，也仍然可以视为一种从宽发落的集句词。如"疏雨池塘见，微风襟袖知"，就出自杜牧《秋思》的"微雨池塘见，好风襟袖知"；"阴阴夏木啭黄鹂，何处飞来白鹭、立移时"，出自王维《积雨辋川作》的"漠漠水田飞白鹭，阴阴夏木啭黄鹂"；"易醉扶头酒，难逢敌手棋"，出自姚合《答友人招游》的"赌棋招敌手，沽酒自扶头"；"日长偏与睡相宜"，是对欧阳修《蕲簟》中"自然唯与睡相宜"的就近取材，"睡起芭蕉叶上自题诗"，则是对唐诗人方干《送郑台处士归绛岩》中的"曾书焦叶寄新题"远道取经了。

世间没有无源之水，无本之木，集句词虽非词的大道而乃别体，但宋人的集句词多集唐人之句，从中我们也可窥见宋词与唐诗的关系。

重视传统文化并非为了"倒车"回到古代，而是在新的时代，对传统文化进行扬弃，保留一些有价值的传统文化的精神，让华夏文明之河源远流长，永远浩浩荡荡地奔向前方。

树木，没有紧抓大地的根须，它能够叶茂枝繁凌云直上吗？河流，没有卷起千堆雪的上游，它会有潮平两岸阔的下游吗？

传统，是一个流动的美学范畴。它既是继承物，也是创造物，没有革新和创造，就没有传统的更新、提高、丰富和发展，但是，要革新和创造，就必须立足在原来的传统之上。一个国家的民族诗歌传统，犹如一条浩荡的江河，宋词，就是中国诗歌长河中一个风光万千的河段，优秀的、杰出的宋代词人，溯洄从之，都无一例外地朝拜过华山夏水，瞻望、顶礼过唐诗的洪波巨浪与浩浩荡荡。

第二单元　观水有术　必观其澜

　　孟子说："观水有术，必观其澜"，看水要看汹涌的大浪，看山要看连绵耸立的一座座山峰。这一单元中，让我们随着宋代历史的车轮，纵览词坛先后突起的苏轼、秦观、李清照、辛弃疾等一个个大浪高峰，体会豪放之情、婉约之致。

卷起千堆雪

一

从云梦泽之南往云梦泽之北，车轮在铁轨上敲奏复敲奏，从武汉三镇至鄂东大地，车轮在公路上飞驰复飞驰，为的是送我去今日的黄冈——昔日的黄州，赴九百年前即已订下的和一位杰出诗人的约会。

过樊口，至鄂州，沿江边的坡道拐一个弯，浩浩荡荡的大江终于奔入我们的视野，苍苍茫茫的渡口终于摊开在我们的脚下。岁末天阴，朔风凛冽，太阳躲在浓云里面不肯出来。烟雾迷蒙的对岸，就是我多年来心向往之的黄州了。临皋亭在黄州城南一里左右，位于宋代的渡江码头之旁。长江水淘尽了九百年的时光，那位自称为"东坡居士"的诗人，他还在江畔的临皋亭里等着我们这一群不速之客吗？

宋元丰三年（1080）初，苏轼因"乌台诗案"而被贬为"黄州团练副使",始住城南之定慧院,五月下旬其家属到达,承黄州太守徐君猷的照顾,全家移居临江的驿馆"临皋亭"。这一居停之所,本是一个送往迎来而年深月久的驿站,苏轼又是戴罪流放之人,其境况之差可想而知。然而,随遇而安的苏轼在此却一住四年,并有一篇小品妙文以记其事:"东坡居士酒醉饭饱,倚于几上,白云左绕,清江右洄,重门洞下,林峦岔入。当是时,若有所思而无所思,以受万物之备,惭愧惭愧!"陪同我们的籍贯黄冈的湖北诗人谢克强说,时间已近千年,但现在的渡口却仍是宋代的渡口。这,叫我们怎能不盼望立即弃舟登岸,去敲叩临皋亭的门环呢?

渡船靠岸,我们便奔上江堤,左顾右眄,搜索临皋亭的身影,哪怕是它的一行青瓦、一角飞檐。然而,任你如何寻寻觅觅,只见江干已傲然立起一幢幢、一片片的现代建筑,沿江的柏油大道上车如流水马如龙,汽车的喇叭声声,宣告时间早已进入了现代。苏轼当年夜饮而归临皋,虽然家童熟睡而敲门不应,毕竟还有门可敲,而今,人已非而物亦不是,临皋亭的蓬门是不会为我们而再开的了。徘徊在大江之滨、长堤之上,猎猎的江风劲吹,吹得去如烟往事、千年时光,

不管人处在何等恶劣的条件下,都有可能活得很好,苏轼以其超然和达观为此作出了明证。

却吹不去我心头的惆怅和怀想。

宋代继"盛唐"之后号称"隆宋",这个享年320岁的朝代,虽然比汉代短,却较唐代长,它在经济与文化上取得的成就,在许多方面超越汉唐,即使置之当时的世界,也是属于最前列的文明先进国家。然而,较之大汉与大唐,宋代一开始就是处于内忧外患之中,其版图始终未能恢复唐代的旧观,来自北方与西方的威胁使人无法安枕,而长盛不衰的朋党之争与权奸当道,也使国家正气日丧,元气大伤。苏轼,就是这一时代大潮中的弄潮者,也是这一时代祭坛上的牺牲品。

苏轼不仅接受了儒家思想,而且接受了道家、佛家思想。他认为"庄子盖助孔子者","儒释不谋而同",三家是合一的。儒家思想让他在杭州、密州、徐州、湖州任职时不辞劳苦地救灾修堤、为民造福,道家、佛家思想又让他能乐观旷达。有为而又无为,既热情投入世事又超然物外,这是难以理解的,然而他确实奇迹般地做到了。

苏轼的悲剧,是信仰的悲剧,也是性格的悲剧。接受了正统的儒家思想教育,在方正的父亲苏洵和母亲程氏的熏陶下,年方10岁的苏轼,就立志效法东汉33岁即被杀身的正直言吏范滂:"登车揽辔,慨然有澄清天下之志。"在他流传至今的较早词作《沁园春·赴密州早行,马上寄子由》中,也曾高歌"有笔头千字,胸中万卷;致君尧舜,此事何难"。苏轼是一个温和的革新派,他既反对王安石激进而任用非人的革新主张,也不同意全面废除新法的保守派,这个不随风趋时而耿介独立的性情中人。曾当面斥责大权在握的司马光为"司马牛"。从古至今，不同的政见之争常常发展为政治斗争，如果再加上巩固权位的个人私利与白衣秀士王伦的嫉贤妒能，那么，端方正直者的遭遇就不问可知了。

宋元丰二年（1079），已经变质的新法人物御史台谏官李定、舒亶、何正臣三人沆瀣一气，在苏轼的诗文中断章取义，罗织罪名，苏轼如同当今许多知识分子在"文革"中和"文革"前后所经历过的那样，最后，因"包藏祸心""无人臣之节"等罪名，将在湖州太守任上被逮捕，他被押解至首都汴京而投入御史监狱。经办此案的御史台俗称"乌台"，因此又称"乌台诗案"。这是北宋第一宗也是最大的文字狱。从 8 月 18 日入狱到 12 月 28 日接到贬官黄州的通知，四个月中，他被提审十一次之多，而且照例严刑逼供，使得文弱书生的他只得屈打成招。此中情味，凡经过甚至只要风闻过现代"文字狱"的人，均不难想象，因为现代的文字狱，不过是古代的封建集权与小人弄权的现代翻版而已。幸亏朝廷内外许多人士纷纷营救，加之宋神宗本人虽贵为帝王，却尚有爱才之心，苏轼本来难逃一死，终于被网开一面。他有一首咏物诗《塔前古松》云："凛然相对敢相欺？直干凌云未要奇。根到九泉

因汉代的御史府树上多乌鸦，所以御史台又称为"乌台"。

无曲处，世间惟有蛰龙知。"宰相王珪竟然说：陛下飞龙在天，苏轼埋怨不被陛下知遇，所以求地下的蛰龙，这是大逆不道。神宗驳斥道：文人诗句怎能这样推论？苏轼咏松和我有什么相干？比起那些欲置苏轼于死地的群小和后代许多草菅人命的暴君，神宗还算是相当开明的了。

苏轼被阳间的牛头马面们强行押往鬼门关，差一点去而不返，死里逃生之后，他自然饶多感慨。临皋亭虽然不可复睹，但他写于此地的惊魂未定的诗篇，却让我们于实地重温。同游的都是当代的诗论家，对苏轼的诗文十分熟悉，何况是斯时斯地？丁国成率先而言说："苏轼有许多写中秋明月的作品。'明月几时有？把酒问青天。'1076年他写于山东密州知州任上的《水调歌头》，雄健豪迈而飘逸空灵，而词名为'黄州中秋'的《西江月》，在历尽劫波之后，读来就不免音调悲凉了。"

他环顾江流，思接千载地低吟起来："'世事一场大梦，人生几度秋凉。夜来风叶已鸣廊，看取眉头鬓上。酒贱常愁客少，月明多被云妨。中秋谁与共孤光？把盏凄然北望。'"

一词未了，张同吾慨然说道："'酒贱常愁客少'恐怕是一语双关，意有别指。他先坐牢，后

神宗虽不糊涂，但对于朝中各派系势力的斗争，他也只能调和，皇帝也不是那么好做的。斗争的结果取决于各派的力量对比而非正义公理。斗争难免有牺牲品，以苏轼的耿介，获罪是自然的。

贬官，是流放的犯人，许多人避之唯恐不及，如同当代以前盛行的'站稳立场''划清界限'。或是非常时期，或是大起大落，对世态炎凉、人情冷暖才会有深切体会。苏轼在写于黄州的诗中，不就是说'我穷旧交绝''故人不复通问讯'，在给友人的信中，不是也说'平生亲友，无一字见寄，有书与之，亦不答'吗?"

"那些与之而不答的书信手迹，如果保存到今天，那真是无价之宝。"朱先树也感慨系之，"《西江月·黄州中秋》可以断定写于临皋亭，但他初到黄州，早就写过同样情味的词了，那就是《卜算子·黄州定慧院寓居作》，孤寂幽愤，可见旧时代及文字狱对人才和才人的摧残!"

文人最赏心快意之事，就是有知己或知音欣赏自己的作品。初谒黄州，驻足江干，岂可不对苏轼表示敬意，并谬托知己?于是我未等朱先树再有下文，便捷口先开，忘形尔汝地朗吟起来："'缺月挂疏桐，漏断人初静。时见幽人独往来，缥缈孤鸿影。　惊起却回头，有恨无人省。拣尽寒枝不肯栖，寂寞沙洲冷。'"

二

苏轼词中幽人化身的孤鸿，是象征，也系

较之后来的明清，宋代算是思想控制宽松的开明时代了。苏轼是因卷入党争，才会遭此下场。这次的文字狱是为变法服务，后世的文字狱专为钳制思想而发，两者其实是大不相同的。

实指，它"拣尽寒枝不肯栖"，而天色向晚，我们得先行安顿栖息之地，晚上要夜游"东坡"，明晨要朝拜赤壁，于是，我们便驱车前往赤壁宾馆。这是黄州的星级宾馆，也是现代的驿站，坐落在赤壁的后山之上，虽不能说如何美轮美奂，但比起苏轼当年所居的临皋亭，想必已经强出许多了。"小屋如渔舟，蒙蒙云水里。空庖煮寒菜，破灶烧湿苇"，他在《寒食雨二首》中，记叙的就是苏轼寓居临皋亭的穷愁潦倒的情景。如果他千年后有兴而且有幸旧地重来，当会受到黄冈人隆重而盛大的欢迎，该不会要他亲自去服务台交验身份证办理种种入住手续吧？

苏轼于 1080 年 2 月被贬黄州，于 1084 年 4 月调离黄州赴河南汝州（古临汝）任团练副使，他在黄州谪居四年。黄州之贬，是他一生贬谪的起点，也是他一生创作的高峰，如散文大品前后《赤壁赋》，词中极品《念奴娇·赤壁怀古》，散文小品名篇《记承天寺夜游》，就是这一时期、也是他整个创作生涯的代表作。此外，这一时期不论诗而仅论词，也有八十首左右，如同名贵而不朽的水果，历时千年而新鲜饱满，似乎才从他的生命之树上摘落，今日的读者品之仍

他在困境中也能有旺盛的生命力，所以才有旺盛的创作力。何况"文章憎命达"。

然齿颊生香。而百般陷害他的小人们留下了什么呢？也许他们享尽了世俗的富贵荣华，然而却早已灰飞烟灭，留下来的只是永远不会也不能平反的恶名与骂名，而苏轼的美名与诗名却永不生锈。他赠给我们以文的珍宝，诗的珠玑，词的璧玉，仅仅只是捧读那些作于黄州的词，便风格多样，异彩纷呈，足以使我们如同赴一场精神的盛宴。

苏轼在黄州始有"东坡"之名，"苏东坡"也因而名垂千古，这大约是那些宵小之徒始料未及的吧？初到黄州，苏轼生活困顿，黄州府通判马正卿是他的故人，从州府要来已经荒芜的五十亩军营旧地给他耕种。营地位于黄州东坡，而当年白居易贬谪忠州（今重庆忠县）时，也曾在其地的东坡种植花木，并写了不少如《步东坡》《别东坡花树》之类的闲适之诗。仰慕白居易的苏轼，因之自号"东坡居士"。除去现代"文革"中被罚入"五七干校"的诗人文士不算，古代真正亲自躬耕陇亩的名诗人，除了在苏轼六百年之前的陶渊明，大约就数得上他了。在东坡，他亲自劳作，清除瓦砾，开辟草莱，除了稻麦还种了许多果树，并在荒废的屋基上建起五间房屋，因是在大雪纷飞之日落成，故名"雪堂"。于雪堂这几句话意味着车马豪宅、美女佳肴对人有害无益，显然有佛道两家恬淡寡欲思想的影子在内，不同于孔子的"食不厌精，脍不厌细"。

的墙壁上，他曾大书四句箴言："出舆入辇，命曰蹶痿之机。洞房清宫，命曰寒热之媒。皓齿蛾眉，命曰伐性之斧。甘脆肥浓，命曰腐肠之药。"这，大约是他身处下层亲力躬耕之后，对红尘世俗的富贵生活的厌倦与警惕吧？虽然劳其筋骨，苦其心志，有如涸辙之鱼的他，其精神却如鹏鸟抟扶摇而直上者九万里，在诗歌的长天振羽而飞。

苏轼死后约七十年，陆游在宋孝宗乾道六年（1170）来参拜东坡和雪堂，堂上还挂有苏轼的绘像，我们九百年后再来，东坡与雪堂还安然无恙吗？

匆匆晚餐之后，热心的谢克强便带我们穿街入巷，去夜游黄州与东坡。现在的黄冈市虽已初具城市的规模，人口十万，几条柏油马路南北交错，也有霓虹灯在炫耀现代文明，但不到半小时，我们就由城南逛到了城北，当年的人烟稀少、荒僻冷落可想而知，而走在冷僻的青石铺地的深巷里，我真怀疑脚下还会响起九百年前的回声。克强颇以苏东坡曾作客他的家乡为荣，一路指指点点，汩汩滔滔，如果他的手指真是一根童话中的魔杖，凭他的热心再加上法力，九百多年前的故事当会一一醒来。而实地来游，令我惊异的是，苏轼的生活艰难困苦，精神也难免郁郁寡欢，但他此时却偏偏才华焕发，且不论诗文，词作也愈益飞光耀彩——

"莫听穿林打叶声，何妨吟啸且徐行。竹杖芒鞋轻胜马，谁怕？一蓑烟雨任平生。　料峭春风吹酒醒，微冷。山头斜照却相迎。回首向来萧瑟处，归去，也无风雨也无晴。"（《定风波》）写的是自然景象，寄寓的却是人生哲理，其生于纸上的潇洒旷达之风，至今仍在向读者迎面吹来。

"山下兰芽短浸溪，松间沙路净无泥，潇潇暮雨子规啼。　谁道人生无再少？门前流水尚能西。休将白发唱黄鸡。"（《浣溪沙》）这首词，是其游邻近的浠水县蕲水清泉寺而作，青春奋发，乐观自强，是苏轼旷达词风的变奏。人杰地灵，九百年后，浠水向中国诗坛推出了一位闻一多，该不是偶然的吧？

"照野涨涨浅浪，横空暖暖微霄。障泥未解玉骢骄，我欲醉眠芳草。　可惜一溪明月，莫教踏破琼瑶。解鞍敧枕绿杨桥，杜宇一声春晓。"（《西江月》）这首词也是写于蕲水，应是上一首词的姐妹篇，烂漫天真而别有一番情韵。苏轼当年一夜醒来，"书此词桥柱"。现在蕲水还有地名

苏轼的这几首词表达出他的旷达，他的率真，他的潇洒闲适。但他在黄州时期的创作有一个从喜到悲最后到旷达的过程。想深入了解的读者可参看王水照先生的《苏轼研究》。

曰"绿杨桥"，我们如果前去寻访，苏轼的手迹还龙飞凤舞在桥柱上吗？

"柳庭风静人眠昼，昼眠人静风庭柳。香汗薄衫凉，凉衫薄汗香。　手红冰腕藕，藕腕冰红手。郎笑藕丝长，长丝藕笑郎。"（《菩萨蛮·回文夏闺怨》）苏轼写过一些回文诗，在黄州的艰难时日，他竟然还有逸致闲情作了十首回文词。如同武林的顶尖级高手，他在限制极严的局天促地之内，显示了他腾挪跌宕、纵横如意的盖世功夫。

"与客携壶上翠微，江涵秋影雁初飞。尘世难逢开口笑，年少，菊花须插满头归。　酩酊但酬佳节了，云峤，登临不用怨斜晖。古往今来谁不老？多少，牛山何必更沾衣。"（《定风波·重阳括杜牧之诗》）唐诗人杜牧任黄州太守时，曾作七律《九日齐安登高》："江涵秋影雁初飞，与客携壶上翠微。尘世难逢开口笑，菊花须插满头归。但将酩酊酬佳节，不用登临叹落晖。古往今来只如此，牛山何必泪沾衣。"苏轼一时兴起，将诗檃括为词。"檃括"，指依据某种文体原有的内容与词句，改写成另一种体裁的手法，作为语言艺术的一种可入"吉尼斯世界纪录"的特技，就是始于富有才情与创造精神的苏轼。苏轼于此

此虽小道，但要做好也很难，再诸如藏头、回环之类的文字游戏，也都不可等闲视之。

道初试身手时也正在黄州，除上述之作以外，他还将韩愈的《听颖师弹琴》诗檃括为《水调歌头》，把陶渊明的《归去来兮辞》檃括为《哨遍》。其后，黄山谷、周邦彦、辛弃疾等人都曾去东坡的雪堂取经，作檃括之词。流风余韵不绝，南宋词人林正大，《全宋词》收录其作四十一首，而檃括而成的作品就有三十九首之多，如对范仲淹的名作《岳阳楼记》，他也敢于缩龙成寸，作了一首《括水调歌》，可称长于檃括的专业户。苏轼如果知道有这种专心致志而近于痴的学生，会不会抚髯一笑？

在黄州古老的深巷、现代的长街，在长街深巷似有若无的明灭烛光和历历在目的万家灯火里，苏轼写于黄州的词一一飞上我的心头。神思恍惚之间，我仍然听清了同行者的高谈阔论，也是三句不离东坡。从城北折向城东，马路的坡度越来越高，行至一个岔路口，左边的高坡上是黄冈地区的师范专科学校，右边较低的开阔地，则是体育馆、大操场和一些机关与居民的房舍。克强喜滋滋地告诉我们，这一带就是大名鼎鼎的东坡了。

灯火微茫，四周深黑，我们举目环望，岂但宋代已相隔千年，无可把捉，连眼前的东坡我们

物非人亦非，可追寻的就只剩那几卷诗文了。是否有一天，我们这片土地上所有的传统文化印痕都会被高楼大厦淹没呢？

都看不分明。克强说："如今的东坡早已面目全非了，工厂学校机关商店各占一隅。当年基建时，黄土卵石层尚有数米之厚，苏轼当年躬耕陇亩，是多么艰辛呵！"

"文革"中下放湖北咸宁"五七干校"的国成，接过克强的话头："大约和'文革'中知识分子在干校、在农村劳动差不多吧？他在答孔平仲的诗中就说过，'去年东坡拾瓦砾，自种黄桑三百尺。今年刈草盖雪堂，日炙风吹面如墨……'有才华而又正直的知识分子，棱角分明，重视操守，往往难免仕途多舛，命运坎坷。"

触景生情，对斯地而怀斯人，先树也不免古今联想："当代名诗人郭小川，由湖北咸宁的'五七干校'而天津静海县团泊洼干校，写了《团泊洼的秋天》一诗，百感交集。'夜饮东坡醒复醉，归来仿佛三更。家童鼻息已雷鸣，敲门都不应，倚杖听江声。　长恨此身非我有，何时忘却营营？夜阑风静縠纹平。小舟从此逝，江海寄余生！'苏轼写于宋元丰五年（1082）九月的《临江仙·夜归临皋》，记叙的是他在东坡雪堂夜饮后返回临皋亭的情景，超旷之中，不是也可以窥见时代的重压和正道直行者的命运吗？"

九百年前，苏东坡在一个不眠的月夜出游，

足证东坡之风，传承后世，在一代代的知识分子身上闪耀着光辉。

后来写了《记承天寺夜游》这一千古名篇。我们前来夜游东坡时，又已是九百年后。《记承天寺夜游》流传千古，而且还将千古流传，但是，当代的我们究竟有什么作品能传于后世？而九百年后，是谁，又会来夜游我们夜游过的东坡呢？

三

如同参观一场展览会最精彩的部分，观赏一场演出最主要的节目，第二天早晨，我们像一群已经迟到许久的入场者，匆匆赶往早已心驰神往的赤壁，而太阳也终于破云而出，以它金色的手指拉开了一天的序幕。

年轻时读苏东坡的前后《赤壁赋》，恨不得追随左右，与他同游，而且还不免痴心妄想：他乘坐过的那一叶击空明兮诉流光的轻舟，满载千年岁月，现在该还停泊在赤壁之下吧？吟诵他的《念奴娇·赤壁怀古》，虽然自己只是一介书生，但陡然也有一股英雄之气与哲人之情勃勃于胸臆之间。数十年过去了，昔日的纸上卧游，今朝竟成为实地览胜，长年的期待即将实现的兴奋之情，似乎使自己返老还童，恍兮惚兮回到了遗失已久的少年。

在以柔为美、以媚为宗的词的王国里，苏东

读《赤壁赋》应作"同游"想。读《念奴娇·赤壁怀古》应作"同东坡一起面对大江、追思古人、把酒笑谈"想。

坡是一位勇于创新的革新家。在他以前的词，天地有限，多咏男女柔情，风格单一，几乎是柔婉一统天下。苏东坡不仅以一支纵横捭阖的健笔，开疆拓土，扩大了词的表现领域，而且为花娇柳媚的词坛，吹来一股前所未有的豪放刚劲的雄风。由他所奠基的"豪放词"，到南宋时由李纲、岳飞、陆游、辛弃疾、张孝祥、刘过、陈亮等人发扬光大，终于与"婉约词"二水分流而双峰对峙。宋词的国土虽然气象万千，但飘扬于其上最引人注目的，毕竟是"婉约"与"豪放"两大旗帜。苏东坡豪放词的代表作，一是《江城子·密州出猎》：

老夫聊发少年狂，左牵黄，右擎苍。锦帽貂裘，千骑卷平冈。为报倾城随太守，亲射虎，看孙郎。

酒酣胸胆尚开张，鬓微霜，又何妨。持节云中，何日遣冯唐？会挽雕弓如满月，西北望，射天狼！

宋神宗熙宁八年（1075），苏东坡在山东任密州（今山东诸城）知州，时年40岁。"狂"者，豪气也，豪情也，越出常度也，沛然恣肆的豪情如烈风、如巨浪，呼啸澎湃于全词的字里行间，一直激荡传扬于后世。清代学者王国维说"一事能狂便少年"，而当代诗人郭小川在"文革"中，也有"原无野老泪，常有少年狂。一颗心似火，三寸笔如枪。流言真笑料，豪气自文章。何时还北国，把酒论长江"的豪语。从中国诗歌发展史的角度追波讨源，他们不正是继承了苏东坡的流风余韵吗？而另一首代表作，则是名气更在《江城子·密州出猎》之上的《念奴娇·赤壁怀古》：

> 大江东去，浪淘尽、千古风流人物。故垒西边，人道是、三国周郎赤壁。乱石穿空，惊涛拍岸，卷起千堆雪。江山如画，一时多少豪杰！

> 遥想公瑾当年，小乔初嫁了，雄姿英发。羽扇纶巾，谈笑间、樯橹灰飞烟灭。故国神游，多情应笑我，早生华发。人生如梦，一樽还酹江月。

写了前一首词后，苏东坡致书鲜于子骏，言下颇为得意："近却颇作小词，虽无柳七郎风味，

如果人没有了童年之痴，少年之狂，那便已如同行尸走肉，如同活动的机器人。到老仍能发发少年狂，乃真性情也。

揣摩他写"颇壮观也"时得意的神情，越想越觉可爱。

亦自是一家。呵呵。数日前猎于郊外，所获颇多。作得一阕，令东州壮士抵掌顿足而歌之，吹笛击鼓以为节，颇壮观也。"千载而下，那种"壮观"且"壮听"的场面，可惜我们已不得而观、不得而听了，只是在吟诵之际，唱叹之余，仍然有一股豪情狂气奔骤心头。而《念奴娇·赤壁怀古》一词呢？据宋人俞文豹《吹剑续录》记载，苏东坡在翰林院时，曾问一位幕士他与柳永之词有何不同，幕士回答说柳词只好十七八女孩儿，执红牙板，唱"杨柳岸，晓风残月"，而学士之词则必须由关西大汉执铁绰板，唱"大江东去"。此词的主旨，有人说是通过歌颂古代英雄人物，表现苏东坡在积贫积弱的国势下，有志报国而壮怀难酬的感慨，有人则不以为然，认为苏东坡在大难不死之后写作此词，主要是感慨人生，表现自然永恒而勋业易逝。而今日我们联袂前来，把酒临江，凭虚望远，将又是一番怎样的感悟与感慨？

苏东坡的赤壁故地，现在已辟为"赤壁公园"。我们从大门进去，穿过正在大兴土木的宽阔庭院，沿山侧的石级而上。山坡与山顶尽是楼台亭阁，有的是后人为纪念苏东坡而建，有的则是苏东坡在时即有其楼，如他多次歌咏过的"栖

"乌台诗案"中苏轼连绝命诗都写过了，此事一过，他被贬黄州，这次直面死亡才让他几乎有了大彻大悟一般的旷达。

霞楼"（又名"涵辉楼"），其中"栖霞楼"是赤壁的最高建筑，苏东坡在《水龙吟》中就说过"小舟横截春江，卧看翠壁红楼起"。不过，人去楼空，人去楼也非，九百年的时间风沙吹刮，九百年的刀兵水火相侵，苏东坡当年登临过的所有楼阁都已经荡然无存了，现在的均为重建。你到哪一处危栏能寻到他将栏杆拍遍的手纹？你到哪一座高楼能看到他负手朗吟的身影？还是赶快奔赴江边吧，让我一偿多年的夙愿，面对穿空或崩云的乱石，耳听拍岸或裂岸的惊涛，放声吟诵他的壮词。但是，当我们沿山道而下，来到低处的赤壁矶头，却不禁大失所望。

　　黄州城外的赤壁，实际上只是一座高数百尺的红沙赤石的小山，山既不高，更不险峻，无论如何也想象不出它有什么"穿空"或"崩云"的气势与景象。陆游在《入蜀记》中早就说过赤壁只是江边一座茅岭土山而已，"赤壁矶，亦茅冈耳，略无草木"。南宋诗人范成大《吴船录》也记载说："庚寅，发三江口；辰时，过赤壁，泊黄州临皋亭下。赤壁，小赤土山也，未见所谓'乱石穿空'及'蒙茸''巉岩'之境。东坡词赋微夸焉。"可见诗人所见略同。不过，当年大江西来，苏东坡确实曾在赤壁之下作匆匆过客，大

到此方知"乱石穿空，惊涛拍岸，卷起千堆雪"的赤壁是苏轼胸中独有的赤壁，是由他胸中风起云涌的豪情铸就。

江无风尚且浪涛自涌，何况江涛与崖壁争论不休而互不相让，性情暴烈的大江就难免波唇浪舌，唾沫横飞，甚至蒙头撞去而不惜粉身碎骨。苏东坡说"惊涛拍岸，卷起千堆雪"，虽然不免夸张，但却是自己胸中豪情的喷发。赤壁也许会说：夸张与想象是诗人的特权，如果不扫空平庸，力求奇创，怎么会有杰出的文学作品？如果不是苏公的彩毫健笔，我怎会声动四方，名传千古？赤壁如果会为自己和苏东坡申辩，它之所言当然有理。不过，我当下深为感慨的，恐怕主要还是沧海桑田，江山几乎不可复识，人生短暂而艺术千秋吧。

伫立于赤壁矶头，站在苏东坡曾经登临的高处俯视和远眺，你会痛感人生之短促与世事之沧桑。拍岸的涛声不知何时早已隐退而交还给了历史，"卷起千堆雪"的壮观，也早已只能从苏轼的词中去追寻了。赤壁之下，只剩下波澜不起的绿水两汪，好像贝壳；二三玩具一样的游艇荡桨其间，如同儿戏。那两汪绿水，怎么能回忆起八百年前它的祖先惊涛拍岸的激情与盛况？那游艇二三，怎么可以梦想谈笑间樯橹灰飞烟灭的盛慨与豪情？长江啊长江，早已不知从何年何月起就退潮改道了，赤壁矶下，原应是浪涌波翻的江面，现在已是一片陆地，在残存的两潭绿水之前，是一条飞驰而过的公路，公路之前则是一大片居民住宅区，住宅区之前则是防波坡和防洪林，防洪林之前才是离此远行、"掉头不顾"的江水。

国成说："苏东坡在《记赤壁》一文中，也曾说'断岸壁立，江水深碧'，但现在尽管赤壁如何呼喊，惊涛在数千米外的远方也充耳不闻，它大约永远也不会前来拍岸了。"

"岂止是江水退潮，"我说，"较之《江城子·密州出猎》，苏东坡这首写赤壁的词虽然豪壮，但也已退潮了。"

"此话怎讲?"先树与同吾几乎同时有疑而问。

"《江城子·密州出猎》词中的抒情主人公，就是诗人自己，抒情主人公的形象与诗人的自我形象合二为一，以天下为己任的报国豪情，激荡于字里行间，有强烈的当下现实感与个人责任感。《念奴娇·赤壁怀古》虽然与此词并称'双璧'，但词的抒情主人公却是周瑜，诗人的自我形象已退居幕后，历史感虽强，责任感已经消退。我们今日虽然可以理解和同情，但他剩下的毕竟只是'早生华发，人间如梦'的深长喟叹!"

国成对我褒贬苏词，似乎有些不满，他说：

《江城子·密州出猎》洋溢着儒家治国平天下的豪情。而《念奴娇·赤壁怀古》中则有着道家看破人生如梦、佛家道尽世事无常的智慧。

"苏东坡虽然'用之则行'，但绝不'舍之则藏'。他始终是一位耿介刚直、不随风趋时的性情中人，也是一位积极入世、希图对社会有所报效的仁人志士。姑不论其文学成就，作为古代杰出的士人与官人，其品质行藏还远在今天许多政府官员和不少知识分子之上。"

"就词论词，苏东坡此词当然仍堪称'绝唱'，其知名度与影响力超过《江城子·密州出猎》。如果知人论世，苏东坡的赤壁词是他豪放词的晚潮，他以后的词创作不复再有此等壮词出现，那就不得不归咎于他所处的那个时代了。这，真使人有时不免古今同慨！"我说。

近九百年过去了。哲人已逝啊，诗卷长存；人生短促啊，艺术永恒。在苏东坡的黄州，在黄州的赤壁，在赤壁原来下临大江的矶头，我们指点江山而纵言高论，并放声吟诵苏东坡不朽的词章，其声也飞扬激越，其音也悲壮苍凉。极目远眺，阳光照耀下的东去大江虽已远走，但我似乎也不免怦然心动，在拐弯处猛地回眸，远远抛来浮光跃金，隐隐送来江声浩荡！

这篇文章将苏轼生平遭遇、词作成就以自己一行游踪为线贯串，自由往来于古今之间，这种写法值得体味借鉴。

月 迷 津 渡

久远的历史是民族的记忆，杰出的作品是国人的瑰宝。位于湖南省东南部的郴州，虽然有京广铁路傍城而过，南下北上的"风火轮"千轮飞转，哄传着当代最新的讯息，但它却拥有久远的历史，怀抱古典的词章，像一条长长的时光隧道，那一头通向历史的苍茫，这一头连接着世事的沧桑。

早在公元前 208 年，起兵江东的项梁找到在民间牧羊的孙熊心，拥立他为楚怀王。项梁战死而项羽自立为西楚霸王，明尊怀王为义帝，徙都长沙，暗中却派九江王英布将其追杀于郴州。郴州有建于公元前 206 年的义帝陵，"楼头有伴应归鹤，原上无人更牧羊"，墓侧石柱上所刻无名氏的联语，不知有多少年年岁岁了，总是欲语还休在秋风夕照之中。现代世界的杀伐之声已经够多的了，炮火硝烟不时可见可闻，我不想再去考索远古那流血的史册，时逢春日，我从长沙南下而远去郴州，只是想去苏仙岭下寻觅北宋词人秦

项梁立楚怀王心，只是为了顺应时局需要，应验楚南公"楚虽三户，亡秦必楚"的预言，好名正言顺地让各路诸侯服从自己。怀王心开始便是傀儡，他被动地走向历史舞台，成为凝聚人心的工具。项梁死后，项羽杀宋义夺兵权，根本不听怀王号令。怀王心身不由己的一生是一出命运的悲剧。

观的遗踪，重温他失落在那里的诗句。

在秦观正式走上词坛之前，已经有好几位大家飞身登台做过精彩的演出，其中就有柳永与苏轼。柳永的词普及于民间，其普及的程度有些近似于今日风行的流行歌曲，而苏轼呢，人道是苏轼一出，柳永只能做他的奴仆下属。在他们巨大的身影或浓阴的包围之下，秦观却突围而出，独成一军，真是难能可贵。因为在文学创作上，重复自己固然毫无意义，重复别人更是毫无价值。秦观的词，将明快流畅与含蓄蕴藉结合起来，抒写自己的恋情、离情和特定时代与境遇中的身世之情，形成了他情韵并重、凄婉清丽的独特风格。作为一个作家或诗人，能有一篇作品或一首诗作传世，就已经颇不容易了，今日如恒河沙数的写手，包括某些红得发紫的作者，某些自吹自擂成癖、上瘾的作者，待到时间的长风吹刮，岁月的长河流逝，他们将来究竟有什么作品能流传后世？然而，九百年过去了，秦观的许多名篇佳句，今天仍然可以使初读者为之惊才绝艳，使再读者口颊生香。"两情若是久长时，又岂在朝朝暮暮"，他咏七夕的《鹊仙桥》，在众多的爱情词中是木秀于林之作，至今也依旧动人情肠；"无一语，对芳樽，安排肠断到黄昏。甫能炙得灯儿

大浪淘沙，经过时间之流冲刷而沉淀下来的东西，往往是精华。所以读书应该以经典作品为主，不要把时间过多地耗费在未被淘洗过的时尚与潮流中。

了，雨打梨花深闭门"，他的《鹧鸪天》的结句，连一代才子曹雪芹在他的《红楼梦》中，也没有忘记引用；至于"自在飞花轻似梦，无边丝雨细如愁"（《浣溪沙》），"春去也，飞红万点愁如海"（《千秋岁》），"欲见回肠，断尽金炉小篆香"（《减字木兰花》），"便做春江都是泪，流不尽，许多愁"（《江城子》），或以虚比实，或以实比虚，层出不穷的清丽幽美的比喻，今天仍然让我们不难想象他心有七窍，冰雪聪明。

宋代词人常常因为一句或几句美言而名噪天下，如张先被称为"张三影"和"桃杏嫁东风郎中"，宋祁被称为"红杏枝头春意闹尚书"，贺铸被称为"贺梅子"。而秦观呢？他也有"山抹微云秦学士"的美名，这是他的师长兼友人苏轼赠送给他的，其源出于他的《满庭芳》：

> 山抹微云，天连衰草，画角声断谯门。暂停征棹，聊共引离尊。多少蓬莱旧事，空回首、烟霭纷纷。斜阳外，寒鸦万点，流水绕孤村。　销魂，当此际，香囊暗解，罗带轻分。谩赢得、青楼薄幸名存。此去何时见也，襟袖上、空惹啼痕。伤情处，高城望断，灯火已黄昏。

张先名号由来参见本书《爱情咏叹调》一篇。宋祁因《玉楼春》"绿杨烟外晓寒轻，红杏枝头春意闹"句得此名号。"贺梅子"是贺铸因《青玉案》中"一川烟草，满城飞絮，梅子黄时雨"句得名。

杜牧《遣怀》："落魄江湖载酒行，楚腰纤细掌中轻。十年一觉扬州梦，赢得青楼薄幸名。"

秦观 30 岁时浪迹江湖，去会稽探望祖父和时任通判的叔父秦定，为重才的会稽太守程公辟赏识，请他住在高雅的蓬莱阁上，大约相当于现在的五星级宾馆。程太守一次请秦观赴宴，秦观与一美艳而具才艺的歌姬邂逅，双方未免有情，但却又匆匆言别。曲终人散，不能自已的秦观就作了上述这首词，将自己的别意离情和人生感悟交融在一起，既明快、发露又蕴藉、有致。此词一出即传唱人口，首二句不仅对仗工整，而且以动写静，尤为当时所传，苏轼就曾将秦观的好词与柳永的好句并提，称之为"山抹微云秦学士，露华倒影柳屯田"。

据说后来一些官宦船游西湖，其中有人唱秦观此词，将第三句的"谯门"误唱为"斜阳"，陪游的歌姬琴操当即予以指讹，唱者反问她能否将错就错，将全词改押"阳"韵，琴操随即脱口而唱：

"露华倒影"出自柳永词《破阵乐》。柳永 50 多岁才登进士第，终官"屯田员外郎"，所以世称"柳屯田"。

山抹微云，天连衰草，画角声断斜阳。暂停征辔，聊共饮离觞。多少蓬莱旧侣，频回首、烟霭茫茫。孤村里，寒鸦万点，流水绕红墙。　魂伤，当此际，轻分罗带，暗解香囊。谩赢得、青楼薄幸名狂。此去何时见也，襟袖上、空有余香。伤心处，高城望断，灯火已昏黄。

我也曾从长沙远赴西湖，西湖以她的千顷碧波为我洗尘；我也曾荡桨于那碧琉璃之上，但不论如何侧耳细听，却再也听不到琴操的歌声，而只有"妹妹你坐船头，哥哥我岸上走"的曲调歌词，从画舫上的音响中隐隐传来，《纤夫的爱》已光临了无需纤夫的西子湖。琴操之墓在杭州玲珑山，现代文学名家郁达夫曾前去寻访，并赋诗一首："山既玲珑水亦清，东坡曾此访云英。如何八卷临安志，不记琴操一段情。"琴操虽不见正史记载，但当时苏轼是听到过琴操改唱此词的韵事的，他曾说过"少游若知，当拜倒耳"。秦观的女婿是黄山谷的学生——史学家范祖禹的儿子范温，他为人沉稳少语，在宴席上常不发一言，其时的歌妓颇具文化，尤其是在诗词修养上，重视的是和文人雅士的精神交流，远非时下的"三陪小姐"可比。这位歌妓故意问范温是否也懂词，范温笑而作答："你可知道我是'山抹微云'的女婿吗？"一时传为热点新闻和文坛佳话，从中也可见秦观及其词作在当时的声名。

宋词是可供弦歌的，不像今日之只可默读与

无论作词者还是唱者都具有很高的文化素养，这是宋词兴盛的重要原因。一些词人的词作十分流行，比如柳永，叶梦得《避暑录话》卷三说："凡有井水饮处，即能歌柳词。"

诵读，我们今天披览之余虽然可以一饱眼福，但耳福却是妙音难再得了。几百年前的歌声已不复可闻，但九百年后我去郴州探访秦观的遗踪，却可以重温他写于那里的《踏莎行·郴州旅舍》。还是在少年时，我的心就早已在那月色下的津渡迷失过了，后来人过中年，在湘西一座古城的月夜河边，月光轻雾，楼台半隐，我差一点又陷入了迷津。如今远道而来，怎么能不先去探看秦观曾经寄迹过的旅舍呢？而当地的友人告诉我，"郴州旅舍"就在苏仙岭下。

苏仙岭，在郴州市东约二里处，拔地而起，直上青苍，居高临下地守望着郴州这一古老而新兴的城市。我们从岭下的山口进去，沿溪水上行不远，"郴州旅舍"在竹林青青、桃花灼灼中赫然入目。这是一座四面粉墙的方形小巧院落，古色古香。一脚跨进大门，就仿佛跨进了九百年前的北宋。我四处寻觅，却不见秦观的踪影，也不闻他的吟哦之声。待到看清庭院里的说明牌，我才明白这是按宋代建筑旧制修建的馆舍，只是仿制品而已。历史啊，古往今来的历史，不是常常被人别有用心地篡改得离真实甚远，有的甚至面目全非吗？这座馆舍虽系复制，却出于好心，它虽然不是原物，却可以帮助我们暂时以假为真，

让尘封的历史从民族的记忆深处浮上来，总要有点依据，当秦砖汉瓦被高楼大厦压在了地下，我们也只好借助于这种仿制品来追忆。

重温旧梦，如果你愿意，如果你的想象力没有衰竭而依旧青春。

　　可以安慰我们的心灵和眼睛的，不仅是仿真的"郴州旅舍"，更有历千万年时间风沙而不磨的"三绝碑"。所谓"三绝"，即秦观之词，苏轼为此词所作之跋，名书画家米芾为词与跋所作之书法。我从旅舍出来，沿原路拾级而上，不远即见一圆柱绿瓦、翘角飞檐的护碑亭，亭内有高四米多的天然石壁一方，正中有一块摩崖石碑，"三绝"即千古于其上，简直是灿烂的宋代文学艺术的一次小型大展。据说在秦观之后的一百六十多年，郴州知军邹慕得到"三绝"的拓片，遂命石工刻石。许多官员在职时享用甚至搜刮民脂民膏，尸位素餐，除了骂名什么也没有留下来，邹慕毕竟因此而得到重视文化、保存文物的清名。后人曾撰有"三绝"碑联一副，联为"山是神仙占，名因才子传"，我只好请神仙分给我名山半日，让我在秦观的名作前久久流连：

　　　　雾失楼台，月迷津渡。桃源望断无寻处。可堪孤馆闭春寒，杜鹃声里斜阳暮。　驿寄梅花，鱼传尺素。砌成此恨无重数。郴江幸自绕郴山，为谁流下潇湘去？

注意下文提及的秦观的处境对体会此词十分重要。只有明白他此时的心情，才能走入"雾失楼台，月迷津渡"的怅惘迷离之境。

1096 年，被贬为处州监酒税官的秦观再一次遭到恶贬，其地就是荒僻的郴州。此时秦观已 49 岁，次年写下了这首词。迷离凄清之景，迁谪僻远之恨，前途莫测之情，一齐涌上心头，奔赴笔下，这大约是他所说的"恨"的主要内涵吧，但也许还包括了和意中人不得团聚的别恨离愁。据南宋洪迈《夷坚志》记载，秦观南迁时经过长沙，一位歌姬酷爱他的词作，曾手抄《秦学士词》，一见秦观而愿托终生，秦观有如此忠实的读者与崇拜者，何况是失意之时，自然为之心动，但因自己是戴罪之身，加之道路流离，无法也不能将其带去贬所。后来秦观于滕州逝世，这位歌姬哀悼不已，一恸而绝。我是长沙人，但也无处寻觅这位多情女子以证明情况是否属实了，假若果真如此，秦观此词就具有更为多义的内蕴。好诗常常不止单义而有多义，也即意有多解。《踏莎行·郴州旅舍》有如一颗面面生辉的钻石，让我们从不同的侧面去欣赏它的光彩吧。

　　秦观的一生，和苏轼结下不解之缘，可说是成也东坡，败也东坡。秦观小苏轼 12 岁，对已名满天下的苏轼十分尊仰。他们未相识时，秦观知道苏轼将经过扬州，便模仿苏轼笔迹在一山寺之壁题诗，苏轼几不能分辨而暗自吃惊，明白真相后十分叹赏。宋熙宁七年（1074），秦观专程去徐州拜望苏轼，后来在《别子瞻》诗中说"我独不愿万户侯，惟愿一识苏徐州"，他没有得到李白的允许，便套用了李白"生不愿封万户侯，但愿一识韩荆州"之句，但韩荆州其实是一个不识也不重人才的官僚，他对李白居然不予答复，可见其有眼无珠。苏轼不仅在《次韵奉答秦观秀才见赠，秦与孙莘老李公择甚熟将入京应举》中，赞美秦观"新诗说尽万物情"，而且逢人说项地逢人说秦。苏轼在金陵与罢相后的王安石相见时，多次推荐秦观，说他是一个难得的人才，别后又在《与王荆公书》中说："愿公少借齿牙，使增重于世"，希望借助王安石的地位和影响，让秦观能为世所识所用。王安石与苏轼虽然政见不合，但爱才之心相同，王安石也赞赏秦观"清新如鲍（照）谢（灵运）"，他答苏轼说："公奇秦君，口之而不置；我得其诗，手之而不释。"宋元丰八年（1085），26岁的秦观终于应试登第，七年后，与苏轼同时在京供职，他和黄庭坚、晁补之、张耒一起，被称为"苏门四学士"，师友时相过从，度过了他一生中最欢快的时光。然而，不久变生不测，在朝廷的新旧党争中，他因和苏轼的关系密切而一再被远贬，先是出为杭州

李白愿识韩荆州是慕其势，秦观愿识苏徐州是慕其才，就事论事，秦观此处高过李白。

因苏轼而进，又与苏轼交往甚密，自然被看作同党。朝中门派林立，大臣们的精力都用在了争权夺利、勾心斗角作派系斗争上，谁去关心国计民生？历朝历代，莫不如此，可怜天下苍生！

通判，途中又贬监处州茶盐酒税，不久，又因一首小诗中有"因循移病依香火，写得弥陀七万言"（《题法海平阇黎》）之句，被政敌罗织"不职"之罪而远徙郴州，一年后移送横州再移送雷州编管，削职为民，永不叙用，从江湖的逐臣进一步沦落为流放的罪人，相当于"文革"中的"开除公职，遣送回乡"，秦观52岁即逝世于北返途中的滕州。从写于郴州的这首词中，政治阴影下的迁谪之感与身世之悲，出之以幽婉而凄厉的清辞丽句，怎不会令苏轼感慨无已？秦观逝世，他长叹息而流涕，说"少游已矣，虽万人何赎"，并将此词的结句书于扇面，以永志伤悼之情。我们今日读来，不是也会因才人薄命而引起诸多历史的与现实的联想吗？

我站在苏仙岭上，独立苍茫。时近千年，郴江依然如故地流入潇湘，而宋代早已沉入烟雾迷茫的历史，任凭我怎么极目远眺，放声呼唤，始终见不到秦观的背影，也听不到他的回音。不过，宋代的帝王将相啊，你死我活的党争啊，早已尘封在线装的史册，成为陈迹与虫迹，只有游走其间的蠹鱼和皓首穷经的历史学家，才会去偶一翻检，而秦观的词名和他的秀句华章，却铭刻在历经千年风雨的石壁上，芬芳在千千万万读者的唇间与心上。

压 倒 须 眉

几千年风雨如磐,许多天资颖异的女性如磐石重压下的幼芽,无法抽枝发叶、结果开花;几千年漫漫长夜,如若一位女性居然能在男性的星空中占有一个位置,甚至闪耀无法掩盖的星斗的光芒,那就是一个反常的异数了。在中国诗歌史上,那些叱咤风云甚至领一代风骚的诗人,都是七尺须眉,纵然有一些女作者突围而出,也只是无关大局因而也无足轻重的插曲与伴唱。但是,南宋词坛的李清照,她从书香四溢的深闺走向兵连祸结的社会,以她的纤纤素手写下许多传之后世的扛鼎之作,是不让须眉乃至压倒须眉的巾帼,真是诗国也是封建时代的中国的奇迹。

山东历城即今之古城济南,家家泉水、户户垂杨。城之西南的"柳絮泉"边,有北宋礼部侍郎李格非的府第,宋元丰七年(1084),这座府第迎来了李清照呱呱坠地的第一声啼哭。由于书香门第的熏陶,加之不可遏制的天分,李清照少

并不是女子天资不如男儿,只是古代的女子一般被排斥在文化之外,无法读书识字,再加上未婚则在深闺,已婚则"主内",造成生活单调、视野狭小,自然就处处落于男子之后,幸好李清照之父李格非不信"女子无才便是德",使李清照接受了良好的诗书礼乐教育,这才造就了一代才女。

年时即有诗名。"溪亭"是宋代历下名泉之一，地在历城西北的大明湖之侧。"常记溪亭日暮，沉醉不知归路。兴尽晚回舟，误入藕花深处。争渡，争渡，惊起一滩鸥鹭。"这首轻盈活泼的《如梦令》如花始开，开在她少女的花季。李清照18岁时嫁给和她志趣相投的赵明诚，在44岁南渡以前，她在济南和山东青州等地，在诗词书画与金石碑帖之中，度过了虽有风波但还算惬意的青春与中年岁月。

犹记20世纪80年代之初，我从湘楚远赴济南忝列臧克家诗歌研讨会，曾专程去李清照纪念堂寻访词人的遗踪。庭院深深，哪里还找得到李清照的一枚足印？泉水清清，哪里还看得到女词人再来的临波照影？历史告诉我，金人于宋靖康元年（1126）12月攻陷汴京，次年之初即押送成为俘虏的徽、钦二帝北去，北宋宣告灭亡，李清照也仓皇南渡，从此再也不曾回来。国破家亡，凄风苦雨，辗转于三千里流亡的道途，时间长达八个月之久，说不尽的江湖行路难，抛不尽的弱女辛酸泪，如一叶孤帆找到一个临时的港湾，她终于来到杭州稍事喘息。然而，宋绍兴四年（1134）10月初，金兵入侵的警讯又从淮河传来，杭州已无法安枕，李清照只好随着逃难的人流，沿富春江而上溯金华，寄居在一陈姓人家的屋檐之下。金华，一度是南宋女词人李清照的居处，今天却是当代大诗人艾青的故里。冥冥之中，这于金华是一种怎样的缘分和荣耀呢？

1983年夏日，我从上海乘火车西返长沙，途中要经过金华。"金华火腿"闻名全国，但我并非美食家，更非饕餮之徒，我只是诗国的朝香人，精神王国的旅行者，华山夏水寻幽探胜的独行客，我怎能不去金华点燃我的一炷心香？从长沙东来时经过金华，火车小停三五分钟，我只能在东去列车的窗口向它挥手致意，而今列车西去，时近黄昏，我怎么可以和它再度失之交臂，而不赓续前缘与诗缘？于是我便投宿金华的客舍，匆匆做了一夜与半日之客。

简易的行囊甫谢，我便与晚霞落照一起赶往双溪。李清照于1134年10月下旬作客金华，大约是次年秋天转寓临安。确凿无疑的是，《打马图经自序》与《打马赋》是作于此地，于金华所写的还有一诗一词，诗是弱女子而有大丈夫之气的《题八咏楼》，词则是易安词中的上品，也是宋词中的青钱万选之作《武陵春·春晚》：

> 风住尘香花已尽，日晚倦梳头。物是人

于诗词有一种宗教般的虔诚，方能真正体会到诗词之美，方能使自己的心与前人的诗心一起跳动，由此得到强烈共鸣。

非事事休，欲语泪先流。　闻说双溪春尚好，也拟泛轻舟。只恐双溪舴艋舟，载不动，许多愁！

"双溪"在金华城东南丽泽祠前，东港、南港两条河水在此汇流而过，双双携手去投奔婺江，为唐宋时游览的名胜之地。而它的美名流传至于今日，则是因为李清照的题咏，它不仅蜿蜒在金华城的东南，也永远清碧在李清照的词里。这首词，不胜国破家亡物是人非的悲戚之感，虽然抒写的似乎只是个人的情感，夫死孀居，漂流转徙，形单影只，万念俱灰，但个人的哀愁却以时代的深悲剧痛为背景，这首词也就从侧面反映了那个动乱的、江河日下的时代。

愁情，是人类的一种最普遍的情感，虽然愁情的内涵可能因人而有异，因时而不同，但人生不如意事常八九，极少花好月圆，即使是月圆花好，但总不免有大大小小的缺陷，因此人生常常与遗憾甚至忧愁相伴而行。在李清照之前，最著名的有李煜"问君能有几多愁，恰似一江春水向东流"（《虞美人》），郑文宝"不管烟波与风雨，载将离恨过江南"（《柳枝词》），苏轼"无情汴水自东流，只载一船离恨、向西州"（《虞美

正因写出了典型情境中的典型人物的情感，使此词具有普遍的意义，获得了永恒的魅力。

李煜的词使愁能像水一样流动，变成了液体，有了动感。贺铸的词写出了愁的广度（一川烟草）、密度（满城飞絮）、长度

人》），秦观"便做春江都是泪，流不尽，许多愁"（《江城子》），贺铸"试问闲愁都几许？一川烟草，满城风絮，梅子黄时雨"（《青玉案》），陈与义"明朝酒醒大江流，满载一船离恨向衡州"（《虞美人》），张元幹"艇子相呼相语，载取暮愁归去"（《谒金门》），可见李清照并非白手起家而成为词的大腕与妙腕，但是，她却如多财善贾的高手，向他人借得一点资金，运用之妙，在乎一心，却财源广进而成为巨富。

愁情，本来是一种抽象的无可把捉的情绪，诗人的本领就是将抽象的感情具象化。李清照的超胜前人之处，固然是她的愁情出自她特殊的遭逢，涌自肺腑，真切而深重，也在于其艺术表现的新颖灵动。舴艋舟，即形如蚱蜢的狭长小船，张志和的《渔父》词多次写到它，如"钓台渔父褐为裘，两两三三舴艋舟"，而李贺《南园十三首》中也早有"泉沙软卧鸳鸯暖，曲岸回篙舴艋迟"之语。李清照恐怕小小的舴艋舟载不动自己超重的忧愁，不仅化抽象为具象，而且那种由视觉至于触觉的通感，也使得忧愁有了可以称衡的重量。如果在街头邂逅了一位绝代佳人，你会因惊艳而铭记在心，如果在诗文中邂逅了这样的绝代佳句，你难道会无动于衷吗？于是，后代词人

（梅子黄时雨）。郑文宝等人的词让愁变成固体，可以车载船运，而李清照则进一步让愁有重量，重得舴艋舟载不动。这些都是化无形为有形、化抽象为具体的妙笔，宜加体会。

纷纷到李清照词的宝库中来贷款，如董解元在《西厢记诸宫调》中说，"休问离愁轻重，向个马儿上驮也驮不动"，王实甫《西厢记》中有："遍人间烦恼填胸臆，量这些大小车儿如何载得起。"他们虽然也算经营有方，由船装而化为马驮车载，但这些换了招牌的分店，其气象神韵却远远不能与原来的"银行"相比。

李清照写愁的词句太多，真是"守着窗儿，独自怎生得黑？梧桐更兼细雨，到黄昏、点点滴滴。这次第，怎一个愁字了得"！我在落照中的双溪之畔徘徊，岸边有一两条小船，静静地泊在李清照的词里，远处有机帆船的"突突"之声断续传来，落日在水中打湿和熄灭了自己最后一束光焰。我独自前来怀古，苍茫的暮色与千古的忧愁，从水上同时袭向我的心头。幸好我触景生情，忆起了台湾名诗人余光中的题为《碧潭》之诗，"碧潭"是台北市南郊的名胜，湖水清碧，故名碧潭。此诗写于1963年7月，收录于1964年出版的诗集《莲的联想》之中。这首诗即以李清照"载不动，许多愁"之句为副题，开篇是"十六柄桂桨敲碎青琉璃/几则罗曼史躲在阳伞下/我的，没带来的，我的罗曼史/在河的下游/如果碧潭再玻璃些/就可照我忧伤的侧影/如果舴

李清照词中不避俗语。"怎生得黑"，意思是怎么才能熬到天黑。人在忧愁痛苦时，时间似乎过得很慢，而欢乐时，时间又似乎流逝得很快。这里以时日之难熬写愁思之难耐。

舴艋舟再舴艋些/我的忧伤就灭顶。"余光中其时和婚后不久的夫人小别，两地相思而有此《碧潭》之诗，双方都是青春年华，爱情年轻而甜蜜，即使相思也只有浅恨轻愁。李清照花样年华时和赵明诚结为伉俪，当年也曾写过一些清丽柔美的爱情诗，而她 46 岁丧夫，寓居金华时已是年届 50 的老人了。余光中的轻愁与李清照的深恨自是不可同日而语，但他却思接千载，由碧潭的水上轻舟而想到李清照的舴艋舟，点化与活用了李清照词中的意象。徘徊在双溪的岸上，我不禁想入非非：如果余光中此时越海来游，他会朗吟他的《碧潭》之诗，作为对他心仪的八百年前词人的祭奠吗？如果李清照一梦醒来，读到余光中引用她的词句的诗作，会不会凄然同时也欣然一笑？

一夜辗转反侧，窗户微明之时，知东方之既白。黎明，我邀东升的红日一起去攀登位于金华城南的"八咏楼"，凭栏纵目，阅读摊开在高楼四周的风景、李清照歌咏名楼的豪壮词章和八百年的盛衰兴亡。

众生一想到李清照，就会想到她是闺阁才人，弱不禁风——"帘卷西风，人比黄花瘦"；就会想到她的词前期清丽婉约，后期凄婉沉哀——"寻寻觅觅，冷冷清清，凄凄惨惨戚戚"。

正因为李清照有家破夫亡之痛，词作才由前期的清丽婉约变成南渡后的凄婉沉哀，而作品也有了更能打动人的力量。生活的磨难往往能成就杰出的文学家。

诗人的风格往往是多样的，主导风格并不能囊括其所有的作品。婉约的李清照可以写出"生当作人杰，死亦为鬼雄"，豪放的苏轼也写过柔媚的"笑渐不闻声渐消，多情却被无情恼"，而崇尚自然的陶渊明也有"刑天舞干戚，猛志固常在"这样"金刚怒目式"的句子。

殊不知她的手中握的竟是一支亦秀亦豪的彩笔：她写了不少缠绵悱恻的情语，也挥洒过一些龙腾虎跃的壮词；她的笔下有花前月下的儿女柔情，也有烈火狂飙的英雄人物；她为自己的不幸遭逢而顾影自怜，也为国家民族的苦难而深悲痛悼，这也许是因为她出生于山东，那是有着深厚的齐鲁文化与英雄传统的土地，她虽为女性，却也深受其熏陶与润泽。这，也正是她的词矫矫不群的一个重要原因吧？她的断句如"南渡衣冠少王导，北来消息欠刘琨""南来尚怯吴江冷，北狩应悲易水寒"，就不是"小女人"而是"大女人"的手笔。宋建炎三年（1129），李清照和丈夫从江宁去芜湖，沿江而上，经过楚霸王兵败自刎的和县乌江，她作了一首又题为《夏日绝句》的《乌江》："生当作人杰，死亦为鬼雄。至今思项羽，不肯过江东！"诗当然是借古讽今，讥时刺世，讽刺南宋统治集团的昏聩无能与苟且偷安，它高扬着一股英雄之气，是一曲弱女子所抒写的悲壮的英雄颂。而她的《八咏楼》呢？

八咏楼，也是金华名胜，原名元畅楼，为南齐隆昌元年（494）东阳太守沈约所建，沈约曾赋《登元畅楼》诗，复咏《登台望秋月》等诗，前后八首，总称为"八咏诗"，所以宋初将元畅楼易名"八咏楼"。李清照可确证写于金华的诗词，除了《武陵春·春晚》一词之外，就是豪壮的七绝《题八咏楼》了：

　　千古风流八咏楼，江山留与后人愁。水通南国三千里，气压江城十四州。

　　八咏楼所在地金华，地处钱塘江上游。江河纵横，通向南国的四面八方。八咏楼楼台高崻，其气势可以盖过平江、镇江二府和下属的十二个州，即今日浙江的大部分地区与江苏的部分地区。如此大笔挥写，真是气概雄张，不可一世。《武陵春·春晚》词中小小的舴艋舟，载不动许多愁，而《题八咏楼》诗所描绘的如此壮丽的江山，留给后人的却是无尽的忧患。李清照所"忧"的是什么呢？她没有明说而只有暗示。知人论世，读者联想到生于北方的她半生的悲剧遭遇，和南宋王朝偏安江左不思恢复的历史背景，对她的愁情不是就于言外可想吗？在八咏楼头追昔抚今，我不禁想到有一次在北京拜望诗人艾青时，提到他的金华故里和李清照的有关诗词，艾青也许是忆起自己一生的忧患遭逢，也联想到国家的前途和民族的命运吧，不禁一叠连声击节浩

《孟子·万章下》："颂（通诵）其诗，读其书，不知其人可乎？是以论其世也，是尚友也。"就是说要正确理解作品，必须对作者的生平思想及时代背景有所了解。这就是文学批评中的"知人论世说"。

叹："江山留与后人愁，江山留与后人愁，江山留与后人愁啊!"我想前去询问李清照，你写于金华的一词一诗，虽然"一枝折得，人间天上，没个人堪寄"，但历代却传诵不绝，八百年后还得到了海峡两岸两位大诗人的回声，你该会觉得那是最好的安慰吧。

一别李清照和艾青的金华，匆匆已是十有六年。不久之前，我因事从长沙前去上海，再次路过金华，已是凌晨三时。全车的人已经睡熟，我却早已从小寐中醒来。我伫立于夏雨敲叩的窗前，向我多年前拜访过的心中的名城顶礼。回程路过金华，又是黄昏时分，车停片刻，我引颈四望，只见车站之外高耸的"红叶宾馆"四字熠熠耀目。我忽发奇想：李清照如果旧地重来，当然不会再去寄人篱下而会得到隆重接待了，她是不是住在这个名字富有诗意的宾馆里呢？她能赶到月台来和我作八百年后的聚会吗？然而车声隆隆，车声隆隆，我心中的希冀和疑问一起没有了下文。

国士三重奏

在宋代星光灿烂的词人中，我最早仰望并且至今心向往之的，莫过于辛弃疾了。记得幼时偷看父亲珍藏的古色古香版本的唐诗宋词，李白的昂首云外，杜甫的眷顾人间，李清照的儿女情长，辛弃疾的英雄气盛，我虽然不甚了了，但却留下了极为深刻的印象，那印象烙入了我生命刚满十圈的年轮，永远不会磨灭。

及至年岁既长，辛弃疾这颗词坛星斗，更是以它永恒的光芒照亮了我的眼睛。我常常去他的词集中徘徊流连，陪他一同歌哭啸傲；我也曾远赴他的故里山东济南，企望觅迹寻踪，结果只能面对八百年的茫茫时空而凭虚叹息，临风凭吊。时至今天，辛弃疾并没有老去，他的词章依然奔流着志士的热血，呼啸着英雄的呐喊，飞扬着壮丽的想象。他仍然像八百年前一样年轻，而我却已年华向老，不过，老去的是年华，不老的却是我的追慕。且让我在新世纪的新年，挥笔写这篇

可惜世人多只知珍藏珠玉金帛留待儿女挥霍，却不知珍藏奇书佳文留待小儿女偷窥。少有人能如作者这般幸运。

341

"国士三重奏"，为词坛，也为我们民族的壮士、国士与烈士，权当作这是我在自己的心中建造的一座纪念碑。

楚 狂 人

接舆是智者，他提醒孔子"今之从政者殆而"，乱世没有拯救的希望，不要作无用功。孔子也明白他的意思，但他还是坚持走自己的"知其不可而为之"的道路。

我是楚人，我对于中国历史上最早的狂士诞生于楚地之说，有一种近乎莫名的亲切之感。根据《论语·微子》《庄子·人间世》及《高士传》的记载，春秋时有楚人姓陆名通字接舆，时人谓之"楚狂"。孔老夫子周游至楚，他竟然游其门，在他的车房大唱其狂歌，首句就是颇不恭敬的"凤兮凤兮，何如德之衰也"。中国几千年的历史上，狂士代不乏人，魏晋之时的嵇康、阮籍、刘伶、山涛等人，就是名著一时的狂士。刘义庆《世说新语》分别在"任诞""狂简"两章中，为他们树碑立传。而狂士之祖呢？那就应该是我们楚地的那位接舆先生了。

我为楚地有狂士接舆而感到亲切，更为后代有非凡的人物欣赏接舆而感到自豪。一位是唐代的大诗人李白，他的祖籍是一个未解的谜团，至今仍等待学界的高人去破案，所以台湾名诗人余光中要在《寻李白》中说："至今成谜的是你的籍贯/陇西或山东，青莲乡或碎叶城/不如归去归哪个故乡?"但一般认为四川彰明县青莲乡是李白的故里,他乃川人而非楚人。但是,李白却主动和我们楚地楚人拉关系,《庐山谣寄卢侍御虚舟》一诗,他一开篇就想不通过派出所的户警,将自己的籍贯改川为楚:"我本楚狂人,凤歌笑孔丘。"不仅是籍贯,他更是上承接舆反抗世俗、特立独行的狂士精神,在盛唐一代"狂"得举国闻名。另一位对接舆表示认同的,则是宋代大词人辛弃疾。他籍贯山东济南,是地道的鲁人,但《水调歌头·壬子三山被召,陈端仁给事饮饯席上作》一词,他就踵武前人而开宗明义:"长恨复长恨,裁作短歌行。何人为我楚舞,听我楚狂声。"他以"楚狂"自诩而自豪,我也就难免为他的自豪而自豪了。

何谓"狂"?孔安国在《〈论语〉集解》中说:"狂者,志极高而行不掩。"真正的狂士之"狂",不是指纵情任性,狂妄无知,而是对抗流俗,是对常规、常理的超越,是坚持崇高信仰、追求人生真谛的特立独行。"狂者进取,狷者有所不为也",真正的"狂士",是有才华抱负、远见卓识,有所为而有所不为的人,小焉者在红尘浊世中清高自守、孤芳自赏,在艺术领域中不同流俗,自辟蹊径,大焉者往往是国家的脊梁,民

要"狂"出一种境界,实非寻常人能做到。

族的精英，华山夏水的魂魄。在唐朝那一主体精神与自由意志相对张扬与高扬的时代，艺术崇尚创造，于是字有"狂书"，画有"狂画"，诗有"狂吟"。张旭与怀素的草书，被称为空前绝后的"狂草"，皎然的《张伯英草书歌》，就称赞张旭"先贤草律我草狂"，鲁收的《怀素上人草书歌》，也赞美张旭"狂来纸尽势不尽，投笔抗声连叫呼"。杜甫对李白之"狂"不仅独具只眼，说什么"不见李生久，佯狂真可哀。世人皆欲杀，吾意独怜才"，一向循规蹈矩、谦谦君子的他，不仅曾以《狂夫》为题，而且在此诗中竟然也说自己"自笑狂夫老更狂"，许许多多的人生在世不称意之后，他竟也表示要效法素所尊敬的李白了。而南宋的辛弃疾呢？

辛弃疾之所以也以"楚狂"自命，既是他豪放不羁的本性使然，更是出于他对自己所处的时代的抗争，从中可见他如火焰燎原般的豪情，也可见他如磐石重压心头般的苦闷与愤懑。让我们还是一读《水调歌头·壬子三山被召，陈端仁给事饮饯席上作》的原词吧：

　　长恨复长恨，裁作短歌行。何人为我楚舞，听我楚狂声？余既滋兰九畹，又树蕙之百亩，秋菊更餐英。门外沧浪水，可以濯吾缨。 一杯酒，问何似，身后名？人间万事，毫发常重泰山轻。悲莫悲生离别，乐莫乐新相识，儿女古今情。富贵非吾事，归与白鸥盟。

此词作于宋绍兴三年（1133）底，奉召离开福建赴临安之前的饯别宴席上，辛弃疾时年已53岁。自从23岁他渡江天马南来，总以为可以施展自己安邦定国的才能，实现自己抗金北伐、收拾旧山河的壮志，但仕途多舛，事与愿违，三十多年来总是位沉下僚，身居闲职，东迁西调，其中还先后贬职，家居共长达十八年。小人得志，权奸当道，他们只图歌舞升平，个人享乐。国家的前途，民族的命运，人民的苦痛，他们均置之脑后，这个"人间万事，毫发为重泰山轻"的黑白混淆、轻重倒置的时代，怎么能不令他长歌短哭，"长恨复长恨，裁作短歌行"呢？辛弃疾是一位继承了屈原传统的诗人，怎么能不忽忽如狂而作楚狂之声呢？辛弃疾之"狂"，是他不与投降派同流合污之狂，是他坚持自己的志节操守之狂，也是他对黑暗腐朽的现实保持尖锐批判立场的狂。一事能狂便少年，辛弃疾少年时代就胸怀

有所坚守的"狂"才是真正有意义的"狂"。

高情远志，英风豪气逼人，虽历经磨折，仍年既老而不衰，他的楚狂声，正是出自他永不老去的堂堂正正的崇高胸臆。

慨当以慷，忧思难忘。南宋统治集团的投降政策和他们的苟安腐败，极一时之盛的理学家们的清谈误国，使辛弃疾常常为之痛心疾首。早在宋淳熙十六年（1189），辛弃疾50岁被贬而闲居上饶之时，他就曾和抗战派主要代表人物之一的陈亮同游唱和，除了以"贺新郎"的词牌作二词送陈亮之外，他还有作品赠意气相投、同时相会的另一位朋友，这就是那首《贺新郎·用前韵送杜叔高》：

> 细把君诗说：恍余音、钧天浩荡，洞庭胶葛。千丈阴崖尘不到，惟有层冰积雪。乍一见、寒生毛发。自昔佳人多薄命，对古来、一片伤心月。金屋冷，夜调瑟。　　去天尺五君家别。看乘空、鱼龙惨淡，风云开合。起望衣冠神州路，白日消残战骨。叹夷甫、诸人清绝！夜半狂歌悲风起，听铮铮、阵马檐间铁。南共北，正分裂！

此处的"狂歌"，当然也包括了杜叔高的如

"钧天广乐"、如"层冰积雪"之诗，辛弃疾既然如此赞美，我当然也想一饱眼福与耳福，但时间的茫茫风沙已经吹刮了数不清的岁月，杜叔高的诗我们今日已难以得见，只能从辛弃疾的词中去凭词想象了。但是，此处的"狂歌"，更是辛弃疾的自歌自诩与自赞，"夜半狂歌悲风起，听铮铮、阵马檐间铁。南共北，正分裂"，檐间铁片铮铮作响，诗人如闻沙场战马驰骤之声，他的"狂歌"，歌唱的却是真正的时代主旋律啊！

这里的狂歌当是"壮士饥餐胡虏肉，笑谈渴饮匈奴血"之歌。

　　除此之外，辛弃疾还不止一次地提到"狂"。"我醉狂吟，君作新声，倚歌和之"（《沁园春·答杨世长》），"纶巾羽扇颠倒，又似竹林狂"（《水调歌头·席上为叶仲洽赋》），"不恨古人吾不见，恨古人不见吾狂耳。知我者，二三子"（《贺新郎·甚矣吾衰矣》）。而他在《忆李白》这首七律中，又独独拈出李白的"狂"："不寻饭颗山头伴，却趁汨罗江上狂。"他直言无隐地引李白为同调。辛弃疾之"狂"，表现的是他纯洁的赤子之心，痛切的疾恶之意，热烈的爱国之情，傲然的国士之骨。"知我者，二三子"，辛弃疾啊辛弃疾，你当年是孤独的，你说能理解你的，只有两三个志同道合的友人，虽然千秋异

透过纶巾羽扇颠倒的乖张任诞，感受内里的抑郁不平之气和被悲哀不平淹没的张扬的个性，才能真正理解辛弃疾的"狂"。

代，北鲁南楚，你能欣然颔首，将今天的我也归于那"二三子"之列吗？

英　雄　赞

辛弃疾是英雄词人，或者说词人英雄。

英雄，是指才能出众、勇武过人而建立了非凡功业的人物。如曹操，不管你认为他是奸雄还是英雄，总之非平常人物，所以杜甫在《丹青引赠曹将军霸》一诗中，虽是诗赠他的后代，但却不忘赞美他的祖先是一位英雄："英雄割据虽已矣，文采风流今尚存。"辛弃疾，当然是宋代词坛少有的英雄而兼词人、词人而兼英雄的两栖人物。少年时，他就常常在祖父辛赞的带领下，登高望远，指画山河而意图恢复，"烈日秋霜，忠肝义胆，千载家谱"（《永遇乐·戏赋辛字，送茂嘉十二弟赴调》），"少年横槊，气凭陵、酒圣诗豪余事"（《念奴娇·双陆，和陈仁和韵》）。及冠之年，他就在沦陷区的故乡山东高举抗金的义旗，两千多壮士望风来归，他率部参加了耿京领导的抗金义军，担任全军书檄文告的掌书记职务，劝说耿京决策南向。次年，他奉耿京之命渡江奉表归宋，但耿京却被叛徒张安国所杀，辛弃疾渡江而北归，途中闻讯，即率五十名壮士夜袭

从来儒生都是掩卷呻吟，手无缚鸡之力，全然不见浩然之气。辛弃疾传奇性的壮举让人眼前一亮。

五万人马的金营，生擒张安国而至建康献俘斩首，同时策反近万人渡淮南归。烈烈轰轰，轰轰烈烈，时人洪迈在《稼轩记》中说，这一壮举使"儒士为之兴起，圣天子一见而三叹息"，可见当时所产生的轰动效应。我今日每一念及，都不禁心驰神往，血脉偾张，如果当时有录像之术，今日重放重温，那该是多么令人快心惬意而豪兴飞扬啊。不过，"壮岁旌旗拥万夫，锦襜突骑渡江初。燕兵夜娖银胡䩮，汉箭朝飞金仆姑"，他的《鹧鸪天》就为当年的英雄伟烈立此存照了，我们今天每一展卷仍不胜怀想。

辛弃疾在渡江南归后的四十五年里，虽然始终英雄无用武之地，只是在地方官任上迁来调去，但他英雄之志长在，英雄之气不消，任凭雨打风吹，东漂西泊，他始终不渝地坚持抗金与北伐，反对偏安与投降。他先是上《美芹十论》与《九议》，充分表明了他是一位文武双全、智勇兼备的栋梁之材。正如辛弃疾的好友词人陈亮《辛弃疾画像赞》所说，他是"一世之豪"。辛弃疾，确实是名副其实的英豪，他也毫不故作谦虚，而是常常率直可爱地以英雄许人，同时更以英雄自诩，从中可以窥见他的豪气狂情。他任知潭州（今湖南长沙）兼湖南安抚使之时，克服重重阻

现实生活中我们几乎没有"快意"的时候，而辛弃疾的壮举体现出人性的极度舒张，这种经历才如此让人羡慕。

辛弃疾不愧为热血男儿，虽处逆境，时时不忘建功立业。只是宋王朝老赵家是以兵变发迹，怎能不对武将时时提防？辛弃疾如此明目张胆拉起队伍，即使是为了抗金，也难免引来疑忌。

力，毅然决断创建了雄镇湘楚而为江上诸军之冠的湖南飞虎军。宋代湖南人口仅二百余万，长沙居民也只万户左右，马队五百，步兵二千的飞虎军当然是威震一方的劲旅，其驻地，即为今日长沙城内之营盘街三公里一带。清代曾国藩筑宅于局关祠，左宗棠则构宅于其北的三公里与司马里之间，他在致谭文卿的信中说："敝居旧为辛稼轩帅潭时练兵故地。寨曰飞虎，桥曰司马，因其遗址名之虽近城市，却似乡村。"今日营盘街店铺鳞次栉比，三公里已屋宇相连，人烟稠密，何曾再有乡村景象，早已不见飞虎军的营盘与旗帜，熙熙攘攘名来利往的行人，谁都不曾注意我踟蹰于街头巷尾，就是为了凭吊南宋时代那英雄的往事。

驱除强敌，恢复中原，需要一班志同道合的朋友与战友，好像一个气壮声洪的合唱团，不仅要有领唱与独唱，也要有众多歌手的和唱。于是，辛弃疾这位歌手，总是以英雄与英雄的事业许人并兼自励，同气相求，同声相应，在那个天空阴霾重压的时代，如同云阵中泻下温暖而鼓舞人心的阳光。如《满江红·送信守郑舜举郎中赴召》，他激励这位友人"此老自当兵十万，长安正在天西北"，如《破阵子·为范南伯寿》，他勉励妻兄范南伯"万里功名莫放休，君王三百州"，他寄望于友人赵彦瑞，以热切的情感鼓动想象的翅膀振羽而飞："要挽银河仙浪，西北洗胡沙"（《水调歌头·寿赵漕介庵》），他以《水龙吟·甲辰岁寿韩南涧尚书》一词鼓励友人韩南涧，为他开具了一张当时很难兑现、今日读来仍令人感慨无已的空头支票："待他年，整顿乾坤事了，为先生寿。"史致道任建康留守时，辛弃疾先后作了《满江红·建康史帅致道席上赋》和《念奴娇·登建康赏心亭，呈史留守致道》，在前一首词中，也期待史致道"袖里珍奇光五色，他年要补天西北"，而最见真情也最令人感动的，则莫过于他与挚友陈亮的聚会与唱和了。

这一千古美聚称为"鹅湖之会"。陈亮是南宋时代的文学家和唯物主义哲学家，抗战派的主要代表人物。他身为布衣，却多次上书议政，力主抗战，反对求和，被当权者忌恨为"狂怪"。宋淳熙十五年（1188）冬日，其时辛弃疾罢居于江西上饶之带湖，陈亮不远数百里，从浙江东阳来访，留住十天，并同游今日江西铅山县东北之鹅湖。雪花纷飞，两人的思绪与豪兴也纷飞，纵论家事国事天下事，不亦快哉！别后辛弃疾赋《贺新郎·把酒长亭说》以寄意，称陈亮是"看

这两人相知是为了共同的理想，而非为利益，所以"鹅湖之会"才成为千古美聚。

渊明风流，酷似卧龙诸葛"。陈亮多次以原韵唱和，说两人相知相念之情，是"铸就而今相思错，料当初费尽人间铁"，而"只使君，从来与我，话头多合"（《贺新郎·寄辛幼安和见怀韵》）。辛弃疾复作了一首《贺新郎·同父见和再用韵答之》，可见心心相印：

> 老大那堪说。似而今、元龙臭味，孟公瓜葛。我病君来高歌饮，惊散楼头飞雪。笑富贵、千钧如发。硬语盘空谁来听？记当时、只有西窗月。重进酒，换鸣瑟。　　事无两样人心别。问渠侬：神州毕竟，几番离合？汗血盐车无人顾，千里空收骏骨。正目断、关河路绝。我最怜君中宵舞，道"男儿到死心如铁"。看试手，补天裂！

执着追求，永不放弃，男子汉大丈夫当如此！从少年到老年，成就英雄伟业的渴望一直藏在他心中。他直率地说："了却君王天下事，赢得生前身后名。"他最大的愿望在于实现自己的个体价值，忠君爱主倒在其次。他的苦闷在于英雄末路无法实现自己的抱负。

古往今来，许多有理想、有抱负的才俊之士往往命途多舛，以致抱恨终生，辛弃疾与陈亮不正是如此吗？数百年后读来，你都会为有志之士、英雄豪杰的生不逢时，感到铭心刻骨的悲哀。然而，最具悲剧力量而又感奋人心的，是他们那种明知不可为而为之的精神，是他们那种永远不向坎坷命运屈服的人格力量。"男儿到死心如铁"，宣言自己是真正的男子汉，这是真正的男子汉宣言！陈亮这句有幸被辛弃疾记录在"词"的话，是在什么情境下说的呢？我已经无法在现场亲耳聆听了，真得感谢辛弃疾听之写之，记录了这一盘空硬语、千古豪言，让它不致随风而散，而铿铿锵锵一直响亮到今天！

辛弃疾欣赏陈亮，如一座高峰欣赏另一座峻岭，如连城之璧欣赏明月之珠，这在嫉贤妒能之风盛行的人间，已是十分难得的澄如秋水、坚如金石的友谊了。"看试手，补天裂"，辛弃疾赞美陈亮有收复中原统一祖国的英雄之志，他何尝不是以此期待自己？在那个苦难的时代，在那个君怯臣懦的时代，在那个"东南妩媚，雌了男儿"的时代，在那个"暖风熏得游人醉，直把杭州作汴州"的时代，对英雄的呼唤，就是对正气与崇高的呼唤，以英雄自诩许人，就是对时代与世风的抗争。辛弃疾赞美同时代意气相投的人物，也以古讽今地赞扬古代的英雄。如早期作品《南乡子·登京口北固亭有怀》，就说"天下英雄谁敌手？曹刘，生子当如孙仲谋"，人到中年，他在《满江红·江行，简杨济翁、周显先》中，又感叹"英雄事，曹刘敌，被西风吹尽，了无尘迹"，及至66岁的暮年，他在《永遇乐·京口北固亭

他认为曹、刘、孙三人都是英雄，这一看法去除了善恶之别和正统观念之分，显出他的洒脱不羁与独特个性。建功立业，实现自身的价值，这当是辛弃疾对英雄的唯一定义。

怀古》中，还要喟然长叹："千古江山，英雄无觅孙仲谋处。舞榭歌台，风流总被雨打风吹去。"虽然是烈士暮年，壮心不已，但暮年的烈士，时不我与，他心中该有多少悲凉、多少感慨啊。八百年后，他的喟叹悲歌，在当代名诗人丁芒的《北固山的悲歌》中，还传来遥远的回声："北固山上依然满眼风光，水随天去，看不尽烟波浩荡。长江，像一声雄壮的慨叹，撞响着我们民族的胸膛。而稼轩，你也是一道惊波，在历史上留下动人的喧响。风流怎会被雨打风吹去？灼热的呐喊浸透了千古江山！"而我，在这个钱潮动地而物欲弥天的时代，也分外追慕《满江红》中他的英风胜慨：

倦客新丰，貂裘敝、征尘满目。弹短铗、青蛇三尺，浩歌谁续？不念英雄江左老，用之可以尊中国。叹诗书、万卷致君人，翻沉陆。　　休感慨，浇醽醁。人易老，欢难足。有玉人怜我，为簪黄菊。且置请缨封万户，竟须卖剑酬黄犊。甚当年，寂寞贾长沙，伤时哭。

这首词写于谪居上饶之时，诗人已垂垂老

矣，但他垂老的胸膛里，燃烧的依旧是熊熊的火焰，奔流的依旧是沸沸的热血，他的慨当以慷的词章，他的灵魂与个性也仍然如年轻时一样远举高翔。"不念英雄江左老，用之可以尊中国"，他明确地以英雄自诩，认为自己如果能一施抗金的壮志，一展治国的长才，就可以收复失地，使中国重新强大起来，而得到应有的尊严与地位。

尊中国啊尊中国，这是古往今来一切爱国者的心声，而辛弃疾的英雄主义，既是出于他对自己的抱负与才能的自信，也是与他对国家民族的责任感紧紧相连。祖国与民族超乎一切之上，这样，他的英雄主义才不纯粹囿于个人的天地，如一座孤峭离群的峰头，而是神州之上的万山磅礴，而是后土之上的大江奔流。

末　路　曲

辛弃疾所处的时代，一边是枕戈待旦，一边是醉死梦生；一边是奔走呼号，一边是燕舞莺歌；一边是仁人志士不得其用甚至遭贬受逐而处江湖之远，一边是小人庸才步步高升进而大权在握以据庙堂之高。时代啊时代，阴阳颠倒的时代，日月不明的时代，使人不禁想起英国作家狄更斯的小说《双城记》开篇的那段名言。一般人

《双城记》开篇道："这是最好的时代，这是最坏的时代；这是智慧的时代，这是愚蠢的时代；这是信仰的时代，这是怀疑的时代；这是光明的季节，这是黑暗的季节；这是希望之春，这是失望之冬；人们面前有着各样事物，人们面前一无所有；人们正在直登天堂，人们正在直下地狱。"

也许就此浑浑噩噩了此一生，但辛弃疾是何等人物？他是词中之杰，人中之龙。满腹豪情，一腔幽愤，眼见年华老去而国事日非，他怎不悲从中来，不可断绝？

他悲自己也悲战友。陈亮当然也是一世之雄的人物，博学多才，慨然有经略四方之志，但却终身布衣。他曾经向宋孝宗上《中兴五论》以参政议政，孝宗置之不理，真是不说白不说，说了也白说。不仅如此，某些当政者不满他的狂放，数度诬陷而致其下狱，虽经辛弃疾等人大力营救而得免于难，但身心俱损，刚过不惑之年就一病不起。诗才文才与经世之才都十分出众的陆游，也始终没有一展宏图的丝毫机会，即使活到86岁的高龄，也仍然是沉浮底层，只得归隐故乡绍兴的乡间，在凄凉寂寞的风雨之夜，做他的铁马冰河之梦。环顾左右，由己及人，壮士拂剑，浩然弥哀，命运相同的辛弃疾怎么能不一挥英雄之泪？

南渡之后的辛弃疾，始终再没有能回到军伍之中，他只是在远离前线也无关大局的地方官任上虚度年华，如同猛虎失意于平川之地，如同骏马没有驰骋的沙场。不仅如此，他还要遭受权奸与无耻的士大夫们明枪暗箭的袭击，其中的两次

淳熙八年（1181年）冬，辛弃疾43岁时，因受弹劾被免职，此后的二十年里，除有两年出任福建提点刑狱和安抚使外，他一直闲居，先是在上饶，后来在铅山。

攻讦贬谪，就前后使他赋闲家居十八年，十八年啊，即使猛虎也会失去震惊千山的雄风，骏马也会锈蚀可致万里的劲蹄。辛弃疾毕竟不是钢浇铁铸而是血肉之躯，他虽满怀热望却不免失望，他虽尽力而为但却明知事不可为，于是，我们的这位民族的精英、华夏的英雄，就陷入了无可解脱的矛盾与痛苦之中。落日照大旗，马鸣风萧萧，他的词，特别是他晚期的作品，弥漫的是英雄末路的悲哀，奔进的是那种崇高之美被毁灭的悲剧力量：

　　人言头上发，总向愁中白。拍手笑沙鸥，一身都是愁。

　　　　（《菩萨蛮·金陵赏心亭为叶丞相赋》）

　　料得明朝，尊前重见，镜里花难折。也应惊问：近来多少华发？

　　　　　　　（《念奴娇·书东流村壁》）

　　今老矣，搔白首，过扬州。倦游欲去江上，手种橘千头。

　　　　　　　　（《水调歌头·舟次扬州，
　　　　　　　　和杨济翁、周显先韵》）

楼观才成人已去，旌旗未卷头先白。

（《满江红·江行，简杨济翁、周显先》）

论剑论诗余事，醉舞狂歌欲倒，老子颇堪哀。白发宁有种？——醒时栽！

（《水调歌头·汤朝美司谏见和，用韵为谢》）

平生塞北江南，归来华发苍颜。布被秋宵梦觉，眼前万里江山。

（《清平乐·独宿博山王氏庵》）

美籍德国神学家保罗·蒂利希认为凡人皆有三种忧虑终生无法去之，非属心理学范畴，故称之为"存在性忧虑"。一是对死亡和命运的忧虑，一是对空虚和无意义的忧虑，一是对内疚和罪恶的忧虑。由面对死亡的忧虑产生对时间流逝的局促不安，而功业未就又产生对命运和人生无意义的恐慌。辛弃疾的忧愁是所有"存在"的人都会有的，只是因为他有建功立业的愿望，这种忧愁更加浓重。

时间之感虽然为常人所共有，但中国哲学是一种生命哲学，中国的艺术则是一种生命艺术，而诗人与英雄对时间又特别敏感，他们建功立业的强烈愿望与飞驰而去的时间，有无法解决的矛盾，时不我待让他们惊心而动魄。辛弃疾本身是诗人而兼英雄，他对于青春浪掷、年华老去而事业无成，更有椎心之痛，而白发正是华年已逝的证明，生命已夕阳西下的象征，"君不见高堂明镜悲白发，朝如青丝暮成雪"，他怎能不怆然暗惊而悲从中来呢？

对比最为强烈令人读之欲哭的，应该是那首《鹧鸪天·有客慨然谈功名，因追念少年时事，戏作》：

壮岁旌旗拥万夫，锦襜突骑渡江初。燕兵夜娖银胡䩮，汉箭朝飞金仆姑。　　追往事，叹今吾，春风不染白髭须。却将万字平戎策，换得东家种树书！

这首诗作于宋庆元六年（1200）之后，诗人暮年闲居于铅山之时。上阕追怀往事，一派胜慨英风，一纸壮士声情，急管繁弦，鼓乐并作，如同豪壮的誓师会与热烈的庆功会，下阕跌落到眼前的现实，往昔的风华与壮烈已成过去，平戎之策而今换得的却是东家种树之书，而满头的白发，即使是使万物复苏的春风也无能为力了。誓师会早已落幕，庆祝会也已半途而散，曲终人去，只留下会场上空荡荡的落寞凄凉。

清代女诗人艳雪说："美人自古如名将，不许人间见白头。"辛弃疾虽然没能成为一代名将，但他也和岳飞一样，怕等闲白了少年头。除了多次写到白发，这位以英雄自诩的词人，也不仅写英雄的垂老，如"谁念英雄老矣，不道功名蕞尔，决策尚悠悠"（《水调歌头·和马叔度游月波楼》），而且写了英雄的眼泪，那是他的《水龙吟·登建康赏心亭》：

楚天千里清秋，水随天去秋无际。遥岑远目，献愁供恨，玉簪螺髻。落日楼头，断鸿声里，江南游子，把吴钩看了，栏杆拍遍，无人会、登临意。　　休说鲈鱼堪脍，尽西风、季鹰归未？求田问舍，怕应羞见，刘郎才气。可惜流年，忧愁风雨，树犹如此。倩何人唤取，红巾翠袖，揾英雄泪？

辛弃疾任江东安抚司参议官时，年方35岁，但他渡江南来已十有二年。其间他向宋孝宗上《美芹十论》，向宰相虞允文上《九议》，力陈救亡图存之策，但均"无人会，登临意"，没人理睬。男儿有泪虽不轻弹，但到伤心之处却不由自主，辛弃疾登高望远，抚今追昔，不禁发出"倩何人唤取，红巾翠袖，揾英雄泪"的叹息。他的年华此时尚未老去，但却已是长使英雄泪满襟了。英雄末路的悲剧在盛年时即已注定，并不要真正等到冰雪满头。那是一个什么样的时代？那是多么令辛弃疾痛心疾首也令今日的我们不忍回首啊！

莎士比亚是英国也是英语世界的文学巨匠，他同时期的剧作家、诗人本·约翰逊在《莎士比亚戏剧全集》上题诗说："他不是一世之雄，而

"树犹如此"句用了桓温的典故。《世说新语·言语》载桓温北征，经过金城，看到从前种的柳树已经长到十围，慨然说："木犹如此，人何以堪！"生命无法抵挡时间剥蚀的事实，让身为将军的桓温悲从中来，以至于"攀枝执条，泫然流涕"。

是万古人物。"套用约翰逊的诗，我要说我们民族的辛弃疾，也不仅是暗呜叱咤的一世之雄，更是光照后世的万古人物。

楚狂声，英雄赞，末路曲。南宋的无双国士，词坛的豪放大纛。辛弃疾啊，像你这样的志士才人，英雄豪杰，今日的官场能有几人？今日的文场能有几个？让我遥遥向你致以敬意和问候吧，你虽未能效命于报国的沙场，但你的旗帜却永远迎风劲舞。虽然今日许多人只对"权"与"钱"顶礼膜拜，只认识纸醉金迷、灯红酒绿，但你的雄词丽句却超越于尘嚣俗世之上，必将照耀万载千秋！

图书在版编目(CIP)数据

穿越唐诗宋词:李元洛散文精读/李元洛原著;黄荣华,王希明编注. —上海：复旦大学
出版社,2020.11
(著名中学师生推荐书系/黄荣华主编)
ISBN 978-7-309-15271-5

Ⅰ.①穿…　Ⅱ.①李…②黄…③王…　Ⅲ.①散文集-中国-当代　Ⅳ.①I267

中国版本图书馆 CIP 数据核字(2020)第 154561 号

穿越唐诗宋词:李元洛散文精读
李元洛　原著
黄荣华　王希明　编注
责任编辑/李又顺

复旦大学出版社有限公司出版发行
上海市国权路 579 号　邮编：200433
网址：fupnet@fudanpress.com　http://www.fudanpress.com
门市零售：86-21-65102580　团体订购：86-21-65104505
外埠邮购：86-21-65642846　出版部电话：86-21-65642845
上海崇明裕安印刷厂

开本 890×1240　1/32　印张 11.625　字数 231 千
2020 年 11 月第 1 版第 1 次印刷

ISBN 978-7-309-15271-5/I·1246
定价：48.00 元

如有印装质量问题,请向复旦大学出版社有限公司出版部调换。
版权所有　侵权必究